ふたりみち

山本幸久

角川文庫
22411

目次

1

曲がりなりにも船に乗ったのである。潮風を感じながら海を満喫すべきだろう。そう思い、甲板にでたはいいが、野《の》原《はら》ゆかりは悔やんでいた。

寒いのだ。寒くてたまらない。よく晴れて波は穏やかだ。あと一週間ちょっとで四月とはいえ、ここは津《つ》軽《がる》海峡だった。鷗《かもめ》は凍えなくとも、ゆかりは凍えそうだ。まだ朝の八時過ぎである。

ひとりなのも気が引けた。壁に背をもたれ、甲板を見回す。十人ほどでており、カップルか家族連れ、友達同士のグループなのだ。だれもが笑顔で、心から旅を楽しんでいるように見えるのが、面白くなかった。ただの僻《ひが》みだ。そんなのはわかっている。

はぁああ。

咳《せき》をするのもひとりであれば、ため息つくのもひとりだ。なにをするのもひとり。旅をするのもだ。ぱんぱんに膨らんだショルダーバッグをタスキにかけ、オトナでも入れそうなどでかくて真っ赤なキャリーバッグを脇に置いてある。

函館《はこだて》山はまだそう遠くない。出航して十分足らずなのだ。それをバックに写真を撮る女の子三人がいた。真ん中のひとりが、スマートフォンを取り付けた自撮り棒を持っている。きゃあきゃあと大はしゃぎだ。高校生か。平日の朝に、学校はどうしたのだろうと思ったものの、春休みなのだと気づく。

なにを話しているのか、内容まではわからない。しかし「アプリ」だの「インスタ」だの「スノー」だの「フェイススワップ」だの「ツイッター」だのとはしばしに聞こえる単語が、SNSに関するものだということくらいは、六十七歳のゆかりにもわかった。

　ゆかりは五稜郭《ごりょうかく》近くに『野ばら』というスナックを構えている。四坪半でカウンターのみ、六席しかない小さな店だ。客は常連ばかりで、たいがいは定年後の男性である。それも六十代はハナタレで、後期高齢者が過半数を占めている。

　その中にキャバクラ通いが生き甲斐《がい》だったジイサンがいた。キャバ嬢と話をあわせるため、若者の言葉や流行に敏感で研究に余念がない彼に教わったのだ。ガラケーからスマートフォンに買い替える際にも、彼についてきてもらった。本名は田野《たの》倉《くら》だが、他の客からキャバ倉さんと呼ばれていた。もうこの世にいない。昨年末に亡くなったのだ。彼の死に顔が脳裏をよぎる。

　はぁああ。

ゆかりはまた、ため息をついてしまう。そして女の子三人に目をむける。両腕を水平に伸ばした子のうしろからひとりが抱きつくように支え、残りのひとりがスマートフォンをむけた。『タイタニック』の真似か。ゆかりは函館の映画館で見た覚えがある。ひとりではない。だれかといったはずだが、いまいち思いだすことができなかった。たしか函館に住みはじめてしばらくしてからだ。

だとしたら二十年近くも昔？　真似てる子達が生まれる前？

店の常連客とカウンター越しに話をしていると、十年前だと思っていたら、二十年以上昔の出来事だったというのはよくあった。四十歳を過ぎてから、時間の流れが速い。自分が六十七歳だなんて到底、信じられなかった。どうしても受け入れ難い。そうは見えないと店の客達は言ってくれる。世辞ではなく本心からだとしても、事実は変わらない。鏡を見れば六十七歳の野原ゆかりがいる。

三人の女の子はまだ『タイタニック』中だ。ただし組み合わせは変わっている。そんな彼女達に身なりのいい年老いたカップルが話しかけた。男性が一眼レフを女の子のひとりに渡す。そして女性と腕を組む。一眼レフを預かった女の子は、そのレンズをふたりにむけた。六十七年の人生、戸籍がキレイなまま、ひとりで生きてきた身だ。自分と変わらぬ年の男女が寄り添うのを見て、羨《うらや》ましくないと言ったら嘘になる。目を逸《そ》らすと、ひとりきりの女の子が目に入った。手《て》摺《すり》に手をかけ、海を眺めている。身体つきからして三人よりも年下だ。背丈は百五十センチくらい、中学生になっているかどうかだ。耳あてが付いたニット帽を被《かぶ》り、ベージュのコートを着て、デニムらしきズボンの裾をあげ、白いスニーカーを履き、おっきめで淡い水色のリュックサックを背負っていた。

どうしてひとりなのだろう。親は客室やロビーにいるのかもしれない。ゆかりは心配になってきた。そばに寄って声をかけたりはしない。ただじっと見守るだけだ。寒さを堪《こら》え、まだ少しは甲板にいるとしよう。

「いっくしゅん」

年寄り臭いくしゃみをしてしまった。年寄りなのだから仕方がない。コートの襟を立てる。マフラーを忘れたのは失敗だ。玄関まで持ってきてはいた。靴を履いているあいだに忘れてしまったのだ。気づいたのは五稜郭からバスに乗って、しばらく経ってからだった。引き返す余裕も気力もなかった。

コートの左ポケットで、スマートフォンが震える。取りだして画面を見ると、『稲葉《いなば》元村長』と表示されていた。今夜おこなうコンサートの主催者だ。

「無愛想ォォ、無愛想ォォ」

スマートフォン越しに歌声が聞こえてきた。いつもどおりなので驚きはしない。ただ面倒なだけだ。最後のフレーズはいっしょに唄《うた》わねばならない。ファンサービスである。

「無愛想」「無愛想」

「ブゥルルルルルルルルルルルルルスゥ」

「ブゥルルルルルルルルルルルルルスゥ」

つづけて『無愛想ブルース』を一番だけ唄ってみせた。

♪機嫌直せと言われても
怒ってなんかいないのよ
どうぞお気になさらずに
あなたはなにも悪くない
わけを話せというのなら
教えてあげるぅ
傷ついても知らないわ
惚《ほ》れた男の前でしか
笑えない質《たち》なのこのあたしぃ
ブゥアイッソォオ、ブゥアイッソォ、
ブアイソォォオブウルゥゥスゥゥウウウゥウウ♪

唄いおえてから、淡い水色のリュックサックを背負った、ひとりきりの女の子が自分を見ているのに気づく。曖昧《あいまい》な笑みを浮かべてみたが、彼女はそっぽをむいてしまった。

「今日も巻き舌が絶好調ですな、我が麗しきミラクル・ローズちゃん」

電話の相手、稲葉が言う。ミラクル・ローズはゆかりの芸名である。レコード会社の会議で決まったのだ。社長室に呼ばれ、社長自らにその名前を聞かされたときは、「嘘でしょ」と思わず言ってしまい、そのあと東洋の魔女に、こっぴどく叱られた。東洋の魔女とは、ゆかりのマネージャーだった女性である。バレーボールが得意だったわけではない。見た目が魔女っぽいので、ゆかりがひそかにつけていた仇名《あだな》である。本人どころか、だれにも言ったことはない。社長も東洋の魔女ももうこの世にいない。

　十九歳でデビューしてレコード会社との契約が切れるまでの十年間、シングルを七枚だしていながら、ヒット曲と呼べるのは大阪万博の年に発表した『無愛想ブルース』、一曲しかない。いま稲葉と唄ったのは、そのサビである。今夜のコンサートは『ミラクル・ローズが唄う昭和歌謡ショー』と銘打ち、十曲唄ううち、自分の持ち歌はこの曲だけだった。

「まだご自宅ですかな」

「い、いえ。あ、はい」

　電話にでたことをゆかりは後悔した。稲葉に函館駅から新函館北斗《ほくと》駅へ、そこから北海道新幹線で青森へむかうと伝えておいたのだ。このルートであれば二時間程度、つまりはまだ五稜郭そばの賃貸マンションにいても、いい時間なのだ。どうして嘘をついたのかと言えば、新幹線を利用した運賃のほうが、フェリーよりも四倍以上だからだ。稲葉には陸路の運賃を請求する。

「でる準備をしていたところでして。あの、なにか御用でしょうか」

「青森駅に昼の十二時半に迎えにいく言うたけどな」

稲葉が住む村は近隣の村と合併し、いまは町になっていた。青森県の内陸部で、ちょうど真ん中らへんだ。電車は通っていない。最寄り駅は日本海側と太平洋側、いずれもバスで二時間以上かかってしまう。そのバスも一時間に三本程度しかない。なので昔、ドサ回りをしていた頃と同様、稲葉が自家用車で迎えにきてくれることになった。それならば一時間半程度で済む。加えて青森市内で、昼食にお寿司《すし》をご馳走《ちそう》するとまで言っていた。

しかし稲葉は八十歳になるか、ならないかだ。いまも村の相談役として、村のあちこちへ毎日車ででかけているのでだいじょうぶだと本人は言っていたものの、やはり青森までとなると、厳しいのかも知れない。

だがそうではなかった。

「いま時刻表で調べたら、新幹線は午前十一時五十分に新青森駅に着くのがわかってな」

だからなに？

「そこで奥羽《おうう》本線に乗り換えるとなると、三十分も待たなきゃならんだろ」

「ええ」わかってるって。

新青森駅から青森駅までは五分しかかからない。しかし奥羽本線の下り、青森駅行きは一時間にだいたい二、三本しかないため、そういうことになってしまう。そのルートだと青森駅には午後十二時半到着なので、稲葉とはその時刻で東口改札で待ちあわせとしておいた。

「だったら、おらが新青森駅まで迎えにいったほうが、いいと思ってな」

「え？」それは駄目だ。

いま乗っているフェリーが青森の港に着くのは午後十二時十分だ。そこから青森駅まではタクシーで十分くらいなので、奥羽本線の到着よりも早く着く。そこでさも電車に乗ってきたかのように振る舞うつもりでいた。そうすれば交通費を高く請求できる。せこいと言えばせこい。しかしタクシー代を含んでもなお五千円以上は得だ。

新青森駅に午前十一時五十分に迎えにこられても困る。困るもなにも、新幹線に乗っていないのがバレてしまう。大変、よろしくない。

「いいですよ、そんな」

「遠慮するなって。おらとローズちゃんの仲だろ」

どんな仲だ。

「新青森駅のカフェで、ＮＨＫのひとと打ちあわせの約束をしているんですよ」

すかさず嘘をつく。

「あれま。テレビにでるんかい？　もしかして紅白？」

「まさか。ラジオにね、ちょこっとだけ。だいぶ先なんですけど。打ちあわせっていうか、顔あわせだけで。なのでどうぞおかまいなく。約束どおり青森駅に十二時半でお願いしますわ」

嬌声《きょうせい》をだす自分に怖気《おぞけ》立つ。もう六十七歳なのだ。でも稲葉にはまだ効き目があった。

「ではそうすっかなぁ。そうだ、ローズちゃん」

まだなにかあるのか。

「なんでしょう?」

「今日のステージ、前売り券だけで百枚捌《さば》けたよ」

「ほんとですか」

チケットは一枚二千五百円だ。すでに二十五万円は確保できたことになる。幸先がいい。

「ほんともほんと。これで前売り券買ったひとが、隣近所に声かけて、連れてくるだろ。二百五十席の公民館は間違いなく満席になるぞ」

だとしたら六十二万五千円の稼ぎだ。おひねりと稲葉のご祝儀で、プラス十万円は期待できる。目標の百万円を半分以上も達成できてしまう。こんなことならチケットを一枚三千円にすればよかったと思わぬでもない。

　ここはひとつ礼を言わねば。

「ありがとうございます」

「おらはなにもしとらん。すべてはローズちゃんの実力のなせるワザよ。楽しみだなぁ。村にくるのは何年ぶりになる?　三年?　もっとか」

一昨日《おととい》の電話でおなじ会話をしたのを、ゆかりは思いだす。

「やだわ、稲葉さん。私、引退して二十年以上になるんですよ」

「二十年以上？　うちの公民館で引退公演を開いて、そんなに経つのか」

レコード会社との契約が切れたのが第二次オイルショックのピークだった。その後、小さな芸能プロダクションに潜りこんで、ドサ回りを始めた頃から、稲葉の村へはちょくちょく足を運んでいた。たぶん二十回は下らないはずだ。そしてバブル期の真《ま》っ只中《ただなか》からの六年三ヶ月、日本全国百ヵ所近くで引退公演をおこない、その際にも稲葉の村を訪れたのだが、いつだったかはいまいち記憶にない。

「いっくしょん」

またしても年寄り臭いくしゃみをしてしまう。このまま甲板にいたら、風邪をひきそうだ。タイタニックトリオはまだいたが、老夫婦やひとりきりの女の子はすでにいない。

「だいじょうぶかい、ローズちゃん」

「は、はい。支度があるんで、もう切りますね」

「すまん、すまん。いかんな、歳を取ると話が長くなって。そいじゃあ」

「さっぶうぅう」「なんか温かいもん飲も」「あたしも。自販機あったよね」

真っ赤なキャリーバッグを引きずり、『タイタニック』ごっこを興じていた三人のあとをついていく。客室へのドアまで辿《たど》り着くと、最後の子がドアを開けて、待っていてくれた。

「ありがとうございます」

「大荷物ですね」「重くありません？」「お手伝いしましょうか」

「だ、だいじょうぶです。見た目よりも軽いですから」

こうもひとに親切にされるのはひさしぶりだ。『野ばら』の常連達と、近頃の若者ときたら礼儀を知らないだなんて、悪口を言っていた自分が恥ずかしくなった。

「さっきさぁ、写真撮ってあげた夫婦さぁ」

先を歩くタイタニックトリオが話すのが聞こえる。やはりあの老カップルは夫婦らしい。

「チョーお金持ちっぽいよねぇ」「じゃなきゃ、車で日本一周なんてしないって」「しかもポルシェ」「なんであなた、あの夫婦の車がポルシェって知ってるの？」「あたし達が船に乗るときに、車両甲板に乗りこんできたの見たでしょ」「優雅な老後よねぇ」

まったくだ。

自販機まで辿り着くと、またしてもタイタニックトリオに親切にしてもらった。先に買うよう勧められたのだ。礼を言いつつ、コートから年季の入った財布をだす。函館でスナックをはじめた頃、金運アップの験かつぎに購入したものだ。昔はキンキラと金に輝いていたが、いまや薄汚れ、ほぼ黄土色である。あちこち擦り切れてもいた。カード類の他に領収書やレシート、クーポン券などでぱんぱんに膨れている。お札は一万円札が二枚に千円札が三枚のみ、これでもふだんよりもだいぶ多い。

「あれ、おっかしいなぁ」

タイタニックトリオのひとりが、ふわふわの毛で覆われた子犬みたいなバッグの中をかきまわしている。

「なに、どうしたの」「財布がないんだよぉ」「家に忘れてきたんじゃない」「いいわよ。ここはあたしが奢《おご》ってあげる」「マジ、助かる。でもどこやったんだろ」

優に三十枚はある小銭から百円玉一枚と十円玉三枚をだし、自販機に入れてボタンを押す。どんがらんがんと派手な音を立て、取り口に缶が落ちる。コーンポタージュだ。朝食代わりだ。お腹が減ってはいない。しかし常備薬を飲むのに、なにか胃袋に入っていたほうがいいと思ったのだ。中腰で缶を拾う。昔は容易《たやす》くできたことも、いちいち一仕事なのが腹立たしい。リウマチで腰が痛いのもある。

それからゆかりは二等の婦人専用の客室にむかった。カーペット敷で雑魚寝《ざこね》をするだけの部屋だ。その片隅を陣取り、コーンポタージュを飲みおえたあと、ショルダーバッグから半透明なケースを取りだした。分厚い単行本ほどの大きさで、中身は一週間ちょっとの常備薬と、なにかのときにとかかりつけの医者が薦めてくれた薬が入っている。ペットボトルの水で朝の分を飲む。錠剤に粉薬あわせて十もある。面倒だが飲まねば寿命が縮まると医者に脅かされていた。やがて瞼《まぶた》が重くなってきた。どの薬かわからないが、眠気を誘う副作用があるらしいのだ。ショルダーバッグを枕に横になる。

短い夢を見た。いつも見る夢だ。

『野ばら』のカウンターの中で、ゆかりはマイク片手に唄っていた。曲は決まって『イムヌ・ア・ラムール』だ。日本語のタイトルは『愛の讃歌』、エディット・ピアフの名曲である。ゆかりはこの歌をフランス語で唄うことができた。夢の中だけではない。現実でもだ。

　シャンソン好きの母はエディット・ピアフがいちばんのお気に入りだった。身体が弱い母は縫製の内職をしていた。エディット・ピアフのレコードをかけながら、ミシンを足で漕《こ》ぐのが日課だった。おかげでゆかりは小学校へあがる頃には、ピアフの歌を何曲か丸覚えして、唄えるようになっていた。とは言え歌詞の意味どころか、フランス語だということさえわかっていなかった。母には幸せになるまじないだと教えられ、ならばと一所懸命に覚えたのである。

　有名なシャンソン歌手が日本語で唄うのを聞いたのは中学生の頃だったと思う。ラジオから流れるその歌声を聞き、なるほど、こういう意味だったのかと思った。それが訳詞ではなく、日本の作詞家のほぼオリジナルの詞だと知ったのは、ずっとのちのことだ。

　子供の時分は西荻窪《にしおぎくぼ》のアパートに母と二人暮らしだった。そこへ月に二、三度は訪れる父の前で披露し、その度にお小遣いをもらった。元芸者の母は大手織物会社の社長である父のお妾《めかけ》さんだったのである。

両親以外の前で唄ったのは十五歳のときだ。バス会社の面接だった。自分がいちばん得意なことをやってみてくださいと、面接官に言われたのである。やらないとバスガイドになれないと思い、恥ずかしいのを我慢して、『愛の讃歌』を唄いあげた。フランス語でだ。唄いおえたあと、部屋がしんと静まり、だれひとり口をきけずにいた。ゆかりの歌に圧倒されたのだ。しかし本人はとんでもないことをしでかしたと思い、すみませんでしたと、その場で泣きだしてしまった。

こうしてバスガイドになったのちだ。バスの中で唄ってみたらどうかと、バスガイド課の課長に勧められた。これからのバスガイドは観光名所を説明するだけではなく、お客様を楽しませるために、工夫をこらさなければならないとのことだった。ゆかりにすれば、好きな歌が唄えるならばそれでいいと思うだけだった。

それから二年と少し、ほぼ毎日、子供の頃に覚えたシャンソンの数々を唄いつづけてきた。エディット・ピアフの曲が多い。中でも『愛の讃歌』は客の受けがよかった。自分で唄っていても気持ちがいい。

これがきっかけで十九歳にして歌手デビューしたものの、ミラクル・ローズになったあとは、ステージで『愛の讃歌』に限らず、シャンソンを唄ったことはついぞなかった。ドサ回り先で、打ちあげなどのごくプライベートな席で、興に乗って何遍か唄ったことはある。だがいまはこうして夢の中だけでしか唄わなくなった。

さすがに歌詞の大意を知ってはいるものの、一言一句、フランス語の意味がわかっているかと言えば、そうでもない。それでも気持ちよく唄いあげていると、店にだれかが入ってきた。このだれかがわかった試しは一度たりとてない。顔を見ようとしても首が動かず、モニターを見ながら唄いつづけるしかないのだ。だれかはカウンター席で、常連さんと話すこともあれば、ゆかりの歌に聞き入ることもあった。

だが今日はちがった。カウンターにあったリモコンで、カラオケの曲を止めてしまったのだ。店内は静寂に包まれた。

　ゆかりはマイクを握りしめたまま、そのだれかの顔を見ようとした。なぜだか今日は首を動かすことができたのだ。あと少しで顔が見える。あとちょっと。

　背中が痛い。布団ではなくカーペットの上で寝ていたのだからやむを得ない。左腕に嵌《は》めた腕時計に視線を落とす。青森に到着まで四十分ほどだ。むくりと上半身を起こす。何人か、まだお休み中だ。彼女達を起こさないように注意しながら、部屋をでる。

　あっ、あの子。

　二階の客室で、甲板でひとりだった女の子を見つけた。窓際の椅子に座り、海を眺めていたのだ。ここでも彼女はひとりだった。近くに親らしき大人はいない。淡い水色のリュックサックを隣の椅子に置き、耳当て付きのニット帽は被ったままだ。あれくらいの年ならば、ひとりだっておかしくはないだろうが、それでも気にかかった。一列挟んで、女の子の斜めうしろの席までいく。

「よっこらせ」

わざと声をだして座る。もちろん女の子の気を引くためだ。うまくいった。身体をひねって、ゆかりのほうを見ている。タイタニックトリオより年下のはずだが、彼女達よりもおとなびて見えるのは、顔の造作ではなく表情だ。年のわりには憂いに満ちていた。なにかを悟ったかのようにも見える。

「こんにちは」まずは挨拶《あいさつ》。「じゃないわね、まだおはようね」

「おはようございます」

丁寧に挨拶を返された。歯切れがよく、凛《りん》とした声だ。

「中学生？」

「あ、はい」一瞬、戸惑いがあった。

「ひとり？」

「ええ」頷《うなず》きながら、女の子は探るような目つきになっていた。

「私もなのよ。最初は青森、そのあと東北北陸《とうほくほくりく》を巡って、山陰《さんいん》までいって、最後は東京。ずっとひとりなの」

なんでここまで詳しく話しているのだろ。

心のどこかで、少しでも女の子に興味を持ってほしいと願っていたからかもしれない。

「あちこち、いかれるんですね」

「仕事でね」

「どんな仕事ですか」女の子の顔を覆う憂いが薄まり、年相応の無邪気さが垣間見《かいまみ》えた。だがそれも一瞬だった。「ごめんなさい。立ち入ったことを訊《き》いちゃって」姿勢を正し、前をむこうとする。それを引き止めるために、「歌手なの」と口にしていた。女の子はまたゆかりに顔をむけた。

「さっき、デッキで唄っていましたよね」

やはり聞いていたのか。

「素敵な歌声でした」

いきなりの褒め言葉にゆかりは戸惑ってしまう。

「ありがと」短く礼を言ってからだ。

「三十年近くも昔に引退したんだけど、ファンの熱望に応《こた》えてね。一度限りの復活で、コンサートツアーをすることにしたの」

なにがコンサートツアーだと自らにツッコむ。所詮《しょせん》はドサ回りに過ぎない。ファンの熱望も嘘である。昔の知りあい、主にパトロンやタニマチさんに連絡を取り、どこかで唄わせてくれないかと頼みこんだのだ。稲葉もそのうちのひとりだ。

「これでもレコードを七枚だしているのよ。テレビにもちょくちょくでていたわ」

ちょくちょくではない。ときたまだ。

「レコードってことは、あたしが生まれるずっと前ですね」

最後のレコードが一九八〇年だ。下手したらこの子の親だって、生まれていない可能性がある。

「紅白にもでたことあります？」

「一度、候補にはあがったわ」

「なんて名前ですか」

「ミラクル・ローズよ」

いまでも口にするのはいささか恥ずかしい。

「外国の方？　両親のどちらかがそうだとか？」

そんなはずないでしょ。

しかし女の子は真顔だ。

「生粋の日本人。本名は野原ゆかり」

「ほんとですか」目を一杯に広げている。なにを驚いているのだろう。

「私もです」なにがと訊ねる前に、女の子はつづけて言った。「私もゆかりなんです」

それは驚いても不思議はない。

「漢字はどう書くんです？」

「私は平仮名でゆかりよ。あなたは？」

「ご縁《えん》の縁で縁《ゆかり》。だから漢字で書くと緑《みどり》と間違えられるんですよ。名字が森川《もりかわ》だから、縁よりも緑のほうがピッタリきますもんね。親もせめてゆかりさんみたいに、平仮名にしてくれればよかったのに」

不服を漏らす縁を見て、おかしくてたまらなかったが、必死に笑いを堪えた。本人にすれば大問題にちがいない。それを笑っては失礼だからだ。

「どんな歌を唄っていらっしゃるんですか」

縁に訊かれ、答えに窮する。ムード歌謡と言っても子供には通じないだろう。

「オトナ同士の恋愛を唄ったものが多いわね」

「中島《なかじま》みゆきみたいのですか」

「似たようなものよ」

彼女の歌のみならず、ニューミュージックが台頭してきた頃、若者むけにアレンジしてあるだけで、自分が唄う曲と大差ないと思っていた。いまもその意見はさして変わらない。

「いま、聞けます？」

「ここで唄うのはちょっと」

「そんな無茶は言いません。スマホとかにご自分の歌が入ってませんか」

「元がレコードだから、そういうのに入れ方わからないのよ」

なくはない。『無愛想ブルース』のカセットテープだがカラオケだった。再生する機械もない。

「残念だなぁ」縁が呟《つぶや》く。ぞんざいな口ぶりになったのは、ほんとに残念がっているからだろう。

「青森はいつ、コンサートをなさるんですか」「今日だけど」「何時から？」「夜六時よ」「市内ですか」「じゃなくて」「どこです？」

畳みかけるように訊かれ、思わず内陸にある町の名を言い、そこの公民館でするのだと答えてしまった。

「チケットはいくらですか」

「くるつもり？」思わず聞き返す。

「いけませんか」

「いけなくはないけど」

「ゆかりさんの歌、聞きたいんです」

うれしいことを言ってくれる。しかしだ。

「あなたはあなたで、どこかへいくんじゃないの？」

「八戸《はちのへ》の祖母の家にいくんです。でも平気です。電話をかけて遅くなると言えば」

「遅くなるどころか、六時にはじまっておわるのは八時よ。あそこからだと八戸にだって、二時間近くかかるし、そんな時間にはバスもないわ」

縁からの返事はない。小さな目をもっと小さくして、薄い唇を一文字に閉じている。そんな彼女を見て、申し訳ない気持ちに見舞われた。

「私も歌を聞いてほしいのよ」それに客はひとりでも多いほうがいいに決まっている。

「こうしたらどう？　おばあさんにきてもらったら」

「祖母は身体が悪いので、遠出はできません」

縁は姿勢を正し、前をむく。今度は引き止める間もなければ、言葉もでてこなかった。小さな背中がすべてを拒んでいるのがわかった。取りつく島もない。いつまでもそばにいても仕方がないので、並んだ椅子のあいだを抜けて通路へでる。どこからともなく音楽が流れ、船内に響き渡った。つづけて女性のアナウンスがはじまる。

「お客様にご案内申し上げます。みなさま本日は大変おつかれさまでございました。本船はあと十五分ほどで入港します。これよりお車でご乗船いただきましたドライバーの方、また同乗者のお客様は本船の下船順序は車両が先となりますので、各お車に戻られまして、下船の準備をお願い申し上げます。また一般のお客様の下船は車両をおろしたあととなります」

このフェリーは車以外の乗客も、車両甲板から乗り降りをするのだ。そのため車両が下船のあいだ、車両甲板に降りると危ないので、係員の案内があるまで客室で待っているように、とアナウンスが注意を促す。

「またの日のご乗船を心よりお待ちしております。本船はまもなく入港致します」

縁の小さな背中に目をむける。

やっぱりあの子にも、私の歌を聞いてほしい。

ゆかりは今夜、稲葉の自宅に泊めてもらう予定だ。屋敷みたいなあの家ならば、縁のひとりくらい、どうにかなるだろう。彼女に祖母へ電話をさせ、自分が交渉してもいい。

　ふたたび縁に近づこうと並んだ座席のあいだに、足を踏み入れかけたときだ。

「あなた、早く車に乗らないと」

　背後で女性の声がした。つづけて男性が注意するのも聞こえる。

「焦るな、おい、こら、前にひとが」

「きゃっ」背中にだれかがぶつかったせいで、小さな悲鳴と共に前のめりで倒れてしまった。

「ごめんなさいっ。だいじょうぶですか」

　だいじょうぶではない。通路に四つん這《ば》いで、ぱんぱんに膨らんだショルダーバッグをお腹に敷いていた。真っ赤なキャリーバッグが通路で横倒れになっているのが見えた。

「なにをやってるんだ、おまえは。他人《ひと》様《さま》に迷惑をかけて、おっちょこちょいにも程があるぞ」

「ごめんなさい、どうしましょう」

　だれであれ、男性の怒鳴る声は不愉快なものだ。ぶつかってきた相手とはいえ、うろたえる女性が可哀想でならない。

「わ、私はなんともありませんので」

　せいぜい床についた手のひらが痛む程度だ。ショルダーバッグがクッション代わりになったのも幸いした。立ち上がろうと右膝《みぎひざ》を立てるとだ。

「手をお貸ししましょう」

間近で言われ、たじろぐ。男性が前屈《かが》みになり、両手をさしだしてきた。ポルシェで日本一周の夫婦だ。無下に断るのもなにかと思い、男性の手に摑《つか》まる。

「なにをぼやっとしているんだ。うしろから腰を支えておあげなさい」

「どこか痛みませんか」女性が眉《まゆ》を八の字にして、顔をのぞきこんでくる。「申し訳ありませんでした」

「どうぞ、お気遣いなく」

「失礼します」「ほんとにごめんなさいね」

夫婦揃って、深々と頭を下げてから、そそくさと去っていく。やけに足が速い。ゆかりはひとまず、横倒れになったキャリーバッグを立たせた。

「ゆかりさんっ」縁だ。立ってゆかりを見ている。「財布っ」

財布がどうした？

「あのひと達がゆかりさんの財布、取ってったのっ」

コートのポケットに手を入れる。ない。黄土色に成り果てた財布が消えていた。老夫婦の姿はすでにないものの、行き先は車両甲板のはずだ。

「あたしに任せてくださいっ」

縁が叫ぶと同時に、座席の上を飛び跳ねていく。まるで義経《よしつね》の八艘《はっそう》飛びだ。そして通路に舞い降り、息つく間もなく走りだす。

「あたしの財布もだっ」背後の叫び声にゆかりは振りむく。タイタニックトリオがいた。

叫んだのは、子犬みたいなバッグを持った女の子だ。「あたしの財布も、あの夫婦が盗んだのよ、きっと」

「甲板にでてて」「あの夫婦に写真撮ってあげたときね」

　他のふたりが言う。

「ごめんなさい、あなた達」ゆかりはショルダーバッグを肩から外し、キャリーバッグの脇にある椅子に置いた。「私の荷物、見ておいてちょうだい」

　返事を待たずして、ゆかりは縁を追う。

　財布がないのは困る。それ以上に縁のことが心配だったのだ。追いつかねばと足を速める。だが数メートルも走らないうちに息苦しくなってしまった。歳も歳だし、この何十年まともに走ったこともない。『野ばら』の常連さん達には、運動をすべきだと、ヨガやらジムやらウォーキングやら太極拳やら水泳やら、いろいろ誘われたものの、面倒だからとすべて断った。もとから運動は苦手なのだ。しかしいまさら後悔してもはじまらない。それでもなんとか車両甲板へむかう階段まで辿り着き、恐る恐るへっぴり腰でおりていく。

　骨粗しょう症で骨を折るのが怖いし、激しい運動をしたら狭心症の症状もでかねない。さらには緑内障のため、距離感があやふやで、階段を踏み外しかねないのだ。

「どこを走っとるんだ、きみぃっ。止まりたまえっ。止まるんだっ」

　男性が注意する声があたりに響き渡った。ゆかりの十メートルほど先にいる彼は、車両の誘導係員にちがいない。連絡船はすでに入港し、車両甲板から大型トラックを主に、つぎからつぎへと車がでていく真っ只中だった。その隙間を縫うようにして縁が走っている。注意されて当然である。見ているだけでヒヤヒヤしてしまう。心臓に悪い。あちこちでクラクションが鳴っていた。

「危ねぇぞ、こらぁっ。轢《ひ》かれてぇのか、こんガキァ」

トラックの車窓から首をだし、怒鳴る運転手までいた。しかし縁はまるで聞く耳を持たない。その先にポルシェが見える。銀色だ。甲板のだいぶ奥のほうで、ごく緩やかにひとの歩く速さ程度でしか動いていない。縁はポルシェに辿り着くなり、屋根やらドアやらをばんばん力任せに叩《たた》きだした。

「なにしてるんだ、きみぃっ」

誘導係員がさらにキツい口調で叫んだ。おなじ制服を着た男性が数人、彼の許に集まっている。ほとんどが白髪まじりでいい歳をしたオジサンだ。ゆかりとさほど変わらぬ歳のひとまでいた。

「掏摸《すり》ですっ。この車に乗ってるひと、掏摸なんですっ」

縁はポルシェを叩きながら言った。

「ほんとですっ。私の財布を掏《す》られました。他の乗客も被害にあっているんです。早く捕まえてくださいっ」

ゆかりも声をかぎりに叫ぶ。そのあいだにもつぎからつぎへと車が船から表へでていく。そしてポルシェの速度が増す。

「財布返しなさいよっ。返せったら。あたしは見てたんだからなっ。観念しろっ」

縁は果敢に叫びつづけ、ひょいとポルシェの上に飛び乗った。フロントガラスからボンネットにかけ、身体を大の字にして、へばりついたのだ。無鉄砲にもほどがある。ポルシェは船をでた途端、大きく左へ曲がり、今度は右に、つぎは左にと蛇行していく。縁を振り落とす気なのだ。

「警察をっ」オジサンのひとりが言う。

遅いって。

かと言って、ゆかりもどうしたらいいものか、わからない。船をでたものの、ポルシェはだいぶ先だ。とてもではないが追いつくはずがない。自分の無力さを思い知らされているようで虚しさに襲われる。それでも足を止めることはできなかった。

「あ」ゆかりは悲鳴をあげた。遂《つい》に縁が振り落とされたのだ。しかし仰向《あおむ》けで落ちたおかげで、リュックサックがいい具合にクッションとなった。そのまま、ころころとアスファルトを二、三回転していく。

「縁ちゃんっ」

ポルシェは道案内の看板に突っこむ。テレビドラマか映画であれば、爆破するだろうが、ボンネットを凹ませただけだった。だがいまはポルシェなどどうでもいい。縁へ駆け寄ろうとしたものの、早足ですらなくなっていた。ひとまず縁の名前を呼ぼうとする。

これもできなかった。息切れをして、声がでないのだ。思いばかりが先走り、身体がついていかない。

遥《はる》か先で縁が起きあがった。遠目で見る限りだが、外傷はなさそうだ。ぱんぱんと服の汚れを払いながら、看板に突っこんだままのポルシェに顔をむけていた。ゆかりはホッと胸を撫《な》で下ろす。

サイレンの音が聞こえてきた。パトカーだろう。誘導係員のだれかが警察を呼んだにちがいない。縁が落ち着きを失っている。キョロキョロとあたりを見回し、ゆかりに気づく。そして目があうなりだ。

「あとはよろしくね、ゆかりさんっ」

そう叫んで踵《きびす》を返し、縁は猛ダッシュで走り去っていく。追うのは無理だ。小さくなっていく縁の後ろ姿を見つめつつ、ゆかりは看板に衝突したポルシェのそばに近づく。夫婦がでてこないのが、気になったのだ。サイレンの音が大きくなる中、車内を覗《のぞ》くと、エアバッグと座席に挟まれたふたりが見えた。血は流れていなかった。だからといって、命に別状がないとは限るまい。

運転席は旦那で、助手席は奥さんだった。奥さんが坊主頭になっている。よくよく見れば、車窓に髪の毛がくっついていた。カツラが外れて、落ちていたのである。

三十分後、ゆかりは県警にいた。タイタニックトリオと共にパトカーに乗せられ、連れてこられたのだ。ただし着いてからは別々になった。ゆかりが案内されたのはフロアの角に、パーティションで仕切った三畳ほどの場所だった。なんの変哲もないテーブルを挟んで、パイプ椅子が二脚。そのうちのひとつに座り、十分ほど待たされた。タイタニックトリオに預けてあった荷物は、隅っこに置いてある。テーブルにスマートフォンをだしてあるが、約束の十二時半を二十分過ぎたいまもまだ、稲葉元村長からの電話はない。

自宅に電話しようか。

稲葉ではないにせよ、だれか他に家族のひとがいるかも知れない。するとスマートフォンが震えた。画面には０９０ではじまる番号が表示されている。

「ミラクル・ローズさんでいらっしゃいますか」

「は、はい」

「元村長の孫の稲葉ソーキチと言います」

村長さんの孫？　どうして孫が？

「すみません、すっかり遅れてしまいまして。ついさきほど青森駅に着いたんです。祖父には東口の改札だと聞いていたのですが、ミラクル・ローズさんはどちらにいらっしゃいますか」

「ちょっとしたトラブルに巻きこまれまして」少しためらったものの、正直に話すことにした。「県警にいるんです」

「大変じゃないですか」

ソーキチの声が大きくなる。そこまで驚かなくてもと、思わないでもない。

「コンサートにはぜったい間にあいますので、どうぞご安心ください」

「そのコンサートの件でお話ししたいことが」

「なんでしょう？」

「会ってご説明したほうがいいと思いますので」

ソーキチの歯切れが悪い。なにを説明するのだろう。大いに気になる。

「お待たせしました」そこに女性の警官があらわれた。ゆかりのむかいに腰をおろし、ノートパソコンをテーブルに置く。「すみません。お電話中でしたか」

「いえ、あの」

「県警をでたら、この電話に連絡いただけませんか。よろしくお願いします」

そう言い残し、ソーキチは一方的に切ってしまう。やむを得ない。

「わざわざ署までおいでいただいたうえに、お待たせしてしまって。ほんとにごめんなさい」制服を着ているからこそ警官に見えるものの、控えめで銀縁眼鏡をかけたその容《よう》貌《ぼう》は文学少女のようで、学芸員か図書館司書のほうがぴったりに思えた。「短くすませますので、ご協力のほどよろしくお願いします」

名前、住所、生年月日、職業など、ゆかりは包み隠さずすべて答えていった。それを逐一、女性の警官はノートパソコンに打ちこんでいく。パタパタパタパタパタとうるさいのが、少し気になった。

掏摸にあってからポルシェが事故に遭うまでについて、あれこれ訊かれた。すべて正直に答えたが、縁の名前は言わないでおいた。サイレンの音が聞こえるなり、彼女が慌てて去っていったのは、警察に関わるのを避けるためにちがいない。そう思ったからだ。

「あの子のおかげで、全国の警察が三年半、追いつづけていたふたりを逮捕できたんですからね。表彰ものですよ。あのふたり、男同士のコンビでして、カモに近づいても警戒されぬよう、片方が女性にバケていたんです。神戸《こうべ》あたりで盗んだポルシェで北上しながら各地で仕事をつづけ、北海道に渡ってからも観光客相手にひと月ばかり荒稼ぎをして、本州に戻る途中だったようで」

これが最後の質問ですと、財布について訊かれた。色やカタチ、現金はいくら、他になにが入っていたかを事細かに話した。

「わかりました。いますぐお持ちしますので、少々お待ちください」

稲葉惣吉《そうきち》。

名刺には縦書きでそう明記されていた。合併した町の役場で、彼の肩書きは『総務企画課総務グループ職員厚生担当』だった。どんな仕事をしているのか、ゆかりには想像がつかなかった。

「平成生まれの名前じゃありませんよね」

惣吉は気恥ずかしそうに笑った。目元は涼しげで、鼻筋の通った高い鼻、細面で顎《あご》が尖《とが》っている。下駄みたいな顔の祖父とは似ても似つかないイケメンだ。

県警をでてから、惣吉に折り返しの電話をかけると、「すぐにそちらへむかいます」と言われた。顔を見てもわかるまいとゆかりは思い、真っ赤なキャリーバッグが目印ですと告げた。惣吉は五分とかからずにあらわれた。県警のそばで待つゆかりの前に、軽四駆が停まり、その車窓から顔をだし、「ミラクル・ローズさんですね」と話しかけてきたのである。

「車、パーキングに置いてきますんで、そこらでちょっとお茶でもしませんか」

そしていまいるのは県警近くの喫茶店だ。惣吉は腰をおろすなり、ズボンのポケットからスマートフォンをだし、画面を確かめ、テーブルに置いた。スナックを訪れる客も、こういうひとが増えた。昔はスマートフォンではなく、煙草とライターだった。

時代は変わった。でもいまにはじまったことではない。喫茶店のテーブルがインベーダーゲームになったときも、ビデオデッキでテレビ番組を予約録画ができたときも、カードを機械に当てただけで改札口を通れるようになったときも、そう思ったものだ。六十七年の人生で幾度となく〈時代は変わった〉ので、いい加減慣れてしまった。

「あなたと写真を撮ったのは、三歳のときでした」

「では私のことなんて、まるきり覚えてませんよね」

「でも歌は唄えます。ブゥアイッソォオ、ブゥアイッソォ、ブアイソォォオブウルゥゥスゥゥウウウゥウウ」

いきなり唄うのは稲葉家の慣わしなのか。

狭い店内で客は他にいなかったものの、カウンターの中で店長と思《おぼ》しき男性が、こちらを窺《うかが》っている。

「どうです、ぼくの巻き舌」惣吉が得意げに言う。

「お見事ですわ」としか言い様がない。

「祖父だけではなく家族みんな、あなたのファンですからね。いまでもときどき、レコードをかけることがあるんですよ。『無愛想ブルース』も悪くありませんが、ぼくが好きなのは『あのひとを譲って』です」

「ほんとですか」ゆかりは思わず口にしてしまう。『あのひとを譲って』は五枚目のシングルのA面だ。第一次石油ショックの年に発売し、売行きは芳しくなかった。

「ダメェナァヤツゥダトォイウノナラァ」

惣吉は『あのひとを譲って』をでだしから唄いだす。ありがたいが恥ずかしい気持ちのほうが上回ってきたので、止めることにした。

「あ、あの、惣吉さん」

「ユゥズッテチョウダイアノヒィトォ、はい？」

「お祖父《じい》様はどうなさったんです？」

「ああ」惣吉は咳払《せきばら》いをひとつすると、深々と頭を下げた。「この度は祖父が迷惑をかけて、申し訳ありませんでした」

「私はべつに迷惑なんてなにも」

「お恥ずかしい話ですが」頭をあげても、惣吉は俯《うつむ》き加減だった。「祖父はこの数年、すっかり耄碌《もうろく》してしまいまして。ただし昔のことについては、事細かに話せるほどよく覚えているんです。ローズさんのショーについてなどは、元号と西暦のどちらも言えて、何月何日何曜日、曲順まで言えます。孫のぼくを親父や東京に暮らすオジサンと間違えるくせにですよ」

そうだ。村長さんには息子がふたりいた。長男が東京で就職し、次男が跡取りになったはずだ。惣吉の父は次男にちがいない。村長さんに比べ、惣吉の父親は控えめでおとなしく、いるかいないか、わからないほど影が薄い存在だった。顔も満足に覚えていない。倫理の倫と書いてサトシって読みます。村を訪れる度に、そう自己紹介していたことだけは記憶にある。

「だけどそれはまだマシなほうでしてね。毎日、つきっきりで面倒を見ているおふくろを、十年も前に亡くなった祖母の名前で呼びかけたりします」

惣吉は力なく笑った。笑わないではやっていけないという笑い方だった。

「自分がまだ村長のつもりで、あちこちへ電話をかけては命じてしまうこともよくあるんです。ふだんは呂律《ろれつ》がまわらないのに、そのときばかりは、しゃきしゃきしゃべれましてね。人口減少対策の事業提案書について再考したいだとか、高齢者および障害者などの移動の円滑化の促進に関わる特定道路の条例について意見をまとめてくれだとか、今度の定例会の質問原稿の全文および関連資料を届けてくれないかとか、やけに具体的に、ときには数字まで羅列して言うんです。ぼくも役場で祖父の電話を受け、鳥獣による農作物への被害防止のための資材購入の経費が村ぜんたいでいくらになるか概算してほしいと言われたことがありました。このときはもしかしたら祖父は正気に戻って、なにか知恵を貸してくれるつもりなのかもしれないと、命令どおりに概算した書類を自宅に持って帰って、祖父に渡しました。ところが祖父は焦点のさだまらない目で、ぼくを見つめて、困った顔をしただけでした」

　稲葉は生まれ故郷である村を愛し、村のために働きつづけた男だった。ショーがおわった打ちあげでも、村をよりよくするためにはどうしたらいいか、村民達と酒を酌《く》み交わし、大いに語りあい、二十一世紀の我が村は、と一席ぶっていた彼を思いだす。

「そんなことがつづいたもので、ぼくが自宅の電話を外そうとしたら、おふくろが可哀想だからやめてほしいと言いましてね。電話で話す祖父は、昔みたいに生き生きとしているらしいんですよ。かける相手は村会議員をはじめ、農協や教育委員会、観光協会などのおエライさんだったひと達十人ばかしと役場にだけと限られていましたので、そのうちみんな、いつものことだと受け流すようになっていたのですが」

　ゆかりは段々と不安に襲われてきた。惣吉がいつまで経っても、コンサートの件の話をしようとしないからだ。

「ローズさんはいつ、ウチに電話をくださいました？」

「せ、先月のなかばです」

「何曜日か覚えていますか」

「いえ。でもバレンタインデーでした」

自分の店、『野ばら』で客に配るチョコの準備がおわったあとだった。カウンターの隅にある薄いピンク色の公衆電話からかけた。わざわざ十円玉を入れながらである。いまも現役のこの電話を基本は食材や酒、おしぼりなどの注文といった、店に関することに使っていた。まだ店は開いているかとか、だれそれさんは今日きているのかとか、常連客からかかってくることも珍しくない。客のあいだでは、なまじ店名よりも、ピンクの電話の店で通じるので取り替えたり、外したりもできず、そのままにしてあるのだ。

「バレンタインデーというと」惣吉がスマートフォンの画面をタップする。「やっぱり水曜か。午後ですよね」

「え、ええ。夕方でしたけど」

「水曜と土曜の午後はおふくろが留守なんです。隣町の高校まで女子柔道部のコーチにでかけているもので」

惣吉の母、村長さんのとこのお嫁さんについては微《かす》かに記憶があった。快活で陽気な女性で、春子だか夏子だか秋子だか冬子だか、四季のいずれかだったはずだ。大柄でがっしりとした体つきだった。柔道の選手だった話も聞いた覚えがある。酒席にあらわれ、ビールを注いで回っていた。勧められれば彼女も呑《の》んでいたはずだ。

「バレンタインデーのその日、祖父にステージの話をなさったんですね」

「え、ええ」

「そして祖父が公民館で開くことを承諾した？」

「そうです。今朝も電話をもらいました」

「何時頃です？」

「八時過ぎでした」

「そっか。今朝はおふくろ、朝市の手伝いへいくって言っていたっけ。そのとき祖父とはどんな話をなさいましたか」

「青森駅ではなくて新青森駅へ迎えにいこうとおっしゃるのをお断りして、あとはあの、今日のステージの前売り券が百枚捌けた、それを買ったひとが隣近所に声をかけるから、公民館は満席にちがいないと」

「ほんとに申し訳ありません」惣吉はふたたび頭を下げた。さきほどよりもさらに深くだ。「すべて祖父の嘘です。いえ、祖父自身、嘘をついているとは思っていません。祖父の頭の中の出来事を現実だと勘違いしているだけでして」

「それってつまり、今夜のステージは現実にはないと」

「今夜だけでなく、これから先もできない状況でして」

「私にきてほしくないとおっしゃるんですか」

あんまりだ。私がなにをしたと言うのだろう。できれば怒鳴り散らしたいところだ。でもできない。六十七年のあいだ、ひとと争うのを避けて生きてきたからだ。

どうせ日陰者だから。

四十七歳の若さで亡くなった母は、嫌なことや辛《つら》いことがある度にそう口にした。つづけてこうも言った。

運命よ。運命だと思って諦《あきら》めるの。

しかし六、七十万円の稼ぎになるはずだったのが、ゼロになってしまったのだ。そうは容易く諦められない。

「どう責任を」

声高になると同時に、言葉がつづかなかった。突然、咳がではじめたのだ。興奮して声高になったのがまずかった。

「せ、背中擦《さす》りましょうか」

心配げに言い、惣吉は腰を浮かせていた。

「だ、だいじょうぶです」

両手を重ねて胸を押さえる。気を落ち着かせれば自然と止む。医者にもそう言われたし、経験上わかってもいた。今回はものの五分程度で治まった。目の端に浮かんだ涙を右手の甲で拭《ぬぐ》う。

「ぼくの言い方がいけませんでした。許してください。公民館が使える状況ではないと言いたかったのです」

「どういうことですか」

「五年前の大雪で屋根が抜け落ちてしまいまして」

予想外のことにゆかりは絶句した。

「新しく建て替える話もなくはなかったのですが、そんな予算はどこにもなくて。修理もできない状態で、放ったらかしのまんまなんです」

「稲葉さんはそれを」どうにか言葉を絞りだす。

「知っているはずなんですが」惣吉は哀しげな顔になる。いまの祖父は昔の祖父ではない。わかっていてもその事実を認めるのがつらいにちがいない。

「朝の十時半頃、朝市から戻ったおふくろが、車に乗りこもうとする祖父を見つけて、慌てて止めたものの、どうにも言うことをきかないので、役所にいたぼくを呼んだんです。ウチまで車なら五分とかかりませんからね。すぐに駆けつけ、祖父を落ち着かせ、話を聞きだすと、今夜六時から公民館でミラクル・ローズのワンマンショーがある、だから彼女を青森駅の東口改札に迎えにいくんだと言うんです。でも祖父は何年も前から車を運転できる状態ではありませんし、代わりにぼくがいくと説き伏せまして」

「私のスマホの番号は」

「自宅の電話の受信履歴で確認しました」

ゆかりは全身の力が抜けていくのを感じた。このまま椅子から滑り落ちてしまいそうだ。

「ローズさん、函館からいらしたんですよね。往復の交通費を払わせてください」

「函館には帰りません。仙台《せんだい》のほうでショーがあるので」

「お忙しいんですね」皮肉に聞こえたが、惣吉にはそんな気持ちはさらさらなさそうだった。「では函館から青森と、青森からそこまでの交通費を」

「もちろんいただきます」そう答えると同時に、酒席で上機嫌にはしゃぐ村長の姿が、ふたたびゆかりの脳裏をよぎった。「仙台のほうのショーは明後日《あさって》で、今日は村長さんがご自宅に泊めてくださる約束だったんですよ」

「でしたら今日は市内のどこか、ホテルをとらないといけませんね。役場で利用するビジネスホテルを紹介しましょう」惣吉はテーブルに置いたスマートフォンをいじくりだす。「空室があるかお調べします」

「いえ、あの」

「宿泊費もお支払いします」

「ちがうんです。そうではなくて、できれば一目でも村長さんに会えませんか」

惣吉は画面をタップする人差し指を止めた。

「ぼくはいいんですが、おふくろがなんと言うか。祖父の調子もありますからね。電話して聞いてみます」

惣吉の母からお許しがでた。今晩、自宅に泊めてもくれるという。元からの約束なので当然だと思わないでもなかったが、惣吉を通じて礼を言った。

「お父様はお元気ですか」喫茶店をでて、軽四駆に乗りこみ、しばらく経ってからだ。ふと気になりゆかりは訊《たず》ねた。「倫理の倫と書いて、サトシってお読みになる」

「父は」惣吉が口ごもる。それだけで自分がなにかまずい質問をしたことに、ゆかりは気づいた。「ぼくが社会人になってすぐ、交通事故で亡くなりました。今月のアタマに七回忌があったばかりで」

ああ。的中してしまった。

「ごめんなさい」

「謝ることなんてありません。死んだのを知らなくて当然でしょう。親父は祖父に勝るとも劣らないほど、あなたのファンだったので、名前を覚えていてくれただけで光栄です。棺桶《かんおけ》にあなたのレコードを入れようとしたら、葬儀屋に燃えないものは駄目だって言われて、やむなくサイン色紙にしたんです。ウチに着いたら、ぜひ仏壇に線香あげてやってください」

「え、ええ」影が薄かったので、顔も覚えていないとは言えない。

「祖父がいまみたいになったのは親父のことが原因で」

息子の倫が亡くなったのち、稲葉は酒の量が増えたのだという。

「元は陽気な酒だったのが、酔うと喚《わめ》いたり暴れたりとひどい酒乱に変わってしまったんです。ぼくとおふくろのふたりがかりで、押さえなければならず、そんな状態が二年弱つづいて、脳溢血《のういっけつ》で倒れてしまいまして」

　不憫《ふびん》でならない。村長の気持ちがわかる。ゆかりもまた大切なひとを失い、自暴自棄になった時期があった。それを乗り越えることができたかと言えばちがう。胸の奥底に無理矢理押しこんだだけに過ぎない。

「お可哀想に、村長さん」

　思わず口をついてでた。するとだ。

「ぼくに言わせれば狡《ずる》いだけです」惣吉が言った。その冷ややかな口ぶりに、ゆかりははっとする。「哀しみに暮れて酒に逃げるだなんて、狡いと思いませんか」

　同意を求められても困る。そのとおりですとは言い難い。ゆかりも酒に逃げることはあった。しかしどんな些細《ささい》な悩みでも、酒を呑んでいたら解決していたなんてことはあり得ない。身に沁《し》みてわかっている。それでも呑まずにはいられないこともだ。

「可哀想なのはおふくろです。十年前に亡くなった祖母も最後は寝たきりで、おふくろが介護をしていました。それが済んだと思ったら、親父を交通事故で亡くして、悼む間もなく祖父の世話をしているんですからね。親戚《しんせき》はよくできた嫁だなんて褒めるけど冗談じゃない」

　惣吉は次第に怒気を帯びていった。機嫌を損ねたのとはちがう。積もり積もったものが噴きでているようだ。

長生きをするのも考えものね。

自分の先行きも不安で堪《たま》らない。昔ならばなるようになるわと言ったものだが、次第になるようにならないことに気づき、焦るばかりだった。

ゆかりは後部座席でうつらうつらとしていたが、気づくと町に入っていた。市内よりも三割増に雪があったものの、惣吉は慣れているのだろう、軽四駆はジグザグな坂道をまずまずの速度で、あがっていく。見事なハンドルさばきだ。

やがて小高い丘に公民館が見えてきた。いや、実際はあまり見えない。二階建ての建物は、まわりを銀色のパネルで囲まれていたからだ。屋根はブルーシートで覆われている。

とりわけ思い入れがあったわけではない。それでも何度かステージに立った場所が、こんな無惨な有様になっているのは嫌なものだ。自分の大切な思い出を踏みにじられた気がしないでもない。これなら更地になっていたほうがまだマシである。

「だれだろ、あれ」

惣吉が言った。窓の外に雪深い坂道の端で、こちらに両手を振っているひとがいる。時刻は五時近く、日の入りまで時間はあるものの、あたりは薄暗いせいで、姿かたちがはっきりしない。

「子供らしいけど、あんな子、村にいたかなぁ」

ニット帽に水色のリュックサック。よもやと思い、ゆかりは目をこらす。間違いない。

「どうしましたぁ？」

軽四駆をその子の間近に止め、運転席の窓を開けるなり、惣吉が訊ねた。

「公民館ってどこですか。今日、そこでコンサートがあるって聞いてきたんですけど」

「縁ちゃんっ」ゆかりは腰を浮かせ、助手席と運転席のあいだから顔をだした。

「あっ、ゆかりさん」強張《こわば》っていた縁の顔が和らぐ。「よかったぁ」

「あなた、八戸のおばあさん家へいったんじゃ」

「どうしてもゆかりさんの歌声をもう一度聞きたくて。おばあさんにはちゃんと許可とりました。コンサートがおわったら、タクシー呼んで、八戸に帰るつもりだったんです」

「お知りあいですか」惣吉が口を挟んできた。

「と、遠い親戚の子なんですよ。私が歌手だったってことを親に聞いて、それであの、いつか私の歌を聞きたいと」ゆかりはなんとか言い繕う。「そうよね？」

「森川縁と言います。ゆかりさんとおなじユカリですけど、あたしはご縁の縁と書きます。お兄さんは」

「稲葉惣吉です」縁の丁寧な自己紹介に面食らいながら、自分もきちんと答えねばと思ったらしい。

「ゆかりさんが乗ってるってことは、公民館へいくとこですよね。乗せてってもらえると助かるんですが」

「それがね、縁ちゃん。公民館が使えなくて、だからその、コンサートはないの」

「使えないってどうしてです？」

「あれが公民館」縁の背にあるそれを指差す。「五年前の大雪で、屋根が抜け落ちて、そのまんまなの」

「おかしいじゃないですか」パネルに囲まれた公民館を見てからだ。目をぱちくりさせながら、縁は訴えるように言った。「五年前から使えなくなっていた場所で、コンサートをすることになっていただなんてあり得ませんよね。わけわかんない」

私もだよ。

「ちょっとした行き違いがあってね」

「ここまできたのに、ゆかりさんの歌、聞けないだなんてショック、デカすぎます」

縁はがっくり肩を落とす。いささか大袈裟《おおげさ》だった。

「いまからだったら、タクシー使わずに、八戸までいけるかしら」

ゆかりは惣吉に訊ねる。

「バスはもうありません。ローズさんをウチまで送ったあと、ぼくが八戸まで送ってあげましょう」

ひとのよさが溢《あふ》れでている口ぶりだ。今回のことで責任の一端を感じているというのもあるだろう。

きゅぅぅうぅうぅう。

お腹が鳴る音がした。

「朝からなんにも食べてないんです」

縁だ。恥ずかしそうにはしている。なのに開き直っているように聞こえなくもなかった。

「ウチで食べていきませんか」惣吉が言った。「おふくろが夕飯を準備して待っているんですよ。電話して量を増やしてもらいましょう」

「いいんですか」縁の顔がぱっと明るくなる。

「食事は大勢で食べるのがおいしいですからね」

惣吉はスマートフォンを取りだし、その画面を人差し指で幾度か叩き、耳に当てた。

「おひさしぶりです、ローズさん」稲葉家の立派な玄関を入った途端だった。廊下を小走りに、そのまま三和土《たたき》まで下りて、ゆかりに抱きついてきた。「夏子《なつこ》ですぅ」

そうか、夏子さんか。しかしよもやこんな出迎えをされるとは。

辟易《へきえき》しながらも、ちょっとうれしかった。ここまできてよかったとさえ思う。

「昔と全然、変わっていらっしゃらないわ」

身体を放したあと、ゆかりの顔をまじまじ見ながら夏子が言う。お世辞だ。わかっている。でも素直に礼を言い、こう付け加える。

「夏子さんもお変わりなく」

　車中で惣吉に話を聞き、柔道で鍛えた身体は介護疲れで痩《や》せ細っているかと思いきや、昔と変わりはなかった。快活で陽気なところもである。六十歳をいくつか過ぎているはずだが、十歳は若く見えた。

「こちらのお嬢さんは？」

「森川縁と言います。ゆかりさんとは遠い親戚でして、あたしはご縁の縁のユカリです」

　縁はしおらしくお辞儀をする。

「いつまでも玄関口で立ち話をしているのもなんだから、どうぞおあがりください。ほら、母さんも。夕飯の支度できてる？」

「できてるわよ。このまま台所へ」

「あの」靴を脱ぎ、三和土からあがりかけた惣吉を、ゆかりは引き止めるように言った。

「できれば先に、倫さんに線香をあげたいんですけど」


「でかっ」

　その和室に入るとすぐに縁が呟いた。なにがでかいかと言えば仏壇である。部屋の三分の一は占め、天井まですれすれの高さがあった。漆と金泥でできており、細工も手が込んで豪華絢爛《けんらん》ときている。なまじの寺の本堂よりも派手で迫力満点だ。歌手だった頃、何度か見ているゆかりも、こんなに大きかったかと圧倒された。

　分厚くてふかふかな紫色の座布団に正座する。巨大な仏壇の中に何枚か写真が飾られていた。いちばん新しいのが倫だろう。それを見てもゆかりはピンとこず、申し訳ない気持ちになった。ゆかりが済んだあと、縁も線香をあげた。背筋をぴんと伸ばし、手をあわせる佇《たたず》まいは、やはり憂いに満ちており、おとなびて見えた。

仏壇の部屋をでて、長い廊下を歩いているあいだだ。

「フェリーでのこと、話しちゃ駄目よ」

縁の耳元で、ゆかりは囁《ささや》く。七十万円は諦めるとして、交通費は請求するつもりだ。その際にフェリーで津軽海峡を横断したのがバレると都合が悪い。

「了解です」

「それとあなた、身体はなんともないの？」

なにせポルシェから振り落とされたのだ。

「リュックサックから落ちたんで助かりました。けっこう厚着だったのも、よかったみたいです。すり傷ひとつありません」

そう言って縁はガッツポーズをとって見せた。

「そんなに慌てて食べなくても、だれも取りはしませんよ。もっとゆっくりおあがりなさい」

「はい」

夏子に言われ、返事をするものの、縁は改めようとはしなかった。おかずもごはんも半端ではない量を箸《はし》で摑んで、ぱくりと一口だ。もぐもぐごっくんと咀嚼《そしゃく》して、飲みこむまでの時間もやたら短かった。ときどきおみおつけを啜《すす》り、口に頬張っているものを、一気に流しこんでしまう場合もあった。このくらいの歳の子は男女問わず、これだけのスピードで食べるものなのか。下品ではない。清々《すがすが》しいほどだ。そんな縁を夏子は目を細めて見つめている。心なしか、うれしそうでもあった。

「おかわりいいですか」

謙虚に言いながら、縁は空の茶碗《ちゃわん》を惣吉の母親にむけて、ぐいと力強くさしだす。

「これで四杯目よ」思わずゆかりは口にする。

「朝からなんにも食べてないんです」

当然の権利だとばかりに縁は言い、唇を尖らせる。そんな表情も愛らしい。

「いいわよ。食べ盛りなのよね。何歳？」

「十二歳です。この春、中学生になります」

この春か。だからフェリーで中学生かと訊ねたとき、戸惑ったのだろう。

縁の茶碗を持って、夏子は立ちあがり、カウンターに近づいていく。その上に炊飯器があるのだ。仏壇の部屋は昔のまんまだったが、いまいる台所は昔とまるでちがう。モダンで洒落《しゃれ》た造りは、ダイニングキッチンと呼ぶべきだろう。壁や床などに汚れや擦れがあるのを見るに、改装して数年は経っているようだ。

「はい、どうぞ」

「ありがとうございます」

ご飯がてんこもりの茶碗を受け取るや否や、里芋の煮っころがしを箸で摘《つま》んで口に含む。食卓には大小さまざまな皿が並び、ぜんぶで十品以上のおかずが並んでいる。半分はつくり置きなのよ、と夏子は言ったが、それでも大変なご馳走で量も多かった。

椅子八脚が囲んだ食卓はお誕生日席が縁、彼女の斜《はす》向かいで右がゆかり、左が夏子、その隣に惣吉だ。仏壇の部屋からここへ通され、いまだ元村長とは会っていない。夏子の話だと、三度の食事のあとは必ず一時間ほどウトウトするらしい。いまも早めの夕飯を済ませ、奥の部屋で寝ているという。七時前後には起きるので、その頃を見計らって、会わせてもらうことにした。

「公民館は駄目でも」山菜の天ぷらを頬張りながら、縁が言った。「ひとが集まれるとこって、どっかないでしょうか。たとえば学校の体育館とか、そういうとこで、ゆかりさんのコンサート、やれませんかね」

え？

「それ、いいじゃない」即座に同意したのは夏子だった。「そうなさいな、惣吉」

「できなくはありませんが」惣吉はゆかりに顔をむけていた。「どうします、ローズさん」

「是非、お願いします」この際、どこでもかまわない。

「そしたら、いつにしましょう」

「明日はどう？」縁が身を乗りだしてくる。「善は急げだよ、ゆかりさん」
「明後日に仙台のほうでステージがあるから無理よ」
「そっか。ゆかりさん、一度限りの復活ツアー中だもんね」

所詮はドサ回りだ。

「でも来週の金曜の東京がラストで、そのあとならば」
「日にちだけ決めておきましょうか」惣吉も乗り気だ。「金土どちらかの夜だったら、ひとが集まります」

どれだけ集まるのだろう。公民館が満席になると稲葉は言ってくれた。しかしいまとなっては信用できない。一応、訊ねておくかと口を開きかけたときだ。

「惣吉っ」夏子が不審そうな声で言った。「外でなにか音がしてないかしら」

している。エンジンの音にちがいない。

「まさか、じいちゃんじゃ」

ってことは稲葉さんが？

「私、部屋、見てくる」「ぼくは表に」

夏子と惣吉が立つと同時に、きゅるるるるとタイヤの音がした。つぎの瞬間、中庭の垣根をぶち破って、車が中庭に突っ込んできた。惣吉の軽四駆だ。しかもバックだった。あまりの出来事にゆかりは我が目を疑う。

「こっちぃくるっ」

縁が悲鳴に近い声をあげた。家に突進してくるかと思いきや、大きな水飛沫《しぶき》があがった。大量の水が窓一面にかかり、庭の様子が見えなくなる。

「じいちゃんっ」

惣吉が水浸しの窓を開き、庭へ飛びだしていく。池に軽四駆がすっぽり嵌《はま》り、タイヤの上部まで浸《つ》かっているのが見えた。

「じいちゃんっ。しっかりしろ、じいちゃんっ」

惣吉は池に入り、軽四駆のドアを開けようと必死だ。しかし内側から鍵《かぎ》がかかっているせいで、どうにもならないようだ。

「夏子さんっ」縁が叫ぶ。「あの車のスペアキー、ありますか」

「あるわ」答えるなり、夏子はダイニングキッチンから姿を消したかと思うと、すぐさま戻ってきた。「これ」

受け取った縁は中庭へ飛びだし、飛石を飛び跳ねていき、惣吉に手渡した。

縮んじゃってる。稲葉を見ながらゆかりは思う。仰向けの彼は頬が瘦《こ》け、顔中皺《しわ》だらけだった。豊富だった髪もだいぶ抜け落ちていた。町中で会って、声をかけられても、稲葉だとはわからないかもしれない。上はワイシャツに燕尾《えんび》服、下は縦縞《たてじま》のパジャマズボンと、へんちくりんな格好で、夏子が靴を脱がすと裸足だった。

ほんのいましがた、惣吉がオンブして、この部屋まで運んできた。十畳はあるだろう洋間で、床に赤い絨毯《じゅうたん》が敷かれ、花柄の壁に大小五枚の風景画が立派な額に入って飾られている。窓には劇場の幕そっくりな、えんじ色のカーテンが引いてあり、照明は小型のシャンデリアだった。悪趣味とまでは言わないが、ゴテゴテとした無駄が多いインテリアは昭和のお金持ちのそれだ。

　ゆかりは昔、ここに入ったことがない。思うに昔は夫婦の寝室だったのではないか。稲葉が横たわるのが、ダブルベッドだからだ。

　その枕元にゆかりは縁とふたりで立っていた。なにもできず、瞼《まぶた》を閉じたままでいる稲葉を見つめるだけである。惣吉はいない。池に沈んだ軽四駆をどうにかしなければ、と稲葉を寝かせてすぐでていったのだ。

「でかけるつもりで着替えたけど、ズボンが見つからなかったか、穿《は》くのを忘れちゃったのね、きっと」

　夏子がため息まじりで言った。呆《あき》れた口ぶりではあるものの、ひどく哀しげな表情をしている。稲葉に覆い被さるような体勢で、夏子は寝たままでいる彼から燕尾服をはぎ取るように脱がす。つぎにネクタイを解き、ワイシャツのボタンを外していく。

「パジャマ脱がずに、着ちゃってたんだ。ほんとしようがないわ、お義父《とう》さんったら」

「コンサート、いくつもりだったのかな」

縁がぼそりと言う。だれのと訊くまでもない。

「きっとそうね」夏子は涙ぐみ、洟《はな》を啜った。

　でもコンサートはなかった。これもやはり自業自得というのか。しかしゆかりは自分のせいのように思えてならなかった。

「お義父さん、またあとで様子を見にきますからね」

捲《めく》ったままだった掛け布団を掛けながら、夏子は稲葉に話しかけた。常日頃からそうしていたにちがいない。亡くなった旦那の父親だとは言え、血のつながりのない赤の他人だ。彼女はなにを思い、どんな気持ちで世話をしているのだろう。家族を持たず、ずっと独り身だったゆかりには、想像がつかなかった。

　稲葉が呻《うめ》いた。瞼を閉じたままで、唇がかすかに動いている。歌だ。歌を唄っていたのだ。なんの歌か、ゆかりは気づいた。テンポはだいぶゆっくりめだが、おかげで歌詞も聞き取れてきた。昼間に惣吉が喫茶店で唄った、『あのひとを譲って』である。

「主人が好きだったんです、この歌」夏子が言った。「お酒が呑めなくて、カラオケも苦手でした。だけどどうしてもと言われたら、必ずこの歌を唄っていました」

　棺《ひつぎ》にレコードを入れようとして断られたのはこの歌だったのだろうか。

「今月のアタマに七回忌だったそうですね」

「ええ。でも」夏子がふたたび洟を啜る。「親戚一同を集めるために、だいぶ前倒しにしたんです。明日が祥月命日でして」

　稲葉の歌声が弱まっていく。じきにサビの部分だ。

♪いっしょにならなきゃ死んじゃうと
おんなじおちょぼ口で言ったのを
忘れてしまったのね お莫迦《ばか》さん♪

ゆかりも唄いだす。稲葉のテンポにあわせ、ゆっくりとだ。

♪駄目なヤツだと言うのなら
譲ってちょうだい あのひとを
ゆぅずぅってぇ、ちょぉうだぁいぃ、
あぁのひぃとをぉう♪

2

『あの巻き舌娘、衝撃の復活！　ミラクル・ローズの昭和歌謡ショー』

ゆかりは三十年も昔の自分とむきあっていた。改札口をでてすぐ、駅構内に貼られたポスターだ。

宣伝に使いますので、写真を送ってくださいませんか。

明日にコンサートをおこなう、ショッピングセンターのイベント担当に言われたのは、ほぼひと月ほど前である。歌手だった頃の写真はすべて、エッフェル塔が描かれた東京ピーセンの缶に保存してあった。

そこから引退公演の際に使用したポジ写真をだした。ちょうど平成になったばかりの頃のだ。『野ばら』の常連にデータ化してもらったのをメールに添付し、イベント担当へ送った。宣伝に使うと言っても、ショッピングセンターのチラシの端っこを飾る程度と思っていた。

まさかこんなポスターをつくるとは。

ありがたい話だ。しかし本人とは言え、三十年も昔の写真を使ってはまずくはないか。

オバサンなのに無理しちゃってと当時は思ったものだが、改めていま見ると、皺《しわ》は目立っていないし、そこはかとない艶《つや》っぽさもあった。六十七歳のいまとはだいぶちがう。ほとんど誇大広告だ。JAROに訴えられても、言い訳が立つまい。

巻き舌娘っていうのもなぁ。

稲葉元村長や、孫の惣吉が真似ていた『無愛想ブルース』のサビ、「ブゥルルルルルルルルルルスゥ」はレコード発売直後から評判となった。おかげでラジオやテレビに引っ張りダコになり、いつしか巻き舌娘と呼ばれ、キャッチフレーズになったほどである。とは言え実際は巻き舌で唄《うた》ってはいない。喉《のど》の奥の突起物、いわゆるのどひこ、あるいはのどちんこを自分の意思によって震わせ、唄っているのだ。稽古《けいこ》やレッスンで習得したのではない。子供の頃から自然とできたのだ。『無愛想ブルース』のサビは、レコーディングの際にうっかり、のどひこを鳴らして、唄ってしまったのである。するとプロデューサーだかディレクターだかにこう言われた。

いいね、いまの巻き舌。本番もそれでいこう。

巻き舌じゃないのにと思いつつ、わざわざ訂正することでもないと、ゆかりは黙っておいた。

よもやこれが話題を呼び、だれしもが巻き舌だと勘違いするとは、そのうえ巻き舌娘とまで呼ばれるようになるなんて、思ってもいなかった。いよいよもって訂正しづらくなり、そのあだ名を受け入れることにした。

『無愛想ブルース』がヒットした年、紅白にこそでなかったものの、『喜劇・嬉々《きき》一発九九八十一』という映画に出演した。そのときの役名は〈巻き舌のローズ〉で、台詞《せりふ》を巻き舌で言わねばならなかった。二本立てで、メインではなく添え物のほうである。邦画が二本立てでなくなったのは、いつの頃からだったかしら。

そんなことをぼんやり思っていると、ポスターのむこうに駅構内の時計が見えた。じきに午後一時半だ。

いけない、電話、電話。

コートの左ポケットから、スマートフォンを取りだした。だれに電話をするかと言えば、ショッピングセンターのイベント担当である。名前は立花《たちばな》と言い、三十代なかばと思《おぼ》しき男性だ。電話とメールで幾度かやりとりをしており、初対面でもすぐわかるようにと、函館をでる前日には、自撮りの写メを送ってきた。

立花は岩みたいだった。それだけ厳《いか》つい顔なのだ。しかし瞳《ひとみ》はつぶらである。写メは真顔だが、笑えば愛嬌《あいきょう》があるにちがいない。いつも丁寧でハキハキとしたしゃべり方なのが、暑苦しく思えたものの、不愉快ではなかった。

この時間だったら、ランチを奢《おご》ってもらえるかも。

夏子がつくった朝食を頂いてから、稲葉の家をでたのは九時過ぎだった。八戸までは惣吉に車で送ってもらった。ふだんは夏子が使っているクラウンだった。

忘れないうちにこれ、お渡ししておきますね。交通費プラス迷惑料です。受け取ってください。

夏子から受け取ったのは、金色の水引が箔《はく》押しされた可愛らしいぽち袋だった。八戸駅のトイレで確認すると五万円だった。七十万円のはずが、これか。しかしいつかまた訪れて、コンサートを開く約束は取り付けてもいる。ここはよしとしよう。

軽四駆はまだ池の中にあった。昨夜のうちに惣吉が方々《ほうぼう》に電話をかけ、午前中にはクレーン車がきて、引きあげ作業をおこなうらしい。

縁とは八戸駅で別れた。出逢って丸一日と三時間ちょっとだったが、ゆかりは名残惜しく、別れ難い気持ちにさえなっていた。あたしもいっしょにいくわと言わないかと期待もあった。

その気配もなくはなかった。縁は新幹線のホームまで見送ってくれたのだ。発車ベルが鳴ると同時に、ひょいと飛び乗ってくるのではと思ったが、そんなことはなかった。またどこかでね、と握手を求めてきてオシマイだった。寂しい限りだがどうしようもない。

八戸駅から仙台駅まで一時間二十分しかかからなかった。さすがは新幹線だと、ゆかりは感心してしまった。仙台に着いたのは午後十二時半、ランチを食べるかどうしようか迷ったものの、やめておいた。むかう先は港町だ。寿司《すし》の町と呼ばれ、寿司屋の密集度が日本一なのだ。ランチは寿司にしようと心に決め、在来線に乗りこみ、三十分ほどかけて、ここまで辿《たど》り着いた。

この港町には少なくとも十回、六年三ヶ月かけておこなった引退公演の際には二回訪れているはずだ。当時は漁港に設けられたステージで唄った。呼んでくれたのが市の漁業協同組合だったのだ。当時はショッピングセンターなどなかった。来年で十周年を迎えますと、立花から聞いたので間違いない。

「立花はいま、会議に入っておりまして」

電話にでた女性にそう言われ、ゆかりは肩を落とす。昼は寿司を食べるつもりでいたからだ。こうなったら自腹を切るしかない。

「折り返しこちらから電話を致します。お名前を頂けないでしょうか」

本名を言いかけ、ゆかりは軽く咳払《せきばら》いをした。

「ミラクル・ローズです」

「ミラクル・ローズ様ですね」繰り返し言わないでほしい。「どういう字をお書きになるのでしょう」

なにかの冗談だと思ったが、相手は本気のようだ。

「ぜんぶ片仮名に決まっているでしょう」

電話のむこうで、ハキハキとした男の声がした。立花にちがいない。

「失礼しました。立花です。すみません、会議が長引いてしまいまして。もう駅にお着きになっていますか?」

「はい」

「すぐ伺います。五分、いや、三分後にはそこいきますんで、待っててください」

スマートフォンをしまって、ショッピングセンターが見える西口のほうへむかう。すると背広姿の男性がこちらに走ってくるのが見えた。猛ダッシュである。途中でゆかりに気づいた。間違いない。立花だ。そこまで急がなくてもと思っているうちに、彼はゆかりまで辿り着いた。

「ミラクル・ローズさんですね。立花です」

あれだけ勢いよく走ってきたのに、立花はあまり息が切れていない。額にじんわりと汗を滲《にじ》ませるだけだった。男としてはさほど背は高くないが、背広の上からも胸板が厚いのがわかった。

予《あらかじ》め準備をしていたのか、背広のポケットから名刺を一枚だし、ゆかりに差しだした。『立花和正《かずまさ》』が彼のフルネームだった。肩書きは宣伝課イベント担当にはじまり、地域活性化企画チーフ、防災管理副責任者、清掃点検リーダーなど盛りだくさんだった。

「いろいろやっていらっしゃるんですね」

名刺を見ながら、思わず言ってしまう。

「細かなことをぜんぶ押し付けられているだけです」

立花が笑った。思っていたとおり愛嬌があって、好感を持てる笑顔だ。これでなんでも引き受けてしまうのだろう。そしていずれもソツなくこなしているにちがいない。

「お昼はどうなさいました？」

ほら、きなすった。

「まだです」

「私もです。よろしかったら、明日の打ちあわせを兼ねてどうですか。私の馴染《なじ》みの店にご案内します。隠れ家的なところで、少し歩きますが、かまいませんか」

「おいしいものをいただけるのでしたら、どこへでも伺いますわ」

今回、全国ツアーという名のドサ回りをおこなうためにあたってだ。ゆかりはミラクル・ローズだった頃に頂いた名刺や年賀状などを押し入れの奥から引っ張りだした。いつか役立つだろうと、鳩サブレーの缶に保管しておいたのである。その中から脈がありそうなのを百ほど選んだ。ホテルや旅館、観光協会、一般企業（建設関係が多かった）、市役所、村役場、町内会、地方自治体、競馬場、競輪場、ボート場、パチンコ店、スナック、キャバレー、病院、養護施設その他いろいろ、電話を三日半かけまくった。

はじめから、容易《たやす》くないことだと覚悟はしていた。ヒット曲は五十年近く昔の一曲み、六年三ヶ月かけておこなった引退公演を経て、引退してからは二十数年が経つ。それもムード歌謡の歌手だなんて、いまとなっては絶滅危惧《きぐ》種というよりも化石である。

目標は十カ所、しかし決まったのは半分の五カ所だった。少なからずショックだったが、ゼロでなかっただけラッキーだと思い直した。目標額は二百万円だったが、半分の百万円に引き下げざるを得なかった。

そもそも半数近くが、「この電話番号は現在、使われておりません」とテープに吹きこまれた、冷ややかな女性の声で言われる始末だったのだ。でた相手が別人だったり、べつの店や会社になっていたりすることも多かった。○○でしたら、昨年、定年しましたと言われることもままあった。××の行方なら、こっちが知りたいよ。あんたもアイツに金貸してんのかい？　などと穏やかならぬことを言われもした。

故人だった例も少なくない。お悔やみの言葉を言い、電話を切ったあと、なんとも言えぬ気分に陥った。ゆかりより年下のひとだったときはなおのことだった。六十七歳にもなって、私はなにをしているんだろうと落ちこみもした。

ほんとにローズちゃん？　やだぁ、ひさしぶりぃ。元気にしてた？　なんて具合に歓迎ムードで話してくれるひともいるにはいた。一くさり昔話に花を咲かせたあとだ。歌手として復活することにした、ついてはそちらで歌を唄わせてくれないかとお願いをする。そこまではよしとしながらも、出演料の話を持ちだすと相手の態度は一変してしまう。声のトーンが変わったり、妙によそよそしくなったり、その両方だったりだ。そしてなんだかんだ理由をつけ、丁重に断ってきた。

この港町のショッピングセンターで唄えることになるまでには、ほんの少し手間がかかった。まずは以前、呼んでくれた漁業協同組合に電話をかけた。百の選んだうちの三十番目くらい、二日目の朝だった。

ミラクル・ローズって巻き舌娘のかい？　こりゃまた懐かしい。あんたのサイン、いまでも神棚に飾っとるよ。

　受話器のむこうの相手は、ミラクル・ローズだった当時の理事長さんだった。ただし理事長の職はとうの昔に退いており、漁にもでておらず、日がな一日、することがなく、組合で電話番をしているのだという。早速、ゆかりは用件を話した。

組合じゃあ、そういうの、せんようになったっとよ。

駄目ですかね。

　このときまでに、どこも決まっておらず、ゆかりは少し諦《あきら》め癖がついていた。ちなみに稲葉元村長に電話したのは、おなじ日の夕方である。

ウチの次男坊が、仙台のラジオ局で働いとって、ローズさんに無理言うて、ラジオにでてもらったの、覚えとるけ？　五十過ぎて、ラジオ局ではそこそこエライ立場になっとってな。ヤツに言うて、どっか、人前で唄えるようにするけ。そいでいいかね。

よろしくお願いします。

　仙台のラジオ局にでむいた覚えは微《かす》かにあった。しかし元理事長さんの次男坊がどんな人物だったかまでは、記憶になかった。

　するとその翌日だ。元理事長さんの住む港町にあるショッピングセンターのイベント担当、立花から電話があった。ウチの特設ステージで、唄ってほしいとの依頼だった。どうして私に？　と訊《たず》ねると、立花は元理事長さんの次男坊の名前をだした。そこそこどころか、だいぶエラかった。代表取締役だったのだ。

あの方の推薦であれば、間違いありません。ぜひお願いします。

日程は決まり、一日のうちに午前十一時、午後一時、午後三時、午後五時の四回、三十分ずつ唄って、ギャラは二十万円および交通費、加えて午前十一時の回では、仙台のラジオ局と中継で繋《つな》がる。三十分ぜんぶではないが、五曲唄ううちの一曲、ミラクル・ローズの持ち歌を流してくれるだけでなく、ラジオ局からもいくらかギャラがでるらしい。断る理由はどこにもなかった。


駅からの大通り沿いに、ゆかりが泊まるホテルがあった。歩いて五分足らずのそこまで、立花はぱんぱんに膨れたショルダーバッグを運んでくれた。

チェックインを済ませたあとだ。部屋へはいかず、ロビーでキャリーバッグからトートバッグをだして、財布にスマートフォン、老眼鏡、常備薬のケースなどを入れ、他の荷物を預け、ふたたび町にでた。大通りをまっすぐに、しばらくして路地へと入っていく。するとそこかしこに、三十代後半のミラクル・ローズがいた。明日のコンサートのポスターが貼ってあるのだ。

「これって」

「私が貼ってまわったんですよ」

「大変だったでしょう」

「仕事なので」と言ってからだ。「もちろん、ひとりでも多くのひとにローズさんの歌声を聞いてほしいと思ってのことです」

「ありがとうございます」

気を遣うことないのに。そう思いながらも、ゆかりは礼を言った。

寿司の町と呼ばれるだけあって、やたらと寿司屋が目につく。どこの寿司屋に入るのかしらと期待に胸が高鳴る。立花は右へ左へと進んでいった。隠れ家っぽいとしても隠れ過ぎだ。ただ単に立地条件が悪いだけではないか。そう思っていると、立花は足を止めた。

「ここです」

嘘でしょと、危うく言いかけた。インド料理店の前だったからだ。なにかの間違いかと思いきや、立花はその店のドアを開いた。カランコロンカランと鈴の音と同時に、スパイシーな匂いが一気に溢《あふ》れでてくる。

「イラッサイマッセェエェ」

「どうしました？」立花が心配そうに言う。ゆかりが店に入ろうとしないからだ。「辛いものは苦手ですか」

「いえ」ここまできて嫌だとは言いにくい。寿司のつもりだったとも言えない。三十歳までならば許されたかもしれないが、六十七歳では年寄りのわがままにしか聞こえないだろう。この町をでるのは明日の夜だ。寿司を食べるチャンスはまだじゅうぶんある。

席数は三十ほどあり、思ったより広い。昼時を過ぎているのにもかかわらず、三分の一は埋まっていた。

「立花サン、ヒサシブリデス。元気デシタカァ」

店員と思しき青年が近づいてきた。肌が浅黒く、エキゾチックな顔つきをしている。

「ひさしぶりって、一昨日《おととい》きたでしょう」

「昨日ハコナカッタ。ダカラヒサシブリ」

「それはそうですが」

立花は苦笑しながら答える。馴染みというか常連らしい。青年に壁際の席へ案内され、立花とむかいあわせで腰をおろす。その脇の壁にもミラクル・ローズのポスターが貼ってあった。

「今日のお薦めカレーはなんですか」

お冷やを運んできた、さきほどの青年に立花が訊ねる。

「マグロ、オイシイヨ。朝、市場デ仕入レテキタネ」

「いいね。それをお願い」

おなじマグロなら、お寿司で食べたかったよ。

「カレーをあと一品ずつ、それぞれで頼みましょ」

立花が言い、彼はチャナ豆とチキン、ゆかりは野菜盛り沢山を頼む。辛さは五段階だがすべて二辛で、ナンを二枚、ドリンクはふたりともラッシーをお願いした。

「シバさんは？」立ち去ろうとする青年を、立花が引き止めるように言った。「さっきライン送ったんだけど、返事ないんです」

「銀行イッタヨ。モウスグ帰ッテクル」

青年が答えると、タイミングを計ったかのように曲が流れてきた。

「ブゥアイッソォオ、ブゥアイッソォ、ブアイソォォオブウルゥゥスゥゥウウゥウ」

自分の持ち歌、『無愛想ブルース』ではないか。どこからなのか、ゆかりは辺りを見回した。

「あれ、シバさんのスマホですよね」

「レジニ置イテッタノヨ。スグ忘レル。困ッタヒトネ」

『無愛想ブルース』が着信音になっているのは、ゆかりも知っていた。『野ばら』の常連のひとりが教えてくれたのだが、何年も昔の話で忘れていたことだった。

でもシバさんってだれ？

「シバさんというのは、この店のオーナーにして店長です」

ゆかりの疑問を察したらしく、立花が言った。シバとはどう書くのだろう。司馬《しば》遼太《りょうた》郎《ろう》の司馬か。柴田《しばた》や柴崎《しばさき》を略してシバなのかもしれない。

「シバさんは、あなたの大ファンなんです。だからあの歌を着信音にしてるわけでして」

漁業協同組合の元理事長さんのように、ドサ回りをしていた頃のご贔屓《ひいき》さんかもしれない。

「あなたがウチのショッピングセンターにくる話をしたら、えらく驚きましてね。ミラクル・ローズは引退したはずだ、同姓同名のラッパーではないかと問い詰められるように言われたんです」

「ミラクル・ローズというラッパーがいるんですか」

　六十七歳のゆかりもラッパーがラップを唄うひとだとは知っている。

「そうなんです。でもミラクルとローズのあいだが・《てん》ではなくて♡《ハート》だそうで。『無愛想ブルース』を唄っているひとだ、間違いないと言ったら、泣いてよろこびましてね。ぜひウチの店に連れてきてくれって、拝まれてしまったんです。シバさんには恩があるんで、どうしても断り切れなかったもので」

　その恩とやらのせいで、寿司にありつけなかったわけか。

「カラオケいくと必ずラストにミラクル・ローズさんの歌を唄うんですよ、シバさん。とは言ってもこの町、カラオケボックスが一軒だけで、ミラクル・ローズさんの歌は『無愛想ブルース』しかありませんので」

　ゆかり自身、函館のカラオケボックスにいくつか足を運んでいるが、『無愛想ブルース』のある店は一軒のみだった。むしろ町に一軒しかないのに、よくあったものだ。

「だからべつの曲は、カラオケなしのソラで唄います。中でもシバさんがよく唄うのは『東京ぎらい』でして」

　ゆかりもほとんど記憶にない歌である。大阪万博の翌年に発売した三枚目のシングルのB面なのだ。若い時分、コンサートで何度か唄っただけで、ドサ回りをするようになってからは一度も唄ったことがない。そもそもA面の『嘘つきポルカ』からしてそうだった。

「私もあの歌、好きなんですよ。帰りたい故郷《クニ》がある、帰れない理由《ワケ》がある。そこでいつも涙ぐんでしまうんですよねぇ」

立花の言葉に嘘はない。つぶらな瞳の端が光っているのだ。

「私、アマチュアのレスリング選手だったんです」胸板の厚さはその名残りなわけだ。

「大学卒業後、東京の建設会社のレスリング部に入って、当時はオリンピックにいちばん近い男なんて、囃《はや》し立てられ、私自身もその気でいたんです。ところが入部して半年足らずで練習中、首に大怪我を負ってしまって」

「だいじょうぶでしたの？」

「リハビリに半年かかりました。日常に支障はありませんが、二度とレスリングができない身体になってしまいましてね。しばらくはその会社で働いていたのですが、部署をたらい回しにされ、次第にいづらくなって、やめざるを得なくなりました」

会社は立花が自らやめるよう、しむけたにちがいない。彼もそれに気づき、辞職願をだしたのだろう。なんとも切ない話だ。

「故郷に錦を飾るつもりが、レスリングができない身体ではどうにもなりません。家族や地元のみんなにあわせる顔がないと、ひとり東京で、バイトをしながら暮らしていたんです。まさに『東京ぎらい』のあの歌詞どおりでした」

帰りたい故郷《クニ》がある、帰れない理由《ワケ》がある、か。

「ほぼ三年のあいだ、盆暮正月にもこっちには戻ってこなかったんです。それどころか、妹の結婚式や父の葬式にも仕事が忙しいと嘘をついて参列しませんでした」

〈こっち〉とはつまりここが立花の故郷らしい。

「こちらにはいつ、お戻りになったんですか」

俄《にわか》に興味をもち、ゆかりは訊ねた。

「震災の直後です。妹夫婦は仙台、母は実家でひとり暮らしだったものですから、それはもう気が気ではありませんでした。翌日にはふたりとも連絡が取れたものの、いてもたってもいられなくて、東京をでてこっちには三日かけてどうにか辿り着くことができました」

この町は大きな湾の奥にあり、その湾内に島が多く点在しているおかげで、津波の高さが目減りして、壊滅的な被害は逃れることができたのだという。

「それでも私が帰ってきたときは、町の至るところに、流されてきた車とかコンテナとか壊れた家屋とかがそのままでした」

「シバさんに恩があるのは、震災のときになにか？」

「母を救ってもらったんです」

なんとまあ。

「ひとり暮らしの母は揺れがおさまってから、表にでたはいいけれど、どこへ逃げていいかがわからない。そのときシバさんがバンで通りかかって、おふくろを乗せてくれて、避難場所まで運んでくれたんです。シバさんは逃げ遅れたひとがいるかもしれないと、町ん中ぐるぐる走っていて、ウチのおふくろを含めて十三人と犬二匹に猫一匹乗せていたとかで」

その恩で寿司にありつけなかったなどと、不埒《ふらち》な考えを持った自分が、恥ずかしくてたまらなかった。

「震災のあとはずっとこちらに？」

「ええ。ショッピングセンターで働きだしたのは震災から一ヶ月も経っていませんでした。はじめのうちは母と暮らしていたんです。でも日中は私が働きにでているので、結局は母ひとりなもんで、心配した妹が仙台に連れてってしまいました」そこで立花はバツの悪い顔になった。「なんかすみません、長々と自分の話ばかりしてしまって」

「いいんですのよ、べつに」他人の話を聞くのは『野ばら』で慣れている。

カランコロンカラン。ドアの鈴が鳴った。

「ドウシマシタァ、立花サン。一昨日キタバッカリデショウ。暇ナノデスカァ」

入ってきたのは、さきほどの青年とおなじく肌の浅黒い男性だった。スーツでビシッと決めながら、腰にウエストポーチを巻いている。彼はテーブルの合間を縫って、ゆかり達のテーブルに近づいてきた。

「暇なはずないでしょう。これも仕事の一環ですよ、シバさん」このひとがシバさんなのか。よその国のひとだったとは。インド料理なのだから、やはりお国はインドか。

「いまシバさんの話をしていました」

「悪口言ッテタデショウ、コノヒト」

シバはゆかりに言った。イタズラっぽい笑みを浮かべてである。だがその笑みはすぐに消え、大きく目を見開いた。壁のポスターとゆかりの顔を、シバの目が幾度か往復した。

「とんでもない。母を救ってくれた恩人だって」

「ミラクル・ローズ？」

立花の言葉を遮るようにシバは言った。ほとんど叫び声だ。店のだれしもがこちらを見ているのに気づきながら、「は、はい」とゆかりは頷《うなず》いた。

お薦めのマグロのカレーは美味《おい》しかった。そして帰り際、シバにサインをねだられた。ゆかり達が食べているあいだ、色紙を買ってきていたのだ。ミラクル・ローズのサインを書くのは二十数年ぶりで、何度かメモ帳で練習をしてから色紙に挑んだ。

「写真、イッショニイイデスカ」

「もちろんですわ」

シバは自分のスマートフォンを立花に渡して、ゆかりの隣に並んだ。やたら鼻息が荒い。興奮しているのだ。『無愛想ブルース』の頃でさえ、ここまでのファンはいなかったと思う。

「ミラクル・ローズサンノ歌ノオカゲデ、私、人生ガ変ワリマシタ」

話を聞いているうちに、シバのお国はインドの隣国であることがわかった。彼の故郷である村は、大昔に王宮があって、その遺跡調査に日本から調査団が幾度となく訪れているのだという。

「私ノ父、ガイド役シテタネ。私ガ子供ダッタ頃、遺跡デ怪我シタ学者サン、イマシタ。ソノヒトヲ、我ガ家デ、二週間近ク、家族デ看病シマシタ」

そのお礼にと、学者さんは帰国時に、少なからぬお金と持参していたウォークマンと五本のカセットテープを置いていった。十四歳のシバが興味を示し、学者さんが滞在中に貸してもらっていたもので、カセットテープは日本の歌謡曲が主で、そのうちの一本がまるまるミラクル・ローズの歌だったらしい。

「アナタノ歌、イチバンヨク聞イタヨ。何度モ何度モ聞イテタラ、日本語ヲ自然ニ覚エテ、サラニ勉強ヲシテ、十八歳デ日本ニキテ、一所懸命働イテ、二十五歳デコノ町ニ店持ツコトデキタ。ソシテ三十三歳ニナッテ、仙台ニ店ダスノデ、金策ニ走ッテマス。ゼンブ、ローズサンノオカゲデス」

「いくらなんでもそこまでじゃあ」

ゆかりがそう言った途端だ。

「『桃色ノワルツ』、『言イ訳バラード』、『無愛想ブルース』、『野良犬ロック』、『嘘ツキポルカ』、『東京ギライ』、『ミットモナイワ』、『卯《う》ノ花オイシ』、『アノヒトヲ譲ッテ』、『鵲《カササギ》ヨ、啼《な》カナイデ』、『ヒトリデデュエット』、『貧乏オペラ』、『鰯雲《いわしぐも》エレジー』、『熟年フーガ』」

早口言葉よろしく、シバが一気に捲《まく》したてたのはミラクル・ローズが十年間の歌手生活で発売した歌だ。シングルが七枚、A面B面あるのでぜんぶで十四曲、それもきちんと発売順だった。A面はまだしもB面に至っては、ゆかりでさえ、タイトルがおぼろげなものがあるというのにだ。

私の歌が、遠い異国のひとの人生をここまで変えていただなんて。

想像もし得なかった事実に、自分がしてきたことが間違いではなかったのだと、認められた気がして、ゆかりは胸が熱くなった。

「学者サンニモラッタ、カセットテープニハ、モウ一曲入ッテイマシタ。ボーナストラックデス」

「そんなはずはありません。私の持ち歌、いまおっしゃった十四曲だけですので」

「ローズサンノ持チ歌デハアリマセン。他人ノ歌ヲ唄ッテマシタ。屋外デ唄ッテイルノヲ、録音シテルノデ、音ヨクナインデス」

他人の歌を屋外で唄うのは、ドサ回りをしていた頃、珍しいことではなかった。レコード店の店先や祭りの櫓《やぐら》、デパートの屋上に役所の駐車場、魚市場や青果市場の一角、海の家で唄ったこともあった。でもそれをわざわざ録音していたひとがいたとは。

「なんの歌ですか」

「『愛ノ讃歌』デス」

「え？」

「フランス語デ唄ッテイラシタカラ、『イムヌ・ア・ラムール』ト言ウベキデスカネ」


　ホテルに戻ってきたときには三時をまわっていた。部屋は無味乾燥で手狭なものの、五階の窓からは、大小さまざまな島々が点在する穏やかな海が望めた。漁業協同組合の理事長の案内で、島巡りをしたのを今更ながら思いだす。少し先にいけば、日本三景のひとつがあったはずだが、どうだったろう。それこそスマートフォンで検索すればわかることだが、ゆかりはくたびれ、上着だけ脱いで、ベッドに横たわり、眠ってしまった。

　気づけば『野ばら』のカウンターの中で、マイク片手に『イムヌ・ア・ラムール』を唄っていた。いつもとおなじ夢である。この歌を録音した学者さんとは何者なのだろう。シバに名前を訊《き》くと、ミキさんという女性だったという。ゆかりはまるで心当たりがなかった。

　背後でドアが開く。いつもどおり、ふりむくことはできない。しかし足元から水に浸っていくのがわかった。みるみるうちに水が増していき、腰のあたりになった。このままでは溺《おぼ》れてしまう。わかっているのに、ゆかりはマイクを放さずに、『イムヌ・ア・

ラムール』を唄いつづける。

電話が鳴った。カウンターの隅に鎮座する薄いピンク色の公衆電話だ。なおも『イムヌ・ア・ラムール』を唄いながら、受話器を取ろうとしたものの、どうしても手が届かない。すぐそばにあるのにもかかわらずだ。そうしているあいだに、口に水が流れこんできた。もう駄目だ。このまま溺れてしまうのか。それもいいかもしれない。

そうすれば私も。

ゆかりは瞼《まぶた》を開く。どれくらい寝たのか、陽がだいぶ落ちている。鳴っていたのは枕元の電話だ。受話器を取って耳に当てた。フロントからだった。

「森川縁さんとおっしゃる十二、三歳のお嬢さんが、ロビーにいらしていますが、いかがいたしましょうか?」

ゆかりは我が耳を疑う。

まだ夢のつづきかとさえ思った。

「きれいっ」

部屋に入るなり、縁は窓に駆け寄っていく。そしてコートのポケットからスマートフォンを取りだし、窓の外にむけ、写真を撮りはじめた。海が夕陽に映えていたのだ。島々の影がよりいっそう効果をあげ、まさに絶景だった。

夢のつづきなどではなかった。ロビーに下りていくと、別れたときとまるきりおなじ格好をした縁がいた。その場であれこれ問い質《ただ》すのもなにかと思い、自分の部屋まで連れてきたのである。

じきに夜の帳《とばり》もおりてくる頃だ。ゆかりは灯《あか》りを点《つ》けてから椅子に腰を下ろし、そして縁に当然の質問を投げかけた。

「どうしてあなたが、この町にいるの？」

「ショッピングセンターにいって、イベント担当のひとに会って、ミラクル・ローズが今夜、どこに泊まるか訊いたんです」縁は窓を背に、スマートフォンを自分にむけて撮影をつづける。何枚、撮れば気が済むのだろう。「ところが個人情報は教えられないと言うんで、ゆかりさんの孫だと嘘をついたんです。そしたら今度は孫だという証拠を見せろと言ってきたから、その場で『無愛想ブルース』を唄ったんです」

「そんなの証拠にならないでしょ」

「あたしもそう思いました。でも他に思いつかなかったんです。だけどこれがウマくいったんですよ。こんな昔のマイナーな歌を唄えるんだから、お孫さんにちがいない、よく見れば目元と鼻のカタチも似ているって」

「そんなはずないわ」

「ですよね。あたしの目、くりっとしてるし、鼻の先は上をむいてますもん、ゆかりさんとは大違い」縁は写真を撮りおえ、スマートフォンを元のポケットに入れると、リュックサックを床に置き、ベッドの端にちょこんと腰をおろした。「ともかく立花さんに、このホテルを教えてもらうことができました」

信じ難い話だ。しかし実際、縁がここにいるのだ、事実なのだろう。ただ疑問はまだ残る。

「なんで『無愛想ブルース』を唄えたの？　昨日までミラクル・ローズを知らなかったはずでしょう？」

縁はにんまり笑うと、ニット帽を取り、ベージュのコートを脱ぎ、ふたたび腰をあげた。そして軽く咳払いをしてから、ぱちんぱちんと指を鳴らしだした。リズムを取っているのだ。身体も軽く左右に揺らしつつ、静かに唄いだす。『無愛想ブルース』だ。若くて溌剌《はつらつ》とした声だ。音程は正確で、歌詞を間違えることもなく、一番を唄いおえると、縁はお辞儀をする。気づけば、ゆかりは手を叩《たた》いていた。

「スマホでミラクル・ローズを検索したら動画サイトに、この歌があがっていたんです。八戸からここへくるまでのあいだ、なんべんも聞いて覚えました」

「どうしてそんなことを」

「ゆかりさんの前で唄ってみせて、驚かすつもりだったんです。でもまさか、それより先に人前で唄うとは思ってもみませんでした」

「八戸駅から、ほんとのおばあさん家へ、いくんだったんでしょ」

「ゆかりさんがステージで唄うのを聞きたくてたまらなくなって、さんざん迷った挙げ句に、ゆかりさんより三本あとの新幹線に乗っちゃいました」

「私が唄うのは明日よ。今夜はどうするつもり？」

「ここ、泊まっちゃ駄目ですか」想像していたとおりの答えが返ってくる。「自分のぶんのお金は払います」

「これから私がする質問に、正直に答えたらいいわ」

「どうしました、改まって？　やだな、こわいな」

「八戸のおばあさんって、いるの？」

縁は返事をしなかった。

「いないのね」

「いたんです。一昨年、風邪をこじらせ、肺炎で亡くなりました」

「おいくつだったの？」

「六十八歳です」

自分とさほど変わらぬ歳であることに、ゆかりは少なからずショックを受けた。自分も風邪をこじらせ、ぽっくりいってもおかしくないのだ。

「おばあさんが一人で暮らしていた家もありません。母さんったら一人娘でその家が実家だったのに、さっさと売っ払っちゃったんです。寂しくないのかって訊いたら、寂しいどころか清々したって。ひどくありません？」

ひどい話だ。しかしひとそれぞれ事情があるものだ。

「正直に答えたんだから、ここに泊まっていいんですよね。あたし」

「質問がひとつだけとは言っていないわ」

「狡《ずる》くありません？」

「どうして嘘をついたのか、教えなさい」

「咄嗟《とっさ》に思いついて言っただけです。ごめんなさい」

「答えになってないわ。嘘をついた理由が知りたいの」

縁の返事が途切れた。上目遣いでゆかりを見ている。睨《にら》んでいるのかと思いきや、縋《すが》るような目つきだ。それがゆかりの気持ちをぐらつかせる。

「質問はそれでオシマイですか」

しばらくして縁が言った。

「オシマイよ」

「あたし、家出してきたんです」

「どうして？」すかさず訊ねてしまう。

「さっきので質問はオシマイだって言ったの、嘘だったんですか」

こっちが悪いような物言いだ。これではどう訊ねても答えないだろう。ゆかりは家出の理由を訊きだすのを諦めた。

きゅぅぅうぅうぅう。

昨日も聞いた音がする。縁が両手でお腹をおさえ、照れ臭そうに笑っていた。

寿司の町にいながら、ファミレスで夕食を食べることほど、味気ないものはない。しかも店員に通された窓際の席からは大通りを挟んでむかいに、寿司屋が数軒見えた。いやがらせとしか思えない。寿司を食べにいこうと、縁を誘ったのだが断られたのだ。

生もの全般が食べられないんです。大通りにファミレスあったんで、そこ、いきませんか。

言われてみれば稲葉家でご馳走になった夏子の手料理に、生ものはなかった。しかしそれはないだろと内心では思ったものの、縁の提案を受け入れた。ホテルをでる際、フロントには縁が泊まることを告げた。すると一階上のダブルの部屋を勧められ、戻ってから移動することにした。

ファミレスでハンバーグを頬張る縁は、とても満足げだ。寿司が食べられないのは残念でならないが、彼女のその姿を見ているだけで、幸せな気分になれたので良しとすることにした。

ゆかりがインド料理店の店長であるシバの話をしたところ、思った以上に縁は面白がった。

「ゆかりさんの歌声は万国共通なんですね」

調子がいいことこのうえない。それでも褒めてくれたのだ。

「ありがとう」

ゆかりは素直に礼を言った。

翌朝、ゆかりと縁は朝六時半に起きて、朝食を食べてから、ホテルを八時にチェックアウトし、駅前のショッピングセンターまで徒歩で、約束の十分前には到着した。

「ミラクル・ローズと言いますが」

従業員出入り口で警備員に名乗ると、快く通してくれた。一階の事務室へは、昨日に訪れていた縁のおかげで迷わず辿り着けた。

「どうしたんだろ」

ゆかりの隣で縁が言った。整然としたオフィスに、人集《ひとだか》りができていた。二十人はくだらないだろう。不気味なのは、みんな押し黙っていることだ。テレビからと思しき、ひとの声だけが聞こえてくる。内容まではっきりしないが、ニュースのアナウンサーのようだ。

ただならぬ空気が漂う中、立花を見つけた。彼も視線を感じたのか、ゆかり達に顔をむけ、会釈をすると足早に近づいてきた。

「日本時間の午前四時過ぎに、南米で大きめの地震が起きまして、いまから気象庁が会見を開きます」立花はごくりと唾《つば》を飲みこんだ。「このへん一帯に大津波警報が発表される可能性があるようで」

「警報が発表されたら、どうなっちゃうんです？」

縁の質問に、立花は緊張の面持ちで、こう答えた。

「このショッピングセンターはぜんたいを閉鎖します」

「私のステージは」

「中止にせざるを得ません。申し訳ありません」

ゆかりは愕然《がくぜん》とし、言葉を失う。

「在来線は運転を見あわせ、国道は通行止めになるでしょう。いまからこの町をでるのは難しいと思われます」

「どうすればいいんですか、あたし達」縁が訊ねた。苛立《いらだ》ちと焦りを必死に押し隠しているのが、隣にいてわかった。「一旦《いったん》、ホテルに戻るべきでしょうか」

「避難勧告がでたら、ホテルにもいられません」

「立花っ」人集りの中から声がした。白髪交じりの男性がこちらを見ている。「大津波警報が発表になったぞ」

「少し待っていただけます？」

そう言い残し、立花は白髪交じりの男性に走り寄っていく。オフィスは俄《にわか》に騒々しくなった。指示をだす者もいれば、駆けだしてどこかへいく者、パソコンのキーを忙しく叩く者、あちこちへ電話をかける者もいた。ぼんやり突っ立っているのはゆかりと縁だけである。パニック映画の世界に、放りこまれたかのようだ。

縁がゆかりの右手を握ってきた。柔らかくすべすべで、とても触り心地がいい。大きさはゆかりとさほど変わらない。縁の指が長いのに気づく。

それにしてもひとと手を繋《つな》ぐなんて何年ぶりだろう。ましてや子供の手なんて、大人になってから一度もない。怖いのかと思い、そっと握り返す。するとだ。

「だいじょうぶだよ、ゆかりさん。あたしがついている」

私のことを心配してくれているのか。

生意気と思わないでもない。しかし縁の手を握っていれば、気分が落ち着くのはたしかだ。やがて立花が駆け足で戻ってきた。

「シバさんがおふたりを避難場所へ連れてってくれることになりました」

「立花さんは」と縁が訊ねた。

「ここの屋上駐車場で待機します。ほんとに申し訳ありません。でもかならずいつか、近いうちにこのショッピングセンターで唄っていただきますので、そのときはよろしくお願いします」

「こちらこそよろしくお願いします」

「ぜったいですよ」

深々と頭を下げるゆかりの隣で縁が念を押した。

「あら、やだ、大変じゃないの。でもあれね。南米で起きた地震で、津波が起こるだなんて、地球って案外、狭いものなのねぇ」

円山節子《まるやませつこ》の陽気な声が耳に飛びこんでくる。あまりの騒々しさにスマートフォンから耳を放す。つぎのステージは温泉街にある旅館だ。そこでは円山兄弟という双子の演歌歌手の歌謡ショーが連日、おこなわれており、その舞台にゆかりは明日、ゲストとして出演することになっていた。

円山兄弟のプロデュース兼マネージメントをしているのが、母親の節子だ。彼女とは三十歳を過ぎてから知りあった。レコード会社との契約が切れたのち、世話になった芸能プロに当時、歌手だった彼女も所属していたのである。年齢が近く、ふたりセットで、ドサ回りをすることもままあった。芸能界で唯一の友達で、せっちゃんゆかりちゃんと呼びあう仲だったのだ。ただし節子のほうが先に歌手をやめてしまった。子供ができて結婚をしたのだ。その頃にはまだ〈できちゃった婚〉なんて言葉はなかった。

今日はショッピングセンターでショーをおえたのち、在来線で仙台駅へ、そこから東北新幹線で大宮《おおみや》駅までいき、北陸新幹線に乗り換え、夜中の十一時半に金沢《かなざわ》駅着、そして節子の車で温泉街の旅館にいくつもりだったのである。

「そんなわけでね。電車も車も駄目なもんだから、今日のうちに、そっちへいけそうにないの」

「息子達のショーは毎日やってるから、いつきてもらってもいいのよ、気にしないで。それより、ゆかりちゃんはいま、どこにいるの？」

「高台にある小学校に避難してきたわ」

シバの車で送ってもらったのだ。ふだんはショッピングセンターから徒歩で二十分かからないそうだが、道路が混んでいたために、車でもおなじ時間がかかった。シバはゆかりと縁を降ろしてから、ふたたび町へむかった。インド料理店にいた青年とふたりで、避難ができずにいるお年寄りを乗せてくるのだという。

「イイ歳なんだから無理しちゃ駄目よ。まわりのひとの言うことをきちんと訊くこと。状況が変わったら遠慮なく電話ちょうだい。でもどう？　津波はきそう？」

「どうかしら」

いまいるのは校庭の端っこだ。そこから海を見下ろすことはできた。他にも何人かひとがいて、おなじように海を眺めている。津波の心配よりも、なにもすることがないからだろう。

「わかりっこないわよね。訊いた私が莫迦《ばか》だった。ゆかりちゃんがわかれば、気象庁いらないもんね」

節子が陽気に笑う。そしてお互い別れの挨拶《あいさつ》をして、電話を切った。

遠くで歓声があがるのが聞こえる。だだっ広い校庭の真ん中で、子供達がサッカーに興じており、けっこうな数のひと達が観戦しているのだ。他にも校庭のあちこちで、子供達が遊んで、きゃあきゃあとはしゃぐ声があたりに響き渡っていた。とても避難しにきたとは思えない、のどかでまったりとした光景である。雲ひとつない青空で、からっとして吹く風が気持ちいい。

ここに逃げてきてから六時間が経つ。昼食は立花からもらったおにぎりを、縁は三個、ゆかりは二個食べた。今日、販売するつもりでつくったものらしい。彼からはこの他に、二日分の食糧ですと、菓子パンとカンパン、ペットボトルの水、チョコレート、ガム、飴《あめ》などコンビニ袋いっぱいにもらっている。そして白い封筒を渡された。

　ギャラはお支払いできないのですが、交通費です。お受け取りください。

　あとで中身を確認すると一万円だった。交通費としても足らないよと思ったものの、この非常事態だ。もしかしたら立花自らがだした、なけなしの金かもしれない。

　ここを訪れてから体育館へ誘導された。昼前には八割方が埋まり、空気がむっとして、終始ざわついている状態となった。ついに辛抱しきれず、トートバッグに貴重品と必需品だけ入れて、でてきたのだ。縁もいっしょだったが、ゆかりが電話をかけるというと気を利かせたのか、「そのへん、うろついてくるね」といなくなってしまった。淡い水色のリュックサックを背負っているので、すぐに気づきそうなものだが、いくら校庭を見回してもいなかった。

　体育館に戻ったのかしら。

　そう思っていると、どこからかピアノの音が流れてきた。幼児向けのアニメの主題歌だ。子供がいないゆかりも、東北の震災直後に、ラジオからよく流れていたので、知っていた。ピアノの伴奏にあわせ、子供の歌声も聞こえてくる。校舎のどこかで演奏しているにちがいなかった。ゆかりの足は自然とそちらへむかう。あまりに楽しそうなので、覗《のぞ》いてみたくなったのだ。

校舎の玄関口に辿り着くと、女の子が数人、駆けこんできた。縁と同い年くらいだろう。

「音楽室だよ、きっと」「何階だっけ？」「三階」「このピアノ、マジヤバくない？」「だれ弾いてるんだろ」

ゆかりの脇を通り抜け、靴を脱ぎ、下駄箱に置くと、競うようにして校舎の中に入り、階段を駆けのぼっていく。動きに無駄がなく軽やかだ。ゆかりも彼女達のようにしたいが、六十七歳の身では到底できやしない。おなじことをするにも三倍、いや、五倍は時間がかかる。

三階までのぼりきり、息を整えた。音楽室までそう遠くはない。アニメの主題歌がおわり、拍手が起きていた。ひとが溢れて、前うしろの扉が開きっ放しになっている。

「つぎはなんの曲を弾きましょうか」

拍手が鳴り止んでから声が聞こえた。ピアノの奏者が言ったのだ。人集りで姿が見えない。でもだれだか、ゆかりは気づいた。

縁だ。

「はい」「はいはい」「はいっ」子供達が率先して手を挙げている。

「チェックのスカートのお嬢さん」

「トトロのうたをおねがいします」

「これ？」縁がでだしを弾いてみせる。

「じゃなくて」

「こっちね」とべつの曲を弾く。

「そうです」

縁がひとびとの隙間から見える。鍵盤《けんばん》に指を走らせるその姿は、活き活きとして躍動感が溢れていた。演奏もいい。聞いているこちらの心が弾み、活力が湧いてくるようだ。ゆかりに限らず、その場にいるだれしもが、縁のピアノを楽しんでいるのは、間違いなかった。

　縁自身も。

「ピアノはいくつからやってるの？」

「三歳からです」ゆかりの質問に素直に答えたあと、縁はこう付け加えた。「やってるっていうか、やらされてるんですけど」

「どういうことかしら」

　縁の演奏は小一時間つづいた。十数曲は弾いたはずだ。おわってから彼女は、ゆかりがいたのに気づいた。ふたりして校舎をでて、いまは校門近くに聳《そび》え立つ木の下にいた。桜だ。まだ蕾《つぼみ》は堅く、花が咲くのは半月以上先と思われる。

「お母さんに教わっているんです。ふつうの日は学校から帰ったあとに最低でも五時間、休みの日は朝から晩まで最低でも十時間は鍵盤を叩きつづけなくちゃならないんです。長い休みには毎日です。それが嫌で嫌でたまらなくて」

縁の言葉が途切れた。頬を赤く染め、目のふちにはじんわり涙を滲《にじ》ませている。

「だから春休みに入る前に、家出をしてきました。ピアノは好きなんです。つづけていきたい。でもお母さんにはうんざりなんです。もう耐えられません。だから練習をふつうの日は三時間、休みの日は八時間までにしてほしい、この条件でオッケーなら連絡をください、そしたらウチに帰りますと、書き置きして家出を決行しました」

「お母さんから連絡はあったの？」

「まだです」縁は目のふちの涙を拭《ぬぐ》い、口をへの字にした。「こんな条件のめるもんかって思っているんですよ、きっと。そういうひとなんです、あたしのお母さんは」

「お父さんは？」

「トルコで橋をつくっています」

橋をつくるのが専門の会社で、縁の父はそのために海外を飛び回っているのだという。

「三日にいっぺんはテレビ電話で話すけど、ほんとに会うのは年に一回あればいいほうです」

『野ばら』の常連客にも似たようなお父さんがいる。単身赴任で函館にきているひともいれば、三年以上、姿を見ないと思ったら、ひょっこりあらわれ、海外に飛ばされていたなんてひともいた。

「去年の夏休みにも家出してるんです、あたし」

前科があったのか。

「そんときは昼過ぎに札幌まででて、カプセルホテルに泊まろうとしたら、店員に通報されちゃって、警察に確保され、八時間足らずでオシマイでした。今回はその失敗を踏まえたうえで、長期戦に持ちこめるよう、まずは北海道をでることにしたんです」

長期戦。縁にとってこの家出は母との戦いなのだろう。

「昨日は青森のネットカフェに泊まるつもりでした。でも未成年は駄目だって断られちゃって、だからって函館に帰るのも癪《しゃく》だし」

「それで私を追いかけてきた」

「あっ、でも、ゆかりさんの歌声が聞きたいって言ったのは嘘じゃありません。信じてください。聞けなかったのが心残りで、だからこうしてまた、会いにきたわけですし。ほんとは八戸駅で別れたくなかったんです。ぜんぶ話して、連れてってくださいって、ぎりぎりまで言うつもりでいました」

「でもあなた、新幹線のホームにきて、またどこかでねって握手をしただけだったじゃない？」

「断られたら元も子もないと、どうしても言いだせなかったんです」

私もおなじ気持ちだったわ。

なんてとてもではないが、ゆかりは言えなかった。

「あと二ヵ所、地方をまわってから、六日後の東京がラストなの。それまで私といたらどう？」

ゆかりはできるだけ素っ気なく言った。ぜひそうしたい気持ちを見透かされないようにである。

「いいんですか」

縁は声を弾ませ、目を大きく見開いた。信じ難いという表情だ。

「ただしお母さんから連絡があったら、すぐに函館へ帰ること。それまでなかったとしても、東京で私の仕事がおわったらいっしょに函館に帰るのよ。いい？」

「帰ったら、あたしの負けです」

「だからって、いつまでも家に帰らないわけにはいかないでしょう？　そのときはお母さんを説得するのに、家出とはちがう、べつの手段を考えてみたらどう？」

縁は口を噤《つぐ》んだ。頭の中で考えを巡らせているにちがいない。

「わかりました。そうします」

「お父さんに電話できる？　ぜんぶ事情を話して、自分がどこに、だれといるのかも伝えるのよ。できれば私も話をして、身元をはっきりさせておくわ。そのほうがあとで面倒なことにもならないし」

「でもお父さんが、函館に帰れって言ったら？」

「帰ってもらうしかないわね」

ゆかりは冷たく言い放つ。心苦しかったものの、やむを得ない。他人の家のことだ、縁に手を差し伸べるとすれば、ぎりぎりここまでである。

縁はコートのポケットから、スマートフォンを取りだし、画面を素早くタップする。

「お父さん、いま話してても平気？」

縁が画面に顔をむけて言うと、スマートフォンから男の声が聞こえてきた。

「おまえ、また家出したんだって？」

「お母さんに聞いたの？」

「昨日の夜、ウチに電話して、そのときぜんぶ聞いた。俺のほうから、縁に連絡しようかって言ったら、その必要はないとお母さんに釘《くぎ》刺されたんだが。そこはウチじゃないよな」

「まだ家出中」

「だれか友達のところか」

「ちがう」縁は町の名を言った。

「どこだ、そこ？」

「あたし、ただ単に家出をしてるわけじゃないの。ミラクル・ローズっていう歌手のツアーに、スタッフとして参加しているんだ」

なにを言いだすんだ、この子は。

縁は頬がつきそうなくらい、ゆかりに顔を寄せると、右腕を伸ばし、手に持ったスマートフォンの画面をむける。そこにはヘルメットを被《かぶ》った男性がいた。屋外にいるらしく、陽射しを浴びている。はたしてトルコと日本にどれだけの時差があるのかと、ゆかりはいらぬことを考えてしまう。

「こちらがミラクル・ローズさん」

娘の紹介にヘルメットの彼はきょとんとしている。年齢は四十歳前後か。『無愛想ブルース』が流行した年には、まだ生まれていなかっただろう。

「本名は野原ゆかりさん。あたしとおんなじ名前だけど、ゆかりさんは平仮名で書くの」

「どういう経緯《いきさつ》で、この方のツアーを手伝うことになったんだ？」

「一昨日、函館から青森へむかうフェリーで会って意気投合してね。あたしが家出の原因を話したら、十二歳の女の子がひとりでいたら危ない、お母さんから連絡があるまで、ふたりでいましょうって言ってくださったのよ」

縁は嘘をついていない。しかしいろいろ端折《はしょ》り過ぎだ。

「でもだからって」

「ツアーはあと二ヵ所まわって、六日後の東京がラストなんですって。お母さんが連絡してこなくても、それが済んだら函館に帰るわ」

「ミラクルさんでしたっけ？　いまの娘の話は、ほんとですか」

「え、ええ。まあ」

ツアーではなくドサ回りだ。しかしそう言ったら、縁の父親は混乱し、さらに不安が募るにちがいないので、やめておいた。

「このことはお母さんに言わないほうがいいわけだな」

「駄目に決まってるじゃん。一週間後にはあたしが帰ってくるってわかったら、あたしが家出してきた意味なくなるでしょ」

縁はえらく強気で、言葉遣いも乱暴だ。しかし縁の父親は怒るどころか、なんとも情けない顔つきになっている。娘をどう扱ったらいいものか、戸惑っているようにも見えた。そこには父親の威厳など、かけらもない。スマートフォンの小さな画面が、父親としての存在をより薄っぺらで、軽くしている。

「ミラクルさん、あなたを疑っているわけではありませんが、免許証かなにか、身分を証明できるものを、いま見せていただけませんか」

面倒だったが、ゆかりは縁の父の言うとおりにした。彼が可哀想に思えてきたからだ。財布から運転免許証を取りだし、縁のスマートフォンにむける。

「ゆかりさん、車の運転、できるの？」

縁が不思議そうに言う。歌手としてデビューする前に取得してからほぼ半世紀は経つ。しかし実際に運転したのは、若いうちのいっときに過ぎない。筋金入りのペーパードライバーだ。要するに身分証明書として用いているため、更新しつづけているだけだった。よもやこんな局面で役立つとは思ってもいなかった。

「ミラクルさんは携帯をお持ちですか。でしたら申し訳ありませんが、娘から私のラインのＩＤかメアドを聞いて、その免許証を撮影して、送ってください」

「そこまでしないと信用できないわけ？」

文句を言う縁を宥《なだ》めたのはゆかりだ。そして彼女の父の指示に従った。

「ではミラクルさん。娘をお願い致します」

「責任を持ってお預かりします」

他になにを言えばいいのか、ゆかりには即座に思いつかなかった。

「縁、ミラクルさんの言うことをきちんと聞いて、くれぐれも迷惑をかけないようにな」

「わかってるって」

「それから」

「なに？」

「お母さんだって、おまえが憎くて、キツく当たってるわけじゃない。ピアノが上手になってほしいからこそ」

「わかってるって、そんなの。でもモノには限度があるでしょ。もう我慢できないのっ」

縁の父はまだなにか言いたそうだ。しかし縁は画面をタップして切ってしまう。項垂《うなだ》れているので、ゆかりには顔が見えない。ただ洟《はな》を啜《すす》る音は聞こえてきた。

笑って泣いて怒ってまた泣いて。

短いあいだに縁の喜怒哀楽をすべて見た。おかしな話だが、そんな彼女をゆかりは羨《うらや》ましく思っていた。六十七歳にもなると、ここまで感情が目紛《めまぐる》しく変わることはないからだ。

日々が、時間がただ流れていくだけだった。

三陸《さんりく》地方沿岸部にだされた大津波警報は、午後六時過ぎ、津波警報に切り替わった。その時点で避難所である小学校からは、ほとんどのひとが引き払っていった。

「在来線は動いてないみたい。国道も通行止めのまんまだよ」縁が言った。スマートフォンに視線を落としながらである。ニュースかなにかを見ているにちがいない。「どうする、ゆかりさん」

　どうしようか。

　もぬけの殻になりかけている体育館で、ふたりは取り残された状態だった。

「町にでます？」

　今夜、泊まるとなると自腹だ。今朝にチェックアウトしたホテルは宿泊費が高い。もっと安いビジネスホテルを探すべきだろう。

　それにしても百万円貯めるつもりが、手にしたお金はいまだ六万円だ。しかも出費がかさむばかりで、完全な赤字だ。だが仕方がない。ツアーとは名ばかりのドサ回りはあと三カ所、いかねばならない。

「ローズサン」シバが体育館にあらわれ、ゆかり達に駆け寄ってくる。自宅に戻るお年寄りを、各自の家に送りおえたところだという。「オフタリハ、コレカラ、ドウナサルオツモリデスカ」

「まだ決まっていません。いくあてがなくって困っているとこです」

縁が言った。甘えてもいなければ、媚《こび》を売ったりもしていない。頼んでも願ってもいなかった。淡々とした口ぶりで、現状を伝えているだけだ。

「シバさんだったら、町中でどこか、安い宿をご存じありませんか」

つづけてゆかりが訊ねたところだ。

「ダッタラ私ノ家、泊マリマセンカ。一軒家ヲ借リテマシテ、ウチノ店ノ従業員三人ト、シェアシテマス。私ノ部屋、使ッテクダサイ」

「お邪魔じゃありませんか」

「ナニヲオッシャイマス。ミラクル・ローズサンガ、我ガ家ニオ泊マリイタダクナンテ光栄ノ限リデス」

きゅぅぅうぅうぅう。

この音を聞くのも三度目だ。縁のお腹の音だ。育ち盛りだからか。

「夕飯、マダデスヨネ。ウチデ、ゴ馳走《ちそう》シマス」

「ありがとうございます」縁が真っ先に答える。

「その前に駅にいってもらえませんか」ゆかりは手をあわせて拝んだ。「明日の切符、買いたいんで」

「ドコ、イクンデス？」

「金沢からちょっと先の温泉街です。夜には唄う予定になっていて。ただリハーサルをしなければならないので、なるべく早くいかないと」

「だったら飛行機でいきません？　電車よりも早いですよ、きっと」縁が口をはさんできた。スマートフォンの画面をタップしながらだ。「やっぱ、そうだ。金沢まで電車だと新幹線を使っても四、五時間はかかるけど、飛行機だと仙台空港から小松《こまつ》空港っていうとこまで一時間、そっからリムジンバスに乗って四十分で着くみたいです」

「仙台空港マデダッタラ、ウチカラ車デ送リマスヨ」

「九時半のチケットが二枚、残ってます」

縁はすでに料金まで検索していた。やることが早い。

「わかったわ。飛行機でいきましょ」

シバの自宅はバブル期につくられたと思しき、モダンで洋館といっていい装いだった。ただし中はだいぶガタがきていた。廊下を歩けばギシギシと音が鳴り、通された洋間は一階にもかかわらず、天井に雨漏りの跡があり、床の一部は立ち入り禁止だった。床下が腐り、うっかり足を踏み入れようものなら、底が抜けるかもしれないとシバから注意されたのだ。震災前からこの状態らしい。

そんな家でも縁は少しも嫌がらず、むしろ面白がっている様子だった。シングルベッドの上に胡座《あぐら》をかき、しげしげと部屋の中を見回している。ゆかりはおなじベッドの端に腰かけ、スマートフォンに耳を当てていた。いや、ほんとは当てておらず、四、五センチほど放している。相手の声がでかいからだ。

「だったらゆかりちゃん、あたし、小松空港まで、迎えにいくわ」

「悪いわ、そんな」

「全然、悪くないわ。都合がいいくらい。だって旅館は金沢よりそっちのほうが近いんだもの。何時着？」

「朝の十時半」

「楽しみにしてるわね」

お互い顔がわかるかどうか、電話を切ってから、ゆかりは心配になった。なにせ節子と最後に会ったのは二十数年も昔だ。顔写真をメールかなにかで送ったほうがいいかと思ったものの、やめておいた。なにもかもスマートフォンに頼るのが癪《しゃく》に思えたのだ。

遅めの夕食は絶品だった。シバと同居人達の手作りで、彼らの故郷の料理をご馳走してくれた。仙台にだす店はインド料理とは銘打たず、自国の名を掲げるつもりらしい。

「日本ノミナサンニ、私達ノ国ノコト、モットヨク知ッテホシイネ」

そう語るシバは熱意に溢れ、活き活きとして、目を輝かせてもいた。ピアノを弾いていた縁とおなじ表情だ。

これがリア充ってヤツかしら。

リアルが充実している点では、シバも縁もおなじだ。それがゆかりには羨ましくてたまらなかった。

六十七歳のリアルは充実のしようがないものな。

シバがどうしてもミラクル・ローズの歌声を生で聞きたい、ついては今後のツアー先がどこか訊ねてきた。ツアーだなんてご大層なものではない。しかしシバがあまりに熱心なので、一応、残り三つの会場を教えてあげた。

「東京ハ病院デ唄ウノデスカ？」

「院内コンサートというのが、最近の流行でしてね。その病院は月イチペースで、いろんなジャンルのコンサートをロビーで開いているそうなんです。知りあいにぜひにと、頼まれちゃいまして」

　まるきり嘘ではない。このステージだけは先方からの依頼だった。

「六日後デスネ。デハ私、ソノコンサート、イキマス。チケットハ？」

「無料です」

「東京はどこですか」

　縁が俄に色めきだつ。十二歳の少女ならば、東京に憧《あこが》れを持つのは当然だろう。しかしだ。

「東久留米《ひがしくるめ》」

　ゆかりの答えに、縁は目をぱちくりさせている。

「それ、東京ですか」

　東久留米の住民に謝れ。

3

「津波、きませんでしたね」

隣の席で縁がつぶやくように言った。

「こないに越したことはないでしょ」

こなかったわけではない。南米で発生した大型地震の影響で、北海道から沖縄にかけて太平洋側の各地で津波が到達している。ただしどこも五十センチにも満たなかった。しかし震源地に近い国では少なくとも五人が死亡、三人が行方不明との発表があった。今朝、シバの自宅で朝食の最中に見たテレビの情報である。余震もまだあるらしい。ゆかりはなんともやるせない気持ちになった。津波はこなくてよかったのはたしかだ。でも素直にはよろこべない。だからといって地球の裏側で起きた地震に関して、どうすることもできない。ただ亡くなったひとの冥福《めいふく》と、これ以上の被害がないよう祈るばかりだ。

ゆかりと縁はいま、機上のひとだ。仙台空港を飛び立って、すでに十分が経とうとしていた。

縁が窓の外に顔をむける。後頭部を見ると、つむじがふたつあった。ゆかりもだ。どうでもいい、些細《ささい》な共通点だが、それでもなんだかうれしかった。

あの子はどうだったろう。つむじがふたつあったのかしら。

「見えます、ゆかりさん？」ふりむいた縁と目があった。その弾んだ声と無邪気な表情は年相応だ。「雲の上、飛んでますよ。凄《すご》くないですか」

「飛行機だから当然でしょ」

「そりゃそうですけど」

縁はスマートフォンをだして、窓の外にむける。動画を撮っているのだ。あらゆる思い出を記録するのは、けっして悪いことではない。でも記憶にとどめておくだけでもいいのではと、ゆかりは思わないでもなかった。

「ゆかりちゃぁん」

小松空港の到着ロビーを縁とふたりででてくるなり、着物姿の節子がふたりに近寄ってきた。手には花柄の巾着《きんちゃく》袋を提げている。

声、デカいって。

呆《あき》れながらも、自分の頬が緩んでいるのに気づく。ゆかりもまた、節子との再会によろこんでいるのだ。スマートフォンに頼らずとも、お互いの顔が認識できたのもうれしい。

「ひさしぶりぃぃぃ」節子はゆかりの両手をがっしり摑《つか》んだ。「最後に会ったのはいつだったかしら」

「私が函館にいく直前」ひとまずそう答えた。

「ウチのひとの葬式？」

「にはいけなくて」

「新宿《しんじゅく》の病院に見舞いにきてくれたわよね」

「そんときが最後」

　節子の旦那《だんな》さんは病魔に冒されたせいで、痩《や》せ衰えてしまい、病院のベッドに横臥《おうが》したままで、瞼《まぶた》を開く力もないほどだった。双子の息子にも会った。いまの縁よりも幼かったように思う。そのときも節子は笑って、ゆかりを出迎えてくれた。笑っていれば辛《つら》いことも乗り越えられるというのが、彼女の持論なのだ。でもなんとも痛々しく哀しげな笑顔だった。そんな彼女を見て、ゆかりのほうがおいおいと泣いてしまった。四半世紀近くも昔の出来事が、昨日のことのように甦《よみがえ》ってくる。感情までもだ。おかげで目頭が熱くなる。

　見舞いにいってから、数日も経たないうちに節子の旦那さんが亡くなった。お通夜にも葬式にもいけなかったのは、引退公演も大詰めだったからだ。そのときは福岡近辺のパチンコ屋さんを何店舗か、まわっていた。

「ゆかりちゃん、いくつになった？」

「よしてよ、会っていきなり年の話だなんて」

「それはそうね」

「だけどせっちゃん、昔と全然変わってない」

「なに言ってるの、ただのオバアチャンよ。そう言う、ゆかりちゃんこそまだまだ現役って感じ」

「なんの現役よ」

ふたりで声を揃えて笑う。

「こちらの可愛らしいお嬢さんはだれ？　目のあたりとか、鼻のカタチなんか、ゆかりちゃんにそっくりだけど、まさかお孫さん？」

「そんなはずないでしょ。子供だっていないのに」

子供はいた。しかしその事実を節子は知らない。どれだけ親しくなっても、子供の話だけはしなかったのだ。

「似てませんよ。あたしの目はくりっとしてるし、鼻の先は上をむいてます。よく見比べてください。全然、ちがいますから」

そこまでムキになって否定しなくてもいい。

「ワケあって、預かっているっていうか、いっしょに旅することになったの」

「そういうの嫌いじゃないわ」節子はほくそ笑む。「車ん中で、そのワケ、話してちょうだい」

「こんにちはっ。円山守《まもる》です」「円山勝《まさる》です。ふたり揃って」「円山兄弟です」「ぼくらの新曲、『マダムの膝枕《ひざまくら》』」「絶賛発売中です」「とってもイイ曲に仕上がっています。ぼくらの自信作です」「お聞きになって気に入ってくだされば、ぜひお買い求めください」

♪帰らないで　お願いだ
なにもしないと約束するよ
きみを待つあのひとを
裏切れないんだね　わかってる
だからせめて膝枕
ウレタンよりも軟らかい
低反発よりも寝心地いい
きみの膝枕で眠りたい
そして見たい　きみの夢を♪

節子の車はワンボックスタイプの軽自動車だった。しかしその車体にはド派手な衣裳《いしよう》を身にまとい、にっこり微笑む円山兄弟の写真が一面にラッピングされていた。
〈北陸のツイン貴公子!〉、〈目指せ!　紅白〉、〈プロデビュー間近!〉などの謳《うた》い文句がそこかしこに躍り、〈円山兄弟単独ライブ連日開催中！　チケットのお求めはどうぞこちら〉とその電話番号もデカデカと記されていた。なおかつ車の上にはスピーカーが四方にあった。

みんなで車に乗りこんでから、「宣伝、宣伝」と節子はカーオーディオのスイッチを入れたのだ。えらく旧式で、音源はなんとカセットテープだった。そして頭上から円山兄弟の声が流れてきたのである。空港をでて、町中に入ってからも、がんがんにかけっ放しだった。曲がおわるとまた兄弟の挨拶《あいさつ》がはじまった。テープ自体に繰り返し録音してあるらしい。

ドサ回りをしていた頃、似たようなことをしていたのを思いだす。カセットテープはまだマシだ。軽トラックの荷台にゆかり自身が乗って、拡声器片手に唄《うた》いながら、呼び込みをしたことも幾度かあった。カーブした際に、振り落とされかけたのはどこだったか。思いだそうにも思いだせない。

『マダムの膝枕』をBGMに、ゆかりはフェリーでの縁との出逢《であ》いから、今朝までの出来事を話しつづけた。節子は昔と変わらず聞き上手だった。ただ黙って聞いているだけではない。話が脱線すれば、きちんと戻してくれるし、うまく説明ができないで言葉に詰まると、「つまりこれこれこういうことかしら」と助け舟をだしてくれた。これがいつも的確なのだ。おかげで話をつづけることができる。いまもそうだった。

町を抜け、山道を入り、遠くに温泉街が見えるようになった頃には、話は終盤をむかえていた。なんだかんだ三十分は話していただろう。

後部座席に顔をむけると、縁は瞼を閉じて、寝息を立てていた。大音量の兄弟デュオばかりか、ゆかりのおしゃべりも相当うるさかったのに、よくもまあ、ここまですやすや眠れるものである。その寝顔はすべての邪気が取り除かれ、とても愛らしい。窓から射す陽の光を顔に浴びているのが、縁自ら光を発しているように見えた。よく言えば大人びた、はっきり言えばこましゃくれた彼女とはだいぶ印象がちがう。手《て》垢《あか》がついた陳腐な表現を敢《あ》えて使えば、まるで天使のようだった。背中に翼が生えていないか、確認したいくらいである。

「昔も家出してきた子、ドサ回りに連れ歩いていたこと、あったわね」

「ああ」言われてみればそうだった。

「子どもだけじゃないわ。会社潰《つぶ》して債権者から逃げ回っているオジサンや、駆け落ちしてきたけど途中で相手に捨てられたオネエチャン、鉄砲玉やり損ねて破門になったヤクザ、それとそうそう、日本赤軍だか、三億円事件の犯人だか匿《かくま》ってたって話、人づてに聞いたけど、あれってほんと？」

私は昭和秘史か。

「空巣狙いがついてきたことはあるけどね。匿ってなんかないわ。そんときは全然気づかなかったもん。三日でいなくなって、どうしたかと思ったら、警察がやってきて、あれこれ訊《き》かれたってだけ」

「それだけ？　みんなテキトーよねぇ」節子はおかしそうに笑った。「でもさ。ゆかりちゃんって、そういうひと達を引きつけるオーラっていうかさぁ、フェロモンがでてるんじゃない？」

「どんなフェロモンよ」

漫才のツッコミよろしく、ゆかりが言った。するとうしろからクスクスと笑い声が微《かす》かに聞こえた。ふたたびふりむいてみたものの、縁は瞼を閉じたままである。自分の聞きちがいか、それとも縁が狸寝入《たぬきねい》りをしているのか。たぶん後者だろうが、縁に話しかけるような真似はせずに、ゆかりは正面をむいた。

旅館は思ったよりもデカかった。五階建てで部屋数は二百以上あるらしい。玄関口に円山兄弟が揃って立っていた。本物ではない。看板が飾ってあったのだ。その前を通り過ぎ、ぐるりとカーブして、舗装された緩やかな坂道を下るあいだに、節子は息子達の歌をオフにする。旅館の地下は無機質な空間が広がり、多種多様の車が行儀よく並ぶあいだを進んでいく。縁を起こそうと、後部座席を見ると、彼女は目をぱっちり開けていた。

車が止まったのはいちばん奥まった場所で、降りてから節子を先頭に駐車場の中を歩いていかねばならなかった。ガラガラとキャリーバッグを引きずる音があたりに響き渡った。従業員用だというエレベーターに乗りこむと、いちばん下の『Ｂ２』のボタンが光っているのに気づく。駐車場は地下二階だったのだ。

「泊まってもらう部屋は三階なんだけど、このすぐ上がホールだから、ちょっと見てかない？」

　ゆかりが返事をする前に、節子は『B1』のボタンを押していた。

「すごぉい」

　ホールに入るなり、感嘆と言っていい声をあげたのは縁だ。ゆかりも息を飲んだ。

　じつは半年ほど前、円山兄弟の密着取材をテレビで放映していたのを、ゆかりは見ていた。夕方六時台のニュース番組の一枠で、時間にして十分足らずだった。でもその盛況ぶりはじゅうぶん伝わってきた。会場が立派なこともである。しかしここまでとは。

　まず舞台が広い。ゆかりの目分量だと、間口十メートル程度、奥行き五メートル以上はありそうだ。天井も高く六、七メートルは優にあるだろう。二百はあるという固定席は、ふかふかで座り心地がよさげだった。そして車椅子を置くスペースがじゅうぶん確保されている。音響および照明の設備も本格的だ。もしも東京の都心でこれだけのホールを借りるとしたら、一日十万円はくだらないのではないか。言えた義理ではないが、インディーズの演歌歌手には勿体《もったい》ない施設である。

「ここの先代の主人がクラシック音楽のファンでね」

　客席の通路を舞台のほうへ歩きながら、節子が話しだした。そのあとをゆかり達はついていく。

「この温泉街をクラシック音楽で復興させるんだって、私財を投じてこのホールをつくったそうよ」

なるほど。ならば納得がいく。

「はじめの何年かは、ここでその手のコンサートを開いていたらしいわ。でもすぐに、ゆきづまっちゃって、先代の主人が亡くなると同時に、一人娘のいまの女将《おかみ》が路線変更して、歌手や芸人、大衆演劇、ときにはプロレス団体まで呼んだはいいものの、赤字スレスレなのに、芸能プロとかにアポとって、打ちあわせして、演者がきたらきたで、面倒を見なくちゃいけなくて、肝心な旅館の業務に支障がでるときもあったんで、ホールは閉鎖状態だったのよ」

　その話を聞きつけた節子が、鳴かず飛ばずだった息子達のショーを開催させてほしいと、その女将に直談判したのだという。

「最初は二ヶ月の約束でね。これが思った以上に好評で、かれこれ五年が経つわ」

「旅館が連日満室なのは、息子さん達のファン？」

「もちろん」謙遜《けんそん》する気はさらさらないらしい。節子は胸を張って答えた。「いま予約して三ヶ月後に見られるかどうかの人気なんだから」

　歌謡ショーでは『おひねりタイム』なるコーナーがあり、ステージにお客さんが、紙に包んだお金をばんばん投げるのだ。それだけではない。兄弟が客席を練り歩くと、何人ものオバサマ方が万札でつくった首飾りをかけていた。遥《はる》か昔、バブル期の頃の話、ミラクル・ローズも似たような体験をしたことがあるものの、ここまで熱狂的ではなかった。

自主制作のCDを販売しており、一枚買えばショーがおわったあと、兄弟のあいだに挟まって、写真を撮ることができた。グッズも充実しており、Tシャツに手拭《てぬぐ》い、携帯ストラップ、扇子、定期入れ、湯呑《ゆの》み、お箸《はし》、饅頭《まんじゅう》、クッキー、そして兄と弟ひとりずつの抱き枕まで販売していた。すべては節子のアイデアだ。

テレビではファンの代表として、年齢不詳の未婚女性を紹介していた。東京から週一で通い、毎回CDを最低でも五枚は買って、兄弟と写真を撮り、兄弟のグッズをすべてコンプリートしていると自慢げに語っていた。鬼気迫るものを感じて、怖いほどだった。

節子から届いた今年の年賀状にも、この密着取材について書いてあった。〈これで紅白に一歩、近づけました（笑）〉ともだ。（笑）と文末につけているのが、却《かえ》って節子の本気を感じた。

鳩サブレーの缶に入れて間もないその年賀状を見ながら、節子の携帯電話にかけたのは、一ヶ月とちょっと前だ。他のひと達にはファンの要望に応《こた》えて、半年間の期間限定で歌手に復帰することになりましたなどと適当な嘘をついて営業をかけた。しかし節子にだけは「どうしてもお金が必要なの」と訴え、ついては息子さん達のステージで唄わせてほしいとお願いしたのである。

「最近はリピーターで客席が埋まっちゃうのよねぇ。多額のおひねりが頂けて、グッズもたくさん買ってくださるから、ありがたいっちゃありがたいわ。おかげで母子三人食うに困らないし、あたしの老後は安泰。でもねぇ」節子は表情を曇らせた。「できればもっとファンの裾野を広げられたらなぁとは思っているわ」

「ここのステージ以外で唄うことはないの？」

「旅館との契約上、できないんだよねぇ。毎晩、ここで唄っているから物理的に無理だし。そこがいま、悩みどころなの。どうだった、せっちゃん？」

「なにが？」

「車で流してた息子達の歌。よかった？」

ウマいことはウマいのだが、素人レベルなのだ。でもそれは口が裂けても言えない。

「よかったわ」どんな顔をしていいのかもわからず、曖昧《あいまい》な笑みを浮かべてしまう。

「テレビにでて、反応はなかったの？」

「あるにはあったけどねぇ」節子の顔つきが険しくなる。年賀状には自慢げに書いておきながら、テレビの話はしたくないらしい。すぐさま話を切り替えた。「リハは午後一時半からで本番とおんなじ、ここでするんでよろしくね。あ、そうそう。ランチはこれ使ってちょうだい」

節子は巾着袋から旅館の名前がプリントされた封筒をだした。素材は和紙っぽくて、こじゃれたデザインが施されている。中身をだすと食事券と温泉街のグルメマップだった。

「食事券は一枚五百円で十枚綴《つづ》りになってるわ。マップに載っている店ならばどこでも使えるから」

「悪いわね。ありがとう」

「礼を言われると、気が引けるわ。この町ときたら、しょぼい店しかないからね。蕎麦《そば》が名物で蕎麦屋ばっかだけど、どこもおいしくないんで覚悟して。あとこれ、渡しとくわね」

紐《ひも》が緩んでまだ口が開きっ放しだった巾着袋から、今度は透明ファイルに挟んだ紙がでてきた。

「なぁに？」

「台本」

「莫迦《ばか》言わないで、せっちゃん。私が芝居できないの、知ってるでしょ」

「知ってるわよ。ゆかりちゃんがでた映画見たもん」

「ゆかりさん、映画、でたことあるんですか」

「『喜劇・嬉々《きき》一発九九八十一』っていうの」

縁の問いに節子が答えた。

「『無愛想ブルース』が流行《はや》っている頃に、特別出演ってヤツでね。赤ん坊の頃、生き別れた母と再会する場面なのに、ゆかりちゃんたら棒立ちの棒読みで、涙を誘うはずが、場内爆笑の渦だった」

ひとりだけ、その演技をほめてくれたひとがいた。それにしてもだ。

「わかってるんだったら、どうして」

「ゲストのミラクル・ローズさんですって、いきなりゆかりちゃんが舞台にでて歌を唄っても、客はポカンとするだけでしょ」

「それはそうだろうけど」

「ショーのなかばで寸劇っていうか、コントめいたのをやっててね。ゆかりちゃんには、そこにでてもらいたいの。台本って言ったってペラ紙一枚、ゆかりちゃんはマドンナ役で台詞《せりふ》は三行もないわ。よろしくね。このコントがおわったあとに『無愛想ブルース』を唄ってもらうわ。それでいい？」

「わかった」駄目とは言えない。言えるはずがない。「よろしくお願いします」

　昼前に縁とふたりで旅館をでて、温泉街を歩いたが、たしかに蕎麦屋ばかりだった。食事券が使える店と言えば、あとはラーメン屋と洋食屋が一軒ずつしかなかった。蕎麦屋に入ってみたのだが、なるほど、節子が言っていたとおり、おいしくなかった。独特な味わいと言えなくもないが、クセがありすぎて、喉《のど》を通っていかなかったのである。

　タダなので文句は言えないが、ゆかりは深く後悔した。

　しかし縁は「おかわりしていいですか」とせいろを二枚、ぺろりと平らげてしまった。

それだけではすまなかった。旅館へ戻る途中にあったカフェの前で、縁は足を止めた。

「なんかよさげじゃありません、ここ？」

おっしゃるとおりだ。こんな田舎《いなか》の温泉街にあるのは勿体ない、洒落《しゃれ》た店構えである。縁が興味をしめすのももっともだ。ただしちょっとした問題があった。グルメマップに載っていないのだ。これでは節子にもらった食事券が使えない。譜面台に載せたメニューが入口そばにある。捲《めく》ってみると、思ったより高くはない。これだったら奢《おご》ってあげてもいい。

「入りたいの？」

「いいんですか？」

そう言いながら、縁は店のドアを押し開けていた。

「〈兄弟、MCの最中に揉《も》めだす。そこにマドンナ登場〉。迷える子羊達よぉ。喧嘩《けんか》はお止めなさぁい。力ではなにも解決しませぇぇん。暴力はんたぁあい」

縁はペラ紙一枚に視線を落としている。節子からもらった台本だ。見せてほしいというので渡したところ、いきなり声にだして読みはじめたのである。

「唄いなさい。唄えば心は穏やかになり、ひとびとに幸せが訪れます」縁がなおも台詞をつづけてから「このあと、〈マドンナ、唄う〉ってなってますけど、なに唄うんです？」

「『ライク・ア・ヴァージン』」

「それって」縁の眉間《みけん》に皺《しわ》が寄る。そんな顔も、ゆかりには愛らしく思えた。

「マドンナがデビューしたての頃のヒット曲。三十年以上も昔だから知らないか」

「知ってます」縁は『ライク・ア・ヴァージン』のでだしを口ずさむ。「って歌でしょ？　つまりゆかりさんが演じるマドンナは、歌手のマドンナですか」

「そうよ」

「つまりは英語で」

「唄うわよ。得意なレパートリーのひとつよ」

「なんでマドンナなんですか」

「昔、営業で回っていた頃は、持ち歌を一曲唄わせてくれれば、他にどんな歌でも唄いますって、売りこんでいたのよ。だからリクエストがあれば、なんでも唄ってたわ。マドンナは当時、流行っていたし、ウケもよくってね。それ用の衣裳もつくったの」

　マドンナは節子からの達《たっ》ての願いだった。

　函館の住まいは1DKだが、四帖《じょう》の洋室はミラクル・ローズだった頃の衣裳で埋め尽くされていた。ぜんぶで百着以上はあるだろう。いつか捨てようと思いつつ、いまに至っている。もし捨ててしまったら、自分の過去を否定することに思えてしまうからだ。

　そんな中でもマドンナの衣裳は強烈だった。昔、マドンナ本人がコンサートで着ていたのを似せてつくったもので、肩がむきだしの真っ赤なドレスなのだ。

四十代前半でも、いかがなものかという格好を、まさか六十七歳でもするとは思ってもいなかった。電話で事前に打ちあわせをした際、さすがにちょっとと、ゆかりは大いに渋った。しかし節子は亡くなった大女優が八十歳を超えてからも、舞台で女子高生の役を演じた話をしだして、押し切られてしまった。

隣の四人席は空いている。ゆかり達が入ってきたのと入れ替わるようにして、男女二対二のグループがでていったのだ。そのむこうに、おひとり様の女がいた。ワンレンの彼女は三十五歳でも五十五歳でも不思議ではない容貌《ようぼう》だ。ヒラヒラがたくさんついたピンク色のワンピースが、余計に彼女の年齢をわからなくしていた。大判の本を丁寧に捲り、うっとりとした目つきで眺めているのが、いささか気になる。

あのひと、円山兄弟の密着取材で出演したファン代表じゃないかしら。

テレビで見たのは半年も前だ。顔は覚えていないが、服装は間違いなくそうだった。

「おいしそう」

大人びた縁には珍しく、年相応に無邪気に喜びの声をあげた。ゆかりが年齢不詳の女に気を取られているうちに、オーダーした品が運ばれてきたのだ。ゆかりはコーヒー、縁は高さが三十センチはあるパフェだ。

「いちばん下からサツマイモのゼリー、蜂蜜《はちみつ》味の生クリーム、枝豆のスポンジケーキ、玄米のポン菓子、そしていちばん上に載っていますアイスクリームは緑がブロッコリー、黄色がかぼちゃ、ピンクが苺《いちご》となっておりまして、食材はすべて地元の野菜と果物でございます」

二十歳前後の女性店員が丁寧にパフェの説明をするのを、縁は神妙な面持ちで、耳を傾けていた。

「それでは心ゆくまで味わってくださいませ」

店内は八割方、席が埋まっている。蕎麦屋よりも盛況だ。オバサマが多いのは円山兄弟効果か。その他に若い女性も目立つ。二、三人しかいない男性は女性のお供だ。

ぱしゃりぱしゃりと音がする。縁がスマートフォンで、パフェを撮っているのだ。いつから食事の写真を撮るのが、ふつうになったのだろう。ほんの数年前までは、こうではなかったはずだ。べつのテーブルでも、食べる前のパフェにスマートフォンをむけているひと達がいた。二十代と思《おぼ》しき女性のふたり組だ。インスタ映え云々《うんぬん》と会話しているのが、聞こえてきた。

六十七歳のゆかりだって、インスタがインスタグラムで、だれもが自分の撮った写真をネットにアップできるシステムだと知ってはいる。これもまた『野ばら』の常連でキャバクラ好きのキャバ倉さんに教わったのだ。インスタ映えのするメニューが話題になり、店の繁盛に繋《つな》がることもだ。このカフェもそうかもしれない。少なくとも、それを狙っているようだ。〈時代は変わった〉のだ。そう思えば、何事も気にならない。

ゆかりはコーヒーを飲む前に、トートバッグから半透明なケースをだして、お冷やで常備薬を飲んだ。朝夕よりも三つほど少ないが、それでも面倒極まりない。

そこへオバサン四人が、わあきゃあ騒ぎながら、店に入ってきた。函館でも老若男女かまわず、こういうひと達はよく見かける。旅の解放感からテンションがあがりまくりなのだ。

入口に『スタッフが案内するまで、しばらくお待ちください』と記されているはずだが、オバサンご一行はずんずん店内に入ってきた。ある意味、逞《たくま》しい。

「ここ空いてるわよ」「ここにしましょ」「ここがいいわ」「ここ、いいかしらぁ」

「どうぞぉぉ」

オバサンのひとりが訊ねると、奥にいた店員さんが答えた。ここがどこかと言えば、ゆかり達の隣のテーブルだった。嫌だなと思ったものの、どうしようもない。そしてまた、年齢不詳の女がオバサン達を横目で見て、苦い顔になるのを、ゆかりは見逃さなかった。

「いま何時？」「じきに一時よ」「ショーは六時だっけ」「あと五時間もあるじゃない」

六時からのショーは円山兄弟のだろう。

「どうやって時間潰す？」「あなたはいつもどうしてるの？」「温泉入ってるわ」「いまから五時間、温泉入るの？」「そんなことしたら、ふやけちゃうじゃない」「いまでもじゅうぶん、ふやけてるわ」「ひどぉい」

オバサンは四人とも人目を憚《はばか》ることなく口を大きく開いて笑う。フェリーで会ったタイタニックトリオを思いだしたが、彼女達よりひとり多いのと、年齢を重ねているぶん、騒々しかった。しかし楽しい旅に水を差す気にはならない。

縁はパフェの撮影をおえていた。右手に持ったスプーンでブロッコリーアイスを掬《すく》い、頬張っている。おいしいかどうか、ゆかりが訊《たず》ねようとしたところだ。

「お嬢ちゃん、それ、なぁに？」「抹茶？」「抹茶にしては色が薄いわよね」「なにか野菜系？」

オバサン四人が矢継ぎ早に言った。

「ブロッコリーです」少し驚いた様子だが、それでも縁は落ち着いた声で答えた。「イケますよ」

「ですって」「でもあんなおっきなパフェは無理よね」「アイスだけもあるみたいよ」「それよりパフェを四人でシェアするのはどう？」

注文を取りにきた店員さんに、四人でひとつでもかまわないかをオバサンのひとりが訊ねた。了解を得たものの、べつのオバサンが、改めて縁が食べるパフェを見て、さすがに四分の一は少な過ぎやしないかと言いだし、二個頼んで半分こすることになった。

「それって」オバサンのひとりが、今度はゆかり達と反対側にいた年齢不詳の女に声をかけた。町中でロケをするタレントだって、ここまで図々しくはないものだ。「円山兄弟の写真集ですか」

年齢不詳の女が見ていた大判の本のことだ。

そんなものがあったとは。

「あ、はい」年齢不詳の女はあきらかに迷惑そうだ。

「どっちが勝くんで、どっちが守くんですかぁ」

オバサンのひとりが訊ねた。それも写真集を覗《のぞ》きこみながらである。年齢不詳の女は当惑気味だ。あまりの無作法さにどう対応していいのか、わからないらしい。ゆかりは気の毒になった。だからと言って助けようがない。

「右が勝くんで、左が守くんですよね」べつのオバサンが言う。

「ちがうって。左が勝くんで右が守くん。ぜったいそう」さらにべつのオバサンだ。

「あなた、今日はじめてショー見るんでしょ。勝くんも守くんもナマで見たことないのに、どうして言い切れるの？」四人目のオバサンが突っかかる。

「ふたりが着てるTシャツをご覧なさいな。ローマ字でそれぞれの名前がプリントしてあるじゃない」

「やだ」「ほんとだわ」「なんで気がつかなかったのかしら」「ばっかねぇえ」

オバサン四人の笑い声が、店内の隅々にまで響き渡る。そんな中、年齢不詳の女が顔を真っ赤にし、目が三角になっていた。怒っているにちがいない。口を開き、なにかを言おうとしたときである。

「みなさん、今夜、円山兄弟のショーをご覧になるんですか」

縁が隣のオバサン達に話しかけた。長いスプーンで、溶けたアイスまみれになった玄米のポン菓子を掬い取りながらである。

「そうよ。あたしは三回目」「あたしは二回目」「あたしははじめて」「あたしも今日がデビュー」

　オバサン四人は一斉に縁のほうに顔をむけ、口々に答えた。その様子を年齢不詳の女が、口を開けたままで窺《うかが》っている。

「あなたも？」「おばあ様とふたりで？」「今夜？」「はじめて？」

「あたしは見ます。でもおばあちゃんは見るのではなく、円山兄弟とおなじ舞台に立ちます。ショーにゲストとして出演するんです」

「すごいじゃない」「でもどういうこと？」「ゲストって」「あなたも歌い手さんなの？」

「え、ええ、まあ」

　なんと返事をしたらよいものかという戸惑いもあるが、オバサン四人の迫力に押され、ゆかりはしどろもどろになってしまう。すると縁は長いスプーンを置き、身体ぜんたいをオバサン達にむけた。

「あたしのおばあちゃん、ミラクル・ローズって言う、知るひとぞ知る歌手なんですよ」

　知らないひとは知らないわけで、そちらのほうが圧倒的に多い。オバサン四人も訝《いぶか》しげな顔つきで、ゆかりを見ている。値踏みをするような目つきでだ。とても居心地が悪い。

「紅白にも」

「でたの？」「うそ？」「ほんとに？」「すごいわ」

縁の言葉を最後まで聞かずに、オバサン四人は勝手に早合点してしまった。

「いえ」ゆかりが否定しかけると、遮るように縁が話をしだした。

「フツーの人生を歩みたいと惜しくも引退してしまったものの、その後も根強い人気があって、ファンの方々の厚い支持と強い要望に応え、三十年近くの時を経て、期間限定ではありますが、歌手として復帰することになったんです。いま全国ツアー中なんですけど、その忙しい合間を縫って、円山兄弟さんのショーに今夜、ゲスト出演させていただくことになりました。よろしくお願いします」

よどみなく言いおえたあと、縁は深々と頭を下げた。こうなればやむを得ない。ゆかりもお辞儀をする。頭をあげると、年齢不詳の女の姿は席になかった。レジで支払いを済ませ、店をでていこうとしていた。


「やるじゃないの」

こじゃれたカフェをでてからすぐだ。ゆかりは縁の小さな肩を軽く小突く。

「なにがですか」

「さっきのって、円山兄弟の写真集見てた彼女を助けるためだったんでしょ」

「それはまあ、そうですけどね」縁はにんまり笑う。「でもちょうどイイ具合に、ミラクル・ローズの宣伝にもなったでしょう?」

なった。オバサン四人に「応援するわ」「がんばって」「新曲でたら買うわね」「身体に気をつけて」と励まされた。それだけではない。話を聞いていたのか、カフェの店員さんに「店にかざりますので」とせがまれ、色紙にサインをしてきた。

「だけど紅白にでてるって思わせちゃったのは、心が痛むわね」

良心の呵責《かしやく》というヤツだ。

「思わせちゃったはちがいます。あのひと達が勝手に勘違いしただけですもん」

はたしてそうだろうか。

旅館までの藪《やぶ》に挟まれた緩やかな坂道にさしかかる。人影はほとんどなく、ときどき車が通り過ぎるだけだ。

「根強い人気とか、ファンの方々の厚い支持と強い要望っていうのも、イイ過ぎに思えたし」

「そんなことありませんって。青森の元村長さんの一家とか、宮城のインド料理屋さんのマスターとか、みんなミラクル・ローズの熱狂的なファンだったでしょう？」

足して四人だ。

「あたしも大好きですよ、ミラクル・ローズの歌」

そして緑はぱちんぱちんと指を鳴らしながら、『無愛想ブルース』を唄いだす。一昨日、ホテルで唄っていたときより、声を低めにして、だいぶミラクル・ローズに寄せている。

♪ブゥアイッソォオ、ブゥアイッソォ、
ブアイソォォオブウルゥゥスゥゥウウウゥウウ♪

縁が唄いおえた途端だ。拍手が聞こえた。しかしどこにもひとがいない。ふたりは足を止め、あたりを見回していると、藪をかきわけて、女のひとがでてきた。さきほどカフェにいた年齢不詳の女だ。

「素晴らしい歌声でした。感動しました」

ふたたび拍手をしながら、ゆかり達の前まで寄ってくる。間近に見ても彼女が何歳なのか、皆目見当がつかなかった。

「ありがとうございます」

礼を言いながらも、縁は少し引いていた。怯《おび》えているようでもあった。

「こちらこそ、先ほどはありがとうございました。助けていただき、感謝しています。ぜひとも礼が言いたくて、円山兄弟のショーに出演するならば、旅館へ戻るだろうと思い、お待ちしておりました」

「藪の中でですか」思わずゆかりは訊ねてしまう。

「人目につかないところがいいので」

縁が怯えるのも当然だった。あっけらかんとした無邪気な口ぶりが却って不気味だ。

しかも話をしているあいだ、ゆかりの顔をじっと見つめ、瞬《まばた》きひとつしなかった。

どうかしている。

「ゆかりさん、いこっか」

「そ、そうね。それでは」

立ち去ろうとするふたりの前に、年齢不詳の女は立ち塞《ふさ》がった。

「お願いがあるんですが、聞いてもらえませんか」できれば断りたい。しかし相手に気《け》圧《お》され、ゆかりと縁は一言も発せなかった。「これ、勝さんと守さんのふたりに渡してください」

ホールのドアを開くと、舞台の上で朗々と、伴奏なしで唄いあげている男がひとりいた。歌は『アナと雪の女王』の一曲である。円山兄弟のどちらかだろう。

約束の一時半よりも十分早かった。縁とふたりで客席のあいだの通路をくだっていく。

突然、歌が止んだ。

「いまの時間、関係者以外立ち入り禁止なんですけど」

男が鋭い声を飛ばしてきた。

「関係者です」

対抗するかのごとく縁が大きな声で言い返す。

「本日、ゲストとして出演させていただくミラクル・ローズです」

舞台の間近に辿り着くと、ゆかりは自己紹介をし、丁寧にお辞儀をした。

「付き人の森川縁です」

いつから付き人に？

「なんだ、そうでしたか。ごめんなさい」男は舞台から下りてきた。「円山兄弟の五分先に生まれた、兄の円山勝です。どうぞよろしくお願いします」

ボサボサ頭にノーメイク、黒縁眼鏡をかけ、無精髭《ひげ》まで生やした彼は、看板やポスターの写真とは全然ちがった。ギンギラに派手な衣裳でもない。フード付きのトレーナーに七分丈のパンツ、上下共にグレーという、ぱっとしないいでたちだ。

「忘れるといけないので、先にお渡ししておきます」

表に『勝様&守様へ』と書かれたピンク色の封筒を差しだす。年齢不詳の女から預かった旨を話したところだ。

「弱ったなぁ」

封筒を摘むように持ち、勝はため息まじりに言った。ほんとに弱った顔をしている。

「悪いね、そこのおふたり」舞台袖から革ジャンを着た男があらわれた。「いまの時間は関係者以外立ち入り禁止なんだ」

やはり革製と思しきパンツと財布を繋ぐチェーンがじゃらじゃらと音を立てて、やかましい。サングラスをかけているが、顔かたちは勝とほぼ変わりなかった。

「関係者です」ふたたび縁が言い返し、ゆかりは自己紹介をしなければならなかった。

「円山兄弟の五分遅れで弟になっちまった、円山守です」と革ジャンの男はそう名乗り、舞台を下りると、勝の手からピンク色の封筒を奪い取った。

「この手紙ってまさか」

「ピンクオバケがまたあらわれたんだ」

「俺達兄弟には近づかない、ショーにはこないって、おふくろに誓約書を書かされていたじゃんか」

「ミラクル・ローズさんが旅館近くで呼びかけられて、この手紙を渡してくれって、頼まれたんだと」

「マジかぁ。懲りねぇ女だなぁ」

「なんかあの、まずかったでしょうか」

兄弟の会話を聞いているうちに心配になり、ゆかりは恐る恐る訊ねてみた。

「あなたにこの手紙を託した女、俺達のストーカーなんです」と勝。

なんとまあ。

「あのひと、週一でここに通っていたんですよね」

ゆかりが訊ねた。ドラマにでてくる女刑事みたいな口ぶりだと自分で思う。

「テレビ見てくれたんですね」

そう言いながらも、勝が表情を曇らせた。

「あれはヒドかった」守はあからさまにイヤな顔で、不平を吐きだした。「俺達に三日間も密着しといて、十分も放送しなかったのに、そのうち二分十秒も、あのピンクオバケのインタビューを流すって、どういうつもりだっつうの。おかげで俺らのファン、あんなヤバいヤツばっかだと思われちまってよぉ」

放送直後、ネットでは円山兄弟よりも年齢不詳の女について、だいぶざわついたらしい。そしてだれが名付けたか不明だが、いつの間にかピンクオバケなるあだ名まで付いていた。

テレビの話をしたときに、節子があまりいい顔をしなかったのはこのせいか。

「そういうのを見たら、心折れるのがフツーでしょう?」同意を求めてきたのは勝だ。

「ところが彼女は、逆に調子づいてしまって。信じられます?」

ピンクオバケは毎日、東京から訪れ、兄弟の動向を探るようになった。ストーカー以外の何者でもない。

「俺達よりも母さんが先にキレちゃって」と今度は守だ。「本人を取っ捕まえて問い質《ただ》したら」

いちばんのファンとして、円山兄弟のことを知る権利があるんです。

年齢不詳の女はそう答えたらしい。

「だれにもそんな権利はない、そもそもファンにいちばんもなにもないって、おふくろはピンクオバケに説教半分説得半分で、釘《くぎ》を刺したうえに、今後一切こんな真似はしないよう、誓約書まで書かせたんです。それからまだ十日も経っちゃいないんだけど」

話をしながら、守はピンク色の封筒を開き、中身をだした。手紙ではなく写真が二枚だ。それを見た途端、守は顔色を失った。

「どうした？」勝がその写真を覗きこむと、弟とおなじ表情になった。

どれほど衝撃的な写真なのか、見たい。しかし、ゆかりは部外者だ。我慢しよう。すると隣で縁が背伸びをしていた。守が持つ写真を覗くつもりなのだ。ゆかりは彼女の服の背を引っ張り、これを制した。

「ごめんなさいねぇ」客席のドアから節子が入ってきた。十分の遅刻である。「女将さんと打ちあわせをしてたら、遅くなっちゃって。どうもあのひとの話はくどくて長いもんだから」

言い訳をしながら通路を下り、ゆかりの隣に立った。

「こっちが勝で、こっちが守」

「それはもう」

「挨拶はおわったってことね。それじゃリハを」そこで節子は息子達の様子に気づいた。

「なにかあった？」

「ピンクオバケがまたでたんだ」と守が言う。

「嘘でしょ？　ここにきたっていうの？」

「私が会いまして」ゆかりはピンク色の封筒について話した。罪を告白している気分になり、最後には「すみませんでした」と詫《わ》びていた。

「その封筒ん中に、これが入っていて」

右手に持つ写真を、守はひらひらと振った。

「見せてちょうだい」

「心の準備をしてからのほうがいいよ、母さん」

忠告したのは勝だ。

「いいから早く」守から受け取った写真を見るなり、節子は「これって」と呻《うめ》くように言った。

隣に立っているせいで、ゆかりは見るとはなしに写真を見てしまった。ほんとのことを言えば、気になってならず、横目で盗み見たのだ。

節子が呻いたのもわかる。どちらの写真も年齢不詳の女が一糸まとわぬ姿で、布団の上で横たわっていたのだ。

「こっちが勝のウチで、こっちが守ん家《ち》よね」

節子が確認をとると、双子は黙って頷《うなず》いた。

「勝手にあがりこんで、撮ってたんだ」

勝の声は微かに震えている。それはそうだろう。部外者のゆかりも背筋が寒くなった。

「いったいいつきやがったんだか」守は憤懣《ふんまん》やるかたない口ぶりだ。「全然、気づかなかった」

「戸締まりはきちんとしてたの」と節子。

「もちろん」「当たり前だろ」双子が揃って答える。

「警察に通報しとこ」節子はスマートフォンを取りだす。「女将にも伝えておかなきゃ。ほんと、迷惑な女だわ」

リハは節子による、前日のダメだしからはじまった。ただし双子も言われっ放しではない。舞台に立ちながら、各々の意見を述べ、ときには反論し、激しくやりあうこともあった。だがショーをよりよくしよう、お客様に楽しんでもらおうという気持ちが三人ともおなじなのは、ひしひしと伝わってきた。小一時間ほど、ゆかりは客席の最前列でその様子を眺めていた。

「喧嘩してるみたいだけど、喧嘩じゃないんですね」隣に座っていた縁がぽつりと言う。

「ウチのお母さんは、あんなふうにあたしの話を聞いてくれないんですよ。口答えしようものなら、私のやり方に文句があるのかって怒るだけで。ほんと、やんなっちゃう」

「お母さんから連絡あった？」

ゆかりが訊くと、縁は首を横に振る。

「ちょっと唄ってみてくんない、ゆかりちゃん」

節子に呼ばれ、立ちあがる。縁もだ。

「あたし、部屋、戻ってるね。いま、ゆかりさんの歌、聞いちゃったら、勿体ないし」

そう言い残し、縁はそそくさと去っていった。

「煙草、やめてなかったのね」

節子に言われ、ゆかりは思わず噎《む》せてしまった。

「ごめん、苦手だった？　煙草の煙」

「私は平気。でもここ」

節子は壁にある『禁煙』の貼り紙を指差す。ここは楽屋だ。三帖足らずだが、ミラクル・ローズ専用である。現役でドサ回りをしていた頃、ひとりきりの楽屋など、ほぼなかった。『禁煙』の貼り紙の上にあるシンプルな壁時計に目をむける。五時半過ぎだ。

「喫煙所は廊下をでて、右の奥だけど、その格好じゃ、表にでられないもんね」

ゆかりは化粧台を背に、真っ赤なドレスに網タイツ、黒のハイヒールというでたちで、パイプ椅子に腰かけていた。化粧はこれでもかと言うくらいにケバケバしい。金髪のカツラを被《かぶ》るのだが、いまはまだ地毛を押さえるためのキャップをしているだけだ。むきだしになった肩から背中、そして胸元のあたりは、ボディ用のファンデーションを塗りたくっている。ついいましがたまで、節子に手伝ってもらっていたのだ。

「煙草をやめて二十年以上になるんだけどね。リハがおわったあと、ロビーの自販機で買っちゃったのよ」

煙草をやめていたので、成人識別のＩＣカード、いわゆるタスポを持っていなかった。〈時代は変わっ〉ていたのだ。おかげで自販機の前でまごついていたところ、ジャージ姿の青年に、俺のといっしょに買いましょうと助けてもらった。

「昔も本番直前に二、三本は立てつづけにプカプカ吹かしてさ。これで気持ちが落ち着くんだって言ってなかった？」

「言ってた、言ってた」

ゆかりは小さく笑う。こんなふうに昔話をするのは、ひさしぶりだ。自然と緊張が和らいでいく。灰皿代わりに使っていた缶コーヒーの空き缶に、だいぶ短くなった煙草を入れる。

「それじゃ、私、息子達んとこいくから」

「ストーカーは平気なの？」

「明日、警察へ相談にいってくる。ふたりの楽屋の前にはいま、旅館の警備員に立ってもらってるわ。その経費をだすよう、女将に言われちゃったけど」

「大変ね」

「すべては紅白にでるためよ」

冗談めかして言いながら、節子は楽屋をでていった。もう一本、煙草を吸おうかと思ったが、やめておいた。そして椅子から立ちあがり、控えめの声で、『ライク・ア・ヴァージン』と『無愛想ブルース』をさらう。二曲ともリハで、二度ずつ唄わせてもらった。こんなふうに唄ってみたらどうかと、節子のみならず双子からも指摘を受けた。いずれもごもっともな意見で、大いに参考になった。そしてまた、双子に恥をかかせないよう、がんばらねばという思いが高まりもした。

表でひとのどよめきがする。客が入ってきたのだろう。ゆかりはパイプ椅子に座り直し、鏡のほうをむく。金髪のカツラを被るためだ。鏡に映るその姿は、薄目で見ればマドンナに見えなくもなかった。

ノックの音がした。節子だろう。あるいは縁か。客席は満席なので、うしろの端っこで立って見るぶんにはいいと、節子に許可をもらっていた。その前に、ゆかりの様子を見にきたのかもしれない。

「どうぞぉ」

ちょうど鏡にドアが映って見える。入ってきたのは節子でも縁でもなかった。水色の作業着らしき服を身にまとう、見知らぬひとだった。帽子を目深に被り、大きなマスクをしているせいで、ほとんど顔が見えない。後ろ手にドアを閉め、声を発することなく、ゆかりの背後に近づいてくる。

「だれ」

只事《ただごと》じゃないわ。

ふりむく間もなく、ゆかりの首に右腕が回ってきた。二の腕が喉元《のどもと》を強く圧迫する。叫ぼうとしてもできない。意識が遠退き、闇へと落ちていく。

気づくとゆかりはマイク片手に歌を唄っていた。もちろんマドンナの『ライク・ア・ヴァージン』だ。嫌な夢を見た。楽屋に見知らぬひとが押し入り、首を絞められたのだ。

どうしてあんな夢を見たのだろう。

だがなにかがちがう。円山兄弟の姿はなく、ひとりで唄っていたのだ。衣裳もちがう。浴衣姿だ。そして旅館のホールでもなかった。櫓《やぐら》の上だった。どこかの祭りっぽい。

まるきりおなじ状況を体験した覚えがある。二十年以上も昔だ。いや、そうではない。いまがそのときなのだ。瀬戸《せと》内海《ないかい》に浮かぶ島で、村祭りのゲストとして呼ばれたのである。

持ち歌を一曲唄わせてくれれば、他にどんな歌でも唄います、遠慮なくおっしゃってください。祭りの主催者にそう言ったのは、ゆかり自身である。

しかし五日前に主催者からリクエストの紙が、自宅のファクシミリに届いたときには大いに慌てた。マドンナ以外にも、荻野《おぎの》目《め》洋子《ようこ》の『ダンシング・ヒーロー』、ジッタリン・ジンの『夏祭り』、井上陽水《いのうえようすい》の『少年時代』、ドラえもんの主題歌と、それまでゆかりが唄ったことがない歌ばかりだった。レンタルレコード店で、レコードを借りて、カセットテープに落とし、ウォークマンで繰り返し聞き、知りあいのカラオケバーで、昼間に練習をさせてもらい、なんとか唄えるように励んだ。

櫓の上での本番は、歌詞を間違えたり、音程を外したりはしてしまった。練習不足で、出来がいいとは言い難い。しかし祭りを盛りあげるのには、じゅうぶん役立った。すべて唄いおわったあと、櫓から下りようとしたところ、アンコールの声が沸き起こった。なにを唄ってほしいかを訊ね、『ライク・ア・ヴァージン』をもう一度唄うことになったのだ。これまた大いに盛りあがり、ゆかりもノリノリで、曲にあわせて腰を振ったりもした。おかげで三十分のステージにもかかわらず、ヘトヘトになり、櫓から梯子《はしご》で下りる際、危うく足を踏み外しかけた。

野原ゆかりさんですね。

地上におりた途端、背後から本名をフルネームで呼ばれた。ふりむくと、見覚えのない若い女性が立っていた。世界一有名なビーグル犬がプリントされたTシャツを着ている。

ミヤサカユウと言います。

名乗られても、ゆかりはピンとこなかった。つづけて彼女は自分の生年月日を言った。都内の産婦人科の名前もだ。まさかと思い、ミヤサカユウの顔をまじまじと見た。

できればどこか静かな場所でお話ししませんか。

祭りは神社の境内でおこなわれていた。そこをでて海辺へむかう。並んで歩くと、ユウのほうが十センチほど高いのがわかった。そのぶん歩幅もあり、ゆかりは遅れないよう、ちょっと足を速めなければならなかった。しばらくしてユウがそれに気づいた。

ごめんなさい。ゆっくり歩きますね。

海辺までは曲がりくねった坂道で、街灯はほとんどなく、月明かりだけが頼りだった。海辺まで思ったより距離がありそうだ。

ミヤサカユウってどういう字を書くの？

お宮参りの宮に土へんの坂で宮坂、ユウは遊ぶの一文字で遊です。

お住まいは？

世田谷《せたがや》の用賀《ようが》です。

ご家族と？

はい。両親ふたりと。

年齢は二十三？　四？

四です。

いまはなにしているの？

大学院で考古学の勉強をしています。

凄いじゃない。そしたら将来は大学の教授さん？

なれればいいですけど。

こんな矢継ぎ早に質問するつもりはなかった。だがどうしても彼女について、いろんなことが訊きたくなってしまったのだ。

この夏は発掘調査のバイトをしてて、思った以上の稼ぎがあって、そのお金で東京からこの島にくることができたんです。

海辺に辿り着いた。砂浜にふたり並んで腰を下ろす。

どうして私がここにいるのが、わかったの？

ちょっとだけ手がかかりました。

遊は小さく笑い、話をつづけた。

私、あなたのレコードをぜんぶ持っているんですよ。都内の中古レコード店をまわって、三年がかりで買い揃えたんです。だからまずはレコード会社に電話をして、あなたの居所を訊きました。だけどとうの昔に契約が切れているのでわからないと言われてしまって。ただ、もしもその方が現役で活動をしていれば、日本タレント名鑑に載っているはずだとは、教えてくれましてね。世田谷の図書館へいくと、演劇のコーナーに一昨年のがあって、そこに載ってるのを見つけたんです。早速、図書館の公衆電話で、所属事務所に電話をかけました。

それが三日前のことだという。

でもマドンナを唄っていたんで、びっくりしました。同姓同名の別人で、自分はとんでもない間違いをしてしまったのかと思いました。他の歌も最近のものばっかりだったし。だから『無愛想ブルース』の歌がはじまったときは、間違ってなかった、このひとは本物のミラクル・ローズだって、ホッとしました。あっ、でもマドンナ、素敵でしたよ。『夏祭り』もよかったな。基礎がしっかりしてるから、どんな歌も上手に唄えるんですよね、きっと。

基礎だなんて、そんな。でも最初はね。シャンソン歌手になるはずだったのよ。

シャンソンって、『枯葉』とか『雪が降る』とか、あと『サン・トワ・マミー』とか？

若いのによく知ってるわね。

野原さんはなにが得意だったんですか。

『愛の讃歌』ってわかる？

遊はでだしを口ずさんだ。

そう、それ。聞きたい？

唄ってください、野原さん。お願いします。

ゆかりは立ちあがった。頭の中にだけ存在する楽団が前奏を奏でている。そして唄いだそうとしたときだ。遊は海へと、まっすぐに歩いていくではないか。ちがう。二十数年前にはこんなことはなかった。遊はゆかりが唄う『愛の讃歌』を砂浜に体育座りで聞いていた。

どこへいくのっ。

叫んでも遊は答えない。それどころか、さらに進んでいき、海へと入っていく。

なにしてるのっ。危ないわよ。

ゆかりは腰をあげ、砂浜を走りだす。足が濡《ぬ》れるのを感じる。波打ち際まできたのだ。

すると腰まで海に浸《つ》かった遊がふりむき、声を限りに叫んだ。

こないでっ。きちゃ駄目っ。

だったら戻ってらっしゃい。

無理言わないで。そんなのできっこないでしょ。

どうして無理なのか、ゆかりにはわからない。波が荒くなり、遊はいまにも飲みこまれそうだった。

いいから戻ってきて。お願い。

ゆかりは走りだそうとする。でもできなかった。足が動かないのだ。

「ゆかりさんっ」

瞼を開くと、縁の顔が間近にあった。目が真っ赤で、潤んでいる。

「あたしの声、聞こえますか」

「聞こえるわ」掠《かす》れ声だが答えることができた。

「よかった。ほんとによかった」

縁の双眸《そうぼう》から大粒の涙が溢れでて、ゆかりの頬に落ちてきた。なんと温かくて気持ちがいいのだろう。生きる活力を分け与えてもらった気さえする。

泣きつづける縁の肩越しに、『禁煙』の貼り紙が見える。ここが楽屋だと気づく。そして自分が衣裳を着ていないこともだ。スポーツブラにズロースだけで、その上に自分のコートがかけてあった。カツラもない。頭には地毛を押さえるキャップがあるだけだ。

「ピンクオバケになにをされたんですか」

涙を拭《ぬぐ》いながら、縁が訊ねてきた。語気が荒く、自分が叱られているように思えた。

「彼女がここに？」

「この服、着てませんでした？」

縁の左手に水色の作業着が握られていた。

「え、ええ」

「なんで部屋に入れちゃったんですか」

「あなたか、せっちゃんだと思ったからよ。気づいたら、背後から腕で首を絞められていたの」しかしそのときは帽子とマスクで顔は見えなかった。「あなたはどうして、私を襲ったのが彼女だと」

「ゆかりさんの衣裳を着て、舞台にあがったからです」

「嘘でしょ」

縁がわざわざそんな嘘をつくはずがない。しかしあまりに常軌を逸した行動に、思わず口をついてでてしまったのだ。

「それだけではありません。円山兄弟のそばに寄っていくと、刃渡り二十センチはありそうな、包丁だかナイフだかの刃先を勝さんの喉元に突きつけたんです」

正気の沙汰《さた》ではない。

「彼女は予《あらかじ》め自分の左手首に手錠を塡《は》めていて、もう片方を勝さんの右手首に塡めると、舞台を下りて、客席を通り、表へでていってしまいました」

「お客さん達はどうしていたの？」

「なにが起きたのか状況が摑めなかったみたいです。少しざわついてましたけど、座ったままで、だれも追いかけようとしませんでした」

「それで？　女は捕まったの？」

「わかりません。あたしはゆかりさんのことが心配だったので、すぐさま客席をでて、ここにきちゃったんで」

縁の話を聞いているうちに、ゆかりは寒気がしたかと思うと、大きなくしゃみをしてしまった。

「服、ロッカーですよね。持ってきます」

「だいじょうぶ。自分でできるわ」

シンプルな壁時計を横目で見ると、まだ六時半ではないか。本来ならばマドンナのくだりがおわって、衣裳を取り替え、『無愛想ブルース』を唄っているはずだった。

「ここをでて、一階のロビーにいきましょ」

なんであれ状況を把握したい。勝にもしものことがあったら大変だ。節子に顔むけができない。間接的ではあるにせよ、責任の一端は自分にある。

「ゆかりさん、どこかでお祓《はら》いしません？」ロッカーからだした服を着ていると、背後で縁が言った。声の調子からして、本気で忠告しているにちがいない。「ステージで唄おうとする度に、駄目んなるなんて、どうかしてます。なにか取り憑《つ》いているんですよ、きっと」

ふだんであれば笑い飛ばしているだろう。ゆかりはその類《たぐ》いのことを信じない質《たち》なのだ。この世は神も仏もいないと思っている。

しかしミラクル・ローズだった頃に、日本各地をドサ回りで巡っていたあいだ、悪天候による中止は何度も経験したし、ドタキャンやギャラの未払いといった、痛い目にもあったが、こうまでも立てつづけに、ステージがポシャったのははじめてだ。

「考えとくわ」

楽屋をでてエレベーターにむかおうとすると、縁が廊下を反対側へ歩きだした。ゆかりが呼び止める前に、彼女は間近の壁を開けた。魔法を使ったわけではない。そこにドアがあったのだ。

「一階へだったら、ここの階段をのぼってったほうが早いです」

「これって非常用でしょ」縁のそばに寄り、中を覗きこみながら、ゆかりは言った。

「使っていいのかしら」

「刃物を持った女が旅館のどこかに、うろついているかもしれないんですよ。いままさに非常時以外のなにものでもありませんって」

縁の言い分は一理あるかもしれない。ふたりで中に入り、階段をのぼりだす。縁は軽やかに駆けのぼっていくが、ゆかりはそうはいかない。手《て》摺《すり》につかまって、一段ずつ丁寧にあがっていく。

「ごめんなさい。ゆっくり歩きますね」

踊り場で立ち止まり、縁が見下ろしていた。おなじ台詞をつい最近、聞いた覚えがある。ちがう。ずっと昔に遊が言ったのだ。

やだわ。

踊り場まで辿り着くと、涙が込みあげてきたのだ。慌てて拭うが、縁に気づかれてしまった。

「どっか痛いんですか」

ちがうと言いかけ、その言葉をゆかりは飲みこんだ。そう勘違いしてもらっていたほうがいい。

「膝《ひざ》がちょっとね。でも平気」

「オンブします」

また真顔だ。この子はいつも本気なのだ。

「いくらなんでも無理でしょう」

体重差は十キロ以上、いや、もっとあるかもしれない。もちろんゆかりのほうが重い。

「やってみなくちゃ、わかりませんって」

縁が背中をむける。すると突然、階下が騒々しくなった。地下は二階までだ。駐車場からひとが入ってきたにちがいない。

何事かと思うまでもなかった。見覚えのある真っ赤なドレスが駆けあがってきたのだ。どこかに落としたのか、あるいは邪魔になって放ってしまったのか、金髪のカツラをしていない。金色のスーツを着た勝もいっしょだ。縁の話どおり、ふたりは手錠で繋がっており、そしてピンクオバケは右手に刃物を握っている。

　そのうしろを七、八人が追っていた。警備員らしき制服のひとがふたり、あとはワイシャツの上に旅館の名前入りのハッピを羽織っていたり、上下ともにジャージだったりと格好はさまざまだ。

　地下一階に着き、階段をのぼりかけ、ピンクオバケは足を止めた。ゆかりと縁が踊り場にいるのに気づいたのだ。汗に濡れた髪が顔にへばりつき、上目遣いでゆかり達を睨《にら》みながらも、うっすらと笑みを浮かべていた。

　勝は虚《うつ》ろな目で表情を失っている。抗《あらが》っても無駄だと悟ったのか。なにせ喉元にピンクオバケが刃物の先を突きつけているのだ。

　追手が一斉に立ち止まる。ダルマさんがころんだみたいだと、不謹慎ながらゆかりは思ってしまう。すると階下からドアの開く音がした。

「勝っ」

　守だ。立ち尽くす追手達のあいだを縫って、銀色のスーツを着た彼が、駆けあがってくる。地下一階まで辿り着き、勝とピンクオバケを目の当たりにすると、足を止めた。

「勘弁してくれよ、もう」哀願するように守は言った。「あなただって、わかってるだろ。こんなことしたって、なんの意味もないってさぁ。もうやめてくれよ。警察沙汰にはしない。約束する。だから頼む。勝を返してくれ。お願いだ」

「それじゃあ守くんが勝くんに代わって、あたしと結婚してくれる？　だったらいいわ」

「なにをふざけたことを」

「ふざけてなんかなくってよ、守さん。あたしは真剣にふたりを愛しているの。だけどどっちもは、欲張り過ぎだし非常識でしょう？　だからどっちかひとりをあたしのモノにしたいだけ。どこがふざけているって言うのかしら。これは愛よ。あたしは純粋な愛を貫き通すために、今日まで一所懸命、頑張ってきたわ。その努力が報われないなんて、あんまりよ」

　ピンクオバケが言った。昼間、ゆかり達にピンク色の封筒を渡したときとおなじ、あっけらかんとした無邪気な口ぶりだ。そしてやはり瞬きひとつしていない。

　どうかしている。

　ゆかりは戦慄《せんりつ》さえ覚えた。守をはじめ、他のひと達もおなじだろう。みんな顔を強張《こわば》らせている。そのときだ。

「莫迦《ばか》言わないで」縁が吐き捨てるように言った。ピンクオバケの表情が険しくなる。

「ひとりよがりで自分勝手な思いを相手に押し付けて迷惑かけてるだけじゃない。そんなの愛でもなんでもないわ」

　縁が宙を舞う。踊り場から飛んだのだ。そしてピンクオバケの上へと落ちていく。

「きゃっ」「うわっ」

　あまりに予想外な出来事に、ゆかりだけでなく、守をはじめとした追手達も、なにが起きたのか一瞬、理解できずに呆然《ぼうぜん》と立ち尽くすばかりだった。

俯《うつぶ》せだった縁が、むくりと上半身を起こす。ちょうどイイ具合に、ピンクオバケに馬乗りになっていた。計算ずくではない。偶々《たまたま》だったのだろう。縁本人がびっくりした表情なのが、なによりの証拠だ。

「刃物をっ」

ゆかりが叫ぶと、縁はピンクオバケの右手から刃物を奪い取り、床を滑らせた。守達が動きだし、三人のまわりを取り囲む。ゆかりも階段をおりていく。

ピンクオバケは少しも抵抗しない。倒れた拍子に後頭部を打ったのか、気を失っていたのである。勝は尻餅《しりもち》をついただけだった。もしもピンクオバケの意識がはっきりしていたら、縁はただで済まなかったかもしれない。そう考えるだけで、ゆかりは背筋が寒くなった。

「ゆかりさん」

ふらふらと近寄ってきた縁を、ゆかりはきつく抱きしめる。肉があまりついていないその身体が、微《かす》かに震えているのがわかった。

「無茶にもほどがあるわよ」

「ごめんなさい。でも」縁がゆかりの背中に手をまわしてくる。その力はゆかりよりも強い。「我慢できなかったんです」

「ありがとう」気づけば間近に勝と守が並んでいた。だれが外したのか、勝の右手には、すでに手錠はなかった。「なんとお礼を言えばいいのか」

「当然のことをしたまでです」

ゆかりから離れ、縁は照れ臭そうに言う。

地下一階のドアが開き、担架が持ちこまれてきた。ピンクオバケはそれに乗せられ、地下二階へと運ばれていった。駐車場にある旅館の車で、病院へむかうことになったのだ。瞼を閉じたピンクオバケの表情はとても穏やかで、幸せそうですらあった。

「この度は厄介なことに巻きこんでしまい、誠に申し訳ありません」

恰幅《かっぷく》のいい、着物の女性が頭を下げた。額は畳すれすれである。ゆかりはどう対応したらよいものかわからず、節子に助けを求めようとしたが、彼女もおなじくらいに頭を下げていた。

一連の騒動から二時間は経とうとしていた。女将が話したいことがある、ついてはいまからお邪魔してもかまわないかと、節子から部屋に電話があったのは、ほんの五分前のことだった。ゆかりと縁が食事をおえ、大浴場にいく準備をしていた。たぶんそのタイミングを見計らって、電話をしてきたにちがいない。ゆかりとしても、気になることがあったので、待っているわと答えた。

ゆかりよりも一回りは年下と思われる女将は、存在感がたっぷりで、いくら謙《へりくだ》っていても終始、威圧的な雰囲気を醸しだしていた。

ピンクオバケはガス会社の社員を装い、ガス漏れの点検にきたと嘘をつき、この旅館に潜りこんできたのだという。あの水色の作業着はガス会社のモノではないが、そっくりな形と色あいのものを、彼女はわざわざ準備していたのである。

「厄介だなんてとんでもありません。大事にならずに済んでなによりでした」

そう言ったのは縁だった。あんな無茶をした少女と同一人物とは思えないくらいの、落ち着きっぷりである。正座で背筋がしゃんと伸びているせいで、いつにもまして大人びて見えた。

「あの女性の意識は戻りましたか」

これも縁だ。もちろんピンクオバケのことである。

「病院に着くなり目を醒《さ》ましたと、付き添っていった者から報告がありましたわ」女将が答えた。「その後、医師に鎮静剤だか精神安定剤だかを注射してもらって、いまは病室でおとなしくしているそうです」

「怪我はしてませんでしたか」

心配する義理はない。それでも念のため、ゆかりは訊ねた。

「とくにそんな話はでませんでしたので、だいじょうぶだったのでしょう」

女将は丁寧に答えたものの、苛立《いらだ》ちを隠し切れずにいた。

「彼女はどうなるんです？　やはり警察に」

「忘れてくださいませんか」ゆかりの問いを女将が遮る。「彼女についてだけではありません。今夜、ここで起きたことはすべて、お忘れになっていただきたいのです」

「あたし達が忘れても、ホールにいたひと達はみんな、勝さんが連れさられていくのを見ていますよね」

縁が言った。当然の指摘だ。

「ショーの演出だとご理解いただいたわ」

答えたのは節子だ。彼女の話では勝がさらわれたあと、守がひとりでショーをつづけていたのだという。

「でもせっちゃん、勝さんが戻ってこないのを、さすがにお客さん達、変だと思ったでしょ？」

「ホールをでた途端、勝は階段でけつまずいて、顔から転んで顎《あご》を打って、唄うどころかしゃべることもままならない状態で病院へ運ばれましたって、守に説明させたの。だれひとり疑うどころか、本気で心配してくださってね。ファンのみなさんってありがたいものよ」

「ホールから地下二階の駐車場へ逃げてくれたおかげで、宿泊客の目に触れずに済んだのも不幸中の幸いでしたわ」

つづけて女将が言う。つまりこの旅館の関係者以外で、今回の一件を知っているのはゆかりと縁のふたりだけらしい。

「私の衣裳はいつ戻ってきますか」

「明日の朝までには必ず、お返しします」そして女将はどこからともなく封筒を取りだし、座卓の上に置いた。節子にもらったのとおなじく、旅館の名前が入ったものだが、妙に厚みがある。「これは今回の謝礼でございます。ぜひお受け取りください」

断る理由はない。ゆかりが取ろうとすると、女将が封筒の上に手を置いた。

「病院にいる女性について、忘れていただけますね」

その口ぶりたるや、有無を言わせぬ迫力で、脅迫にさえ聞こえた。封筒の中のお金は謝礼というよりも、口止め料でもあるのだろう。ゆかりはひとつ咳払いをした。そしてこうした場合の模範解答を口にする。つまりはこう。

「病院にいる女性ってどなたです？」

4

突然、縁が足を止めた。どうしたのと、声をかけようとして、ゆかりは彼女の視線の先を見た。

美しく華やかな、純白のドレスを身にまとった若い女性が、ロビーを横切っていたのだ。ゆかりも立ち止まり、縁と同様、見蕩《みと》れてしまう。

花嫁だけではない。隣には花婿もいた。ロビー中央には広い階段があり、フォーマルな格好のひと達が三、四十人ほど並んでいた。世代の幅が広く、抱っこされた赤ん坊もいれば、車椅子の老人もいた。そしていちばん前の列の中央に花嫁と花婿が立っている。ホテルのどこかで、披露宴がおこなわれているのだろう。その集合写真を撮るにちがいない。階段に並ぶひと達の正面、やや離れたところに昔ながらの莫迦でかいカメラが三脚の上に置いてあった。大判カメラだ。

ゆかりと縁が北陸の山深い温泉街の旅館をでたのは、朝十時過ぎだった。節子の運転する円山兄弟の宣伝カーでむかった先はＪＲの金沢駅である。まずは特急列車で新大阪までいき、べつの特急列車に乗り換え、山陰の駅に着いたのは夕方の五時過ぎだった。

そこから五分ほど歩いて、いましがた着いたばかりのホテルである。外観からして立派な造りで、正面玄関を入ると、フロントカウンターまでがやたら遠かった。それだけロビーが広いのだ。

「ぜんたいに、もう少し寄ってくださいませんかぁ」

大判カメラの隣に立つ男性が言った。通りのいい声だ。ゆかり達からだとうしろ姿しか見えない。

「とくに花嫁さんと花婿さん。もっとぴったりくっついてくれなくちゃ困ります」

老若男女みんなが一斉に笑う。ゆかりと縁もだ。

「花婿さんは花嫁さんの腰に手をまわしてください。そうです、そうです。そして自分のほうに引き寄せる。花嫁さんは花婿さんに寄り添って」

この声って。

聞き覚えがある。物腰が柔らかい口ぶりもだ。ゆかりは改めて男性のうしろ姿を見た。背は高い。百八十センチは優にあるだろう。ひょろっとしているが、なよっとはしていない。背筋がまっすぐなのだ。白髪をきれいに整え、洒脱《しゃだつ》な服を上品に着こなしていた。できれば顔を見て確認したい。ゆかりは歩きかけたが、その必要がなかった。

「いい感じになってきましたよぉ」

男性が階段に並んだひと達へと近づいていく。そして右手に持つ露出計をあちこちにかざし、ふたたび大判カメラまで戻ってきた。間違いない。やはり赤井鰊《あかいにしん》だ。

目があっちゃったよ。

彼もまた、ゆかりに気づいたのである。にこりと微笑む彼に、ゆかりは軽く会釈をした。

赤井とは一ヶ月以上前、電話で会話はしている。その後もラインで何度かやりとりもした。しかし最後に会ったのは三十年近く昔、ゆかりはまだ三十代後半だった。

六十七歳の私を見て、ミラクル・ローズだとわかってくれたのかしら。

ただ単に目があったから、微笑んだだけかもしれない。

赤井鰊は本名ではない。彼がカメラマンだった頃に使っていた名前だ。『無愛想ブルース』をはじめ、ミラクル・ローズのレコードのジャケット写真は、ほとんど鰊が撮ったものなのだ。当時、彼は人気のカメラマンだったのである。主に女性を撮るのが得意とされていた。実際、幾人かの女優や歌手と浮き名が立ち、マスコミを賑《にぎ》やかしたのも一度や二度ではなかった。

ところが一九八〇年代に入ると、東京を引き払い、山陰にある故郷の町へと戻った。祖父の代からの写真館を受け継いだのである。そして七五三やお宮参り、初節句、成人式、ウェディングなどの記念写真や家族揃っての写真、お見合い写真に証明写真といった店内のスタジオのみならず、幼稚園や小中学校の運動会や遠足、修学旅行などの写真も撮りにでかけ、生計を立てるようになった。

ゆかりはその頃の鰊とふたたび会った。ドサ回りで営業先のレコード店が、彼の写真館とおなじ商店街で、より正確に言えば斜めむかいだったのである。レコード店の店頭で、逆さにしたビールケースの上に立ち、カセットテープのカラオケで唄《うた》っていたときだ。四十代後半の彼が客の中にいるのを見つけ、ひどく動揺したものだった。

　それから数年のあいだ、引退ぎりぎりまで、そのレコード店へは一年に一度は唄いにいき、山陰で営業がある際には近くまできたからと必ず立ち寄った。目的は鰊に会うためだった。たまさかの逢瀬《おうせ》を楽しむなんていう、艶《つや》っぽい話ではない。会ってもせいぜい立ち話程度だ。それでもゆかりの心は和み、幸せな気持ちに浸ることができた。

　鰊には東京にいた頃に結婚した奥さんがいた。女優や歌手ではない。元は銀座《ぎんざ》のエレベーターガールだった。気だてのいい優しい女性で、ゆかりがレコード店で唄うときは、夫婦ふたりでくるときもあった。奥さんに嫉妬《しっと》はしない。しかしドサ回りで日銭を稼いでいる自分が恥ずかしく思えた。

　一ヶ月以上前、今回の復帰ツアーをおこなう際、まず連絡をしたのはレコード店だった。十年近く昔にもらった年賀状に記されていた電話番号で、現在使われておりません、と言われてしまった。住所をグーグルマップで検索したら、整骨院になっていた。

　赤井の写真館は健在だった。ウェブサイトがあるのに気づき、いってみると、四代目が館主として紹介してあった。三代目である鰊は？　と一瞬、不安がよぎったが、サイト内のブログに彼の写真を見つけ、ホッと胸を撫《な》で下ろした。その三分後には写真館へ電話をかけていた。そうしないでは、いられなかったのである。

呼びだし音三回半で相手はでた。

赤井鰊さんはいらっしゃいますか。

ゆかりは自分の失敗に気づいた。本名で言うべきだと思ったのである。慌てて言い直そうとしたところだ。

その声はローズさん？

鰊さんですか。

そう呼んでくれるひとはもう、あなたしかいませんよ。

鰊は大らかに笑った。笑い方も昔とまるで変わっていなかった。

懐かしいなぁ。最後にウチの商店街にいらしたのは、いつでした？

平成になってすぐだったと思います。

三十年近くになりますか。信じられません。

ゆかりもそう思う。つい最近が十年前、ほんの昔が二十年前なんてことはざらだった。

函館にお住まいだと聞いていましたが。

いまもそうです。

今日は私になにか御用ですか。

衝動的に電話してしまったなんて言えるはずがない。十七歳の娘ならば許されるだろうが、六十七歳のバアサンだ。

ちょっとのあいだ、歌手として復帰することになりまして。それであの、いつものレコード店で唄わせていただこうと思ったのですが、電話が繋《つな》がらなくて。
鰊の話ではレコード店の店長は二十一世紀に入ってすぐに亡くなり、一人息子が跡を継ぐこともなく、店を畳んでしまい、家も土地も人手に渡ったとのことだった。

ウチは息子が頑張ってくれてるんで、どうにかやっていけてますがね。ローズさんがいらした頃と比べたら、ここの商店街は半分も店はありません。いわゆるシャッター街になってしまいました。郊外にショッピングモールができてからは尚更《なおさら》です。そのうえ跡継ぎがいないので拍車がかかりまして。
ため息混じりで言ってからだ。

いや、失敬。ひさしぶりに電話をもらっておきながら、一方的に愚痴をもらしてしまって。面目ない。

とんでもありません。でも息子さんがしっかりなさっていて、よかったですね。

ほんとです。道楽者の私とは全然ちがう。亡くなった妻に似たんでしょうなぁ。

奥さん、亡くなられたんですか。

先日、十三回忌をおえたばかりです。

それはあの、お悔やみ申し上げます。

そこから先、ゆかりは言葉に詰まった。お願いしたいことがあるにはある。でもそれをどう切りだしたらよいものか、迷ってしまったのだ。するとあたかも、ゆかりの内心を察したかのように、鰊がこう言った。

もしかしてローズさん、このへんで唄える場所をお探しですか。

え、ええ、まあ。

私の孫が友達数人と共同で、ライブハウスを経営しているんですよ。そこはいかがでしょう？

ぜひお願いできますか。

鰊にラインのＩＤを教え、その日のうちに届いた孫のラインを見るなり、ゆかりはぎょっとした。絵文字だらけだったのだ。

〈こんちは、俺、アゴでぇす。じいちゃんから話、聞きましたー。ローズさんが、ウチのコヤにきてくれるなんてマジ夢みたいで信じられません。めっちゃウレシイです。俺、ＤＪネームがアゴって言いまして、みんなにもアゴって呼ばれてるんで、ローズさんもアゴって呼んでイイですからね。よろしくです〉

文章だけでもどうかと思う。だいたい会ってもいない相手にフランク過ぎる。しかもイラストの兎《うさぎ》が両手をあげて、バンザイをしているスタンプもいっしょだった。

おまえは女子高生か。

鰊から聞くと、孫は昨年の春に大学をでたばかりで、二十三だか四らしい。社会人経験が浅いとはいえ、立派なオトナではないか。

でも唄う場所を提供してくれる相手だ、説教をするわけにはいかない。鰊にチクってもよかったが、やめておいた。

その後、アゴとはラインで何度かやりとりした。絵文字が多く、出鱈目《でたらめ》な文章で、必ずスタンプ付きなのも、個性だと思えば、気にならなくなった。時代は変わるのだ、何事も慣れていかねばならない。それにアゴは意外にも常識人で、交渉自体は順調に進んだ。

　ギャラの件で少しモメた。額はじゅうぶんだった。一時間の単独ライブで二十万円貰《もら》えるのだ。ライブ後に素人参加のバトルがあるので、この審査委員長をやってほしいとの申し出も、快く引き受けることにした。バトルという言い方が気になったが、のど自慢だろうと、ゆかりは解釈した。モメたのは支払い方法だ。先方が口座振込だと言うのを、ゆかりは現金払いにしてほしいとゴネたのである。だがこれも最後には聞き入れてもらった。


「ヤバくないですか、ここ」

　緑の言う〈ヤバい〉は否定ではなく肯定で、最上級の褒め言葉にちがいなかった。

たしかにヤバい。フロントで手つづきを済ませ、ベルボーイの案内で、エレベーターに乗った。最上階で降りて、入ってきたのが〈ここ〉だった。

「この部屋で間違いありませんか」

「野原ゆかり様でございますよね」

二十歳そこそこと思《おぼ》しきベルボーイが、心配そうに訊《たず》ねてくる。自分がミスをしたのかと、不安になったにちがいない。

「そうですけど」

「では間違いございません」

ゆかりが住む函館の１ＤＫのぜんぶとおなじくらいの部屋には、花柄のカーテンに囲まれ、高級感溢《あふ》れるテーブルや椅子、ソファが並んでいた。

「なんでベッドがないんです？　ソファがベッドに変わるとか」

「寝室は隣でございます」

スイートルームなのか。

「いくらなんでも、ふたりじゃ、広過ぎません？」

縁は目をまん丸に見開き、ゆかりのほうを見ていた。

私に言われてもな。

予約をしたのはアゴなのだ。

〈一時間ほど前、ローズさん、ホテルのロビーにいらっしゃいましたよね？〉

膝《ひざ》に置いたポーチの中でスマートフォンが震え、アゴからと思い、取りだして確認すると、鰊からのラインだった。

〈はい〉と短い返事を送ってからだ。〈三十年振りなのに、よくおわかりになりました

ね〉

〈わかりますとも。三十年の月日が経とうとも、昔と変わらずチャーミングでしたから〉

ゆかりは頬を緩ませた。鰊は昔と少しも変わっていなかった。はじめて会ったその日からである。ゆかりは十八になったばかり、彼は二十五か六だったはずだ。

ゆかりは返事を考える。夕飯を食べていたのだ。いや、ディナーというべきだろう。ホテル一階にあるフランス料理のレストランで、コースメニューなのだ。ちょうどメインが運ばれてきた。いまが旬のなんだか魚のグリルで、なんだか茸のソースがかかっている。ふだんならば、食事の最中にスマートフォンをいじるような真似はしない。でも相手が鰊となればべつである。

縁のメインはサーロインステーキだ。自分の前に置かれるなり、「めっちゃウマそう」とはしゃぎながらも、すぐには食べずに、スマートフォンを構え、写真に撮っている。

チェックインする際、宿泊プランの一環ですのでと、フロントにこの店で食べるよう、言われたのだ。しかしまさかフランス料理のコースだとは思ってもいなかった。

〈いっしょにいらした可愛らしいお嬢さんは、どなたですか〉

縁のことだ。その〈可愛らしいお嬢さん〉はえらく大きめに切ったステーキ肉を頬張っている。

〈遠い親戚《しんせき》の子です。家の事情で春休みのあいだ預かって、ふたりで旅をしています〉

まるきり嘘ではない。事実をほんの少し、脚色しただけだ。

〈明日は日中、なにか用がありますか〉

つづけざまに鰊からラインが届く。

〈夕方の四時に、お孫さんのライブハウスにいくまで、とくに用事はありません〉

縁とどこかへでかけようと考えてはいた。だが彼女にまだこの話はしていない。食事をおえたあと、部屋に戻ってからするつもりだったのだ。

〈よろしければ砂丘でもいきませんか〉

「ヤッバァイ、超オイシィィ」

縁が悲鳴に近い声をあげている。皿の上のステーキはすでに半分以上なくなっていた。

「縁ちゃん、明日、砂丘いかない？　連れてってくれるひとがいるんだけど」

「そのひとって」縁の頬は膨らんでいた。ステーキを咀嚼《そしゃく》中なのだ。「さっきロビーで集合写真を撮ってたオジイサンですか」

「なんでわかったの？」

「そりゃ、わかりますよ」ごくり。縁は喉《のど》を鳴らし、口の中のものを飲みこんだ。「ゆかりさんを見て、笑ってましたもん」

ほんの一瞬だ。よく気づいたものである。

「元カレとかですか？」

「とんでもない」ゆかりは笑った。「東京でカメラマンやってたんだけど、こっちに戻って、実家の写真館を継いだのよ。昔はモテモテで、私なんかハナにもひっかけてもらえなかったわ。ただ」

「ただ、なんです？」縁は身を乗りだしてきた。口をもぐもぐ動かしながらだ。

「歌手としてデビューしたのは彼のおかげなのよ。私の歌を聞いて、レコード会社のひとに推薦してくれたの」

「ゆかりさんがどこで唄っていたのを、あのオジイサンが聞いたんですか」

「バスん中よ」

　予想外の答えだったのだろう。縁は首を捻《ひね》りながら、なおも訊ねてきた。

「それって、どういうシチュエーションですか」

　ゆかりは姿勢を正すと、広げた左手を顔の横に掲げ、軽く握った右手を口の前に持ってきた。

「みなさま、右手に見えて参りましたのが、東京タワーでございます。総工費約三十億円、一年半の歳月と述べ二十一万九千三百三十五人のひとの手により、一九五八年、昭和三十三年十二月二十三日に完成、正式オープン、翌日のクリスマスイブの午前九時より一般公開に至りました」

　縁は目をぱちくりさせている。

「五十年以上も昔に暗記したのが、いまだにスラスラでてくるのよ。ぜんぶじゃなくて、ところどころだけど」

「ゆかりさん、バスガイドだったんですか」

「中学をでてすぐアヒルバスっていうとこに、バスガイドとして採用されたの。働いていたのは歌手としてデビューする前までの三年半」

「さっき言った、バスん中っていうのは」

「ガイドの最中に唄っててね。それをバスに乗ってた鰊さんが聞いていたの」

「ニシンさんって、あのオジイサンの名前ですか」

「赤井鰊っていうのよ。本名じゃないわ」

そこまで話をして、彼からの質問にまだ答えていないのを思いだした。

「それでどうする？　砂丘はいく？」

「ぜひ」鰊に返事を打とうとすると、縁がつづけてこう言った。「できればラクダに乗りたいです」


十八歳になったばかりの野原ゆかりは、バスをおりてくる乗客ひとりひとりに丁寧に頭を下げていた。ほんの五分ほど前に、東京うまいもの巡りをおえ、上野《うえの》に着いたばかりなのだ。

最後におりてきたのは週刊誌の記者とカメラマンだ。一応、乗客ではあるが、取材も兼ねていた。その週刊誌には『美しき哉《かな》、働く女性』なる連載記事があり、アヒルバス本社にだれかひとり、バスガイドを取材させてほしいとの依頼があった。そこで入社三年目である、十八歳のゆかりに白羽の矢が立ったのだ。

私が美人だからですか。

バスガイド課の課長に訊ねたが、そんなはずないでしょうと、あっさり否定され、つづけてこう言われた。

いちばんユニークだからです。

自分のどこがユニークなのかはよくわからなかったが、なんにせよ、いちばんはイイことだと思うようにした。

歌、おじょうずですね。

そう言ったのはカメラマンのほうだった。年齢はたぶん二十代なかば、細身で、ゆかりよりも頭ひとつぶん背が高い。髪を肩まで伸ばし、ひげ面で、縁がまん丸のサングラスをかけ、奇妙な柄の長袖シャツに、穴だらけのジーンズ、そしてなぜだか雪駄《せった》を履いていた。ヒッピーでサイケと言えばいいか。そんな風体のうえに、赤井鰊などという、ふざけた名前にもかかわらず、物腰柔らかで丁寧な口調だった。

ありがとうございます。

とくに『愛の讃歌』がよかったです。

あれは凄《すご》かった。

記者が言った。こちらはごくふつうの背広姿だった。つづけて彼は矢継ぎ早に質問してきた。

どっかで習ってた？　だれかシャンソン歌手のお弟子さんだったことがあるの？　日本語じゃなくてフランス語で唄っていたってことは、パリで修業していたのかな？

とんでもありません。

だったら、どうしてフランス語で唄えるんですか。

カメラマンが訊ねてきた。

母が好きで、ウチにシャンソンのレコードが何枚かあって、子供の頃に繰り返し聞かされて、真似ているうちに、自然と覚えてしまったんです。

お母様は歌手か、あるいはなにか音楽に関係するお仕事をなさっているんですか。

いいえ、ただの芸者です。

大手織物会社の社長のお妾《めかけ》さんだとは、さすがに言わなかった。母はすでにこの世にいない。元から胸を患っていたのだが、ゆかりがバスガイドになって半年後、三日間、高熱を発したのちにあっけなく亡くなってしまった。四十七歳の若さだった。好きだったエディット・ピアフが死んだのと、おなじ歳だった。

葬式はごく簡素なものだった。参列者はゆかりとバスガイド仲間の数人だけだった。大手織物会社の社長からは花さえ届かなかった。

西荻窪のアパートには日常生活に必要最小限なものしかなかった。そのほとんどを処分し、シャンソンのレコード数枚とトランク型のレコードプレーヤーだけを、アヒルバスの独身寮に運んだ。位牌と遺骨もだ。母は親戚縁者に、ふしだらな女だと爪弾《つまはじ》きにされていたため、入る墓がない。いつか母の墓を建てるつもりだ。母の生まれ故郷の函館がいい。

　カメラマンは銀座にあるシャンソン喫茶の名をだした。ゆかりはその店を知っていた。それこそ週刊誌に紹介されているのを読んだことがある。モダンでおしゃれなつくりのその店には、有名なシャンソン歌手が日替わりで出演し、著名人が客として訪れているらしい。一度は足を運んでみたいと考えていなくもない。しかし十八歳の小娘には如何《いかん》せん、敷居が高過ぎた。

今度、その店にいきませんか。

　カメラマンは微笑んでいるようだが、ひげ面のせいで表情がわからない。

ほんとですか。

　こんな具合に夢が叶《かな》うとは。予想外の展開に、ゆかりの胸は高鳴った。そのうえカメラマンのつぎの言葉は想像を上回るものだった。

ぼくがオーナーに話をつけますので、ぜひ唄ってください。

それはちょっと。

やはり無理ですか。いや、失敬。勝手なことを言いました。申し訳ない。

いえ、あの。

　ゆかりは慌てて訂正した。

唄います。唄わせてください。

「ローズさん、笑ってください」

鰊が言った。深くこうべを垂れているのは胸のあたりに構えたカメラのファインダーを覗《のぞ》くためだ。レンズがふたつ縦に並んだ、いわゆる二眼レフである。

ゆかりは口角をあげてはみる。しかし頰が強張《こわば》ってウマく笑えなかった。

理由はふたつある。

その一。ゆかりはラクダの上に乗っかっていた。それが思った以上に高い位置なのだ。もしもなにかの拍子で、ラクダがいきなり駆けだしてしまい、振り落とされたらどうしようと、気が気でないからだ。

その二。鰊を前にして緊張しているのだ。初対面からそうだ。歌手としてデビューし、ジャケット写真を撮ってもらう際も、じょうずに笑えなかった。三十代後半で再会したときもである。その後も幾度か会ったが、その度に緊張してしまい、ついぞ慣れることはなかった。六十七歳なのに、十八歳の自分に戻ったかのようだ。

今朝は九時に宿泊先のホテルの正面玄関まで、鰊が自家用車で迎えにきてロビーで待っていた。車はベージュ色のラパンだ。砂丘には、ものの十分で辿《たど》り着いた。駐車場にラパンを置いてから、鰊のあとをついていき、まずはなんとかセンターで、無料レンタルのサンダルに履き替えた。そして縁の希望通り、ラクダに乗ることにしたのだ。

ゆかりさんもどうですか。

縁に言われ、安請け合いしなければよかったと思う。後悔していると、腋《わき》の下に縁の手が入ってきた。左右ともにだ。

「こちょこちょこちょこちょ」

縁がそう言いながら、くすぐってきた。

「よ、よしなさい、やめて」

「どうです、鰊さんっ。ゆかりさん、いい感じで笑ってますかぁ」

「笑ってる、笑ってるぅ。いいよ、いい。ローズさん、ナイススマイルッ」

鰊は二眼レフをいじくっている。たぶんシャッターを切ったのだろうが、よくわからなかった。


「これ、のぼってかなくちゃいけないんですかぁ」

縁が悲鳴に近い声をあげた。ラクダから下りたあと、鰊も含め三人で、砂丘を横並びに歩いている最中だ。春休みとあって、子連れの観光客が多かった。傍からは赤の他人の自分達も祖父母と孫に見えることだろう。

そういう人生もあり得たにちがいない。だがいまさらそれを悔やんだところで意味はない。結婚をせず、家族を持つことはついぞなかった。産んだ子供はひとに譲ってしまった。

「丘のむこうが海です。今日はイイ天気ですからね。海もきれいにちがいありませんよ」

「ゆかりさん、平気？　歩ける？」

「だいじょうぶ。あなたこそどうなの？　どっかまだ痛まない？」

「あれから今日で二日も経ってるんですよ。痛いとこなんて、ひとつもありません。なんだったら証拠をお見せしましょうか」

ゆかりの返事を待つことなく、縁は砂の上で前回転をやってみせた。

「凄い、凄い」

鰊が無邪気に褒め讃える。間近を歩いていた海外からと思しき観光客数名も手を叩《たた》いた。

「センキュー、センキュー」

縁が両手をあわせお辞儀をする。その仕草がまた愛らしい。大人びた物憂い彼女とはまるでちがう。母と戦いつづける娘でもない。いまは瞬間瞬間を楽しみ、生きるよろこびを体現しつづける十二歳の少女だ。要するにテンションがあがりっぱなしなのだ。

「そんだけ元気なら心配ないわ」

ゆかりは呆《あき》れた口調で言う。

「ですよね。あたし、先、いっていいですか」

「年寄り同士、ゆっくりいかせてもらいます」

答えたのは鰊だ。途端に縁は丘を駆けのぼる。砂に足をとられながらも、ゆかり達と瞬く間に差を広げていく。

「ユニークな子ですね」鰊がしみじみと言う。

私もバスガイド課の課長におなじこと、言われたっけ。

五十年近くも昔の話だ。いま、その課長が生きているかどうかさだかではない。当時はえらく年上に見えたものだが、まだ三十そこそこだったはずだ。

「なにがあったんですか、二日前に？」

つづけて鰊が訊ねてきた。縁が〈あれから今日で二日〉と言ったのが、気にかかったのだろう。

「あの子、踊り場から十五段はあった階段を、ひとっ飛びしまして」

いけない。〈忘れた〉ことをうっかり言ってしまった。

「どうしてそんな無茶をしたのでしょう」

「それはあの」ゆかりは答えを一瞬、躊躇《ためら》ってから、こう答えた。「人助けのためです」

「我が身を顧みずに、だれかを助けようとしたわけですか」

「まさにそのとおりで」

考えてみれば掏摸《すり》コンビのポルシェに飛び乗ったときもそうだった。無茶をするにもほどがある。

「まるで正義の味方ですね」

鰊はおかしそうに笑う。詳しく説明を求められたらどうしよう。いっそ話してしまおうかと思わないでもない。鰊ならば、ひとに言いふらすような真似はするまい。いや、駄目だ。旅館の名前が入ったおしゃれなデザインを施した封筒の中身は三十万円だった。想像以上の額に身震いがしたほどである。あれだけの口止め料を受け取っておきながら、二日後にペラペラと他人にしゃべるのは、いくらなんでも道理に反している。

なんて考えはとんだ取り越し苦労だった。鰊はしたり顔で頷《うなず》きながら、こう言ったのだ。

「昔のローズさんとおんなじじゃありませんか」

「どこがです？」まだおんなじところがあるのか。

「正義の味方ってところがですよ。弱きを助け、強きを挫《くじ》く。なんでも真摯《しんし》にむきあい、正直に生きていこうとするあまりに、間違った行いをする人間が許せないんですよね、きっと」

「私はそんな」

「でも」鰊は往年の人気俳優の名を言った。「なにかのパーティーで女優だか歌手だかのタマゴが、酔っ払った彼に、いまでいうセクハラまがいなことをされているのを、ローズさんが止めに入った話、ありましたよね」

「ああ」正しくはパーティーの二次会だ。六本木《ろっぽんぎ》のクラブでの出来事だった。だけど当時はセクハラだなんて言葉はなかった。

「しかし彼はセクハラ行為をやめるどころか、過激さを増して、ローズさんにまで手をだそうとした。そんな彼にあなたは拳固《げんこ》で顔面に一発食らわせたのでしょう？　おかげで彼は鼻の骨を折って全治一ヶ月、主演映画を降板せざるを得なかった」

「全治一ヶ月だなんてとんでもない。そもそも骨なんか折っていません。鼻血がでただけです。それに主演映画を降板したのは、もっとあとで、あのひとがコカイン所持で逮捕されたときの話とごっちゃんなってますって」

その人気俳優もこの世にもういない。亡くなって二十年は経つのではないか。

「おかしいなぁ。だれに聞いたのかな、この話。でもあれはほんとですよね。営業にまわりながら、三億円事件の犯人を匿《かくま》っていたっていう」

やれやれ。

「それこそ完全な嘘です」

「そうだったんですか。ひとの噂はあてにならんもんです」

「信じるほうがどうかしていますって」

「ローズさんだったら、不思議ではない気がして」

このひとは私をどんな人間だと思っているんだ？

「ゆかりさぁぁぁん、ニシンさぁぁん」丘の上に辿り着いた縁が、両手を振っている。

そんな彼女に鰊が二眼レフをむけた。「海、見えましたぁぁ。サイコーにキレイですよぉ」

縁の言葉に嘘はなかった。

海はサイコーにキレイだった。色からしてちがう。エメラルドグリーンなのだ。ここまで訪れるまでにさまざまな海を見てきた。いずこの海もそれぞれのよさがある。しかし砂丘のむこうに広がる海は随一と言わざるを得ない。その美しさに、目頭が熱くなる。

カッ、チャン。

微《かす》かなシャッター音が聞こえる。鰊が二眼レフで、ゆかりを撮っていたのだ。

「私なんか撮ってどうするんです？」

「あまりに素敵な表情だったものですからね。撮らずにはいられなかったんですよ」

鰊は悪怯《わるび》れずに答え、朗らかに笑った。こういうところも昔と変わらない。それからふたり並んで、丘をゆっくりとおりていく。

「今夜の曲目は、もう決まっているのですか」

鰊が訊ねてきた。

「昭和歌謡を主に、それと『無愛想ブルース』も」

「よろしければ、あの歌を唄っていただけませんか」

「あの歌って」

「『イムヌ・ア・ラムール』です」

『愛の讃歌』だ。

「ローズさんのレコードはぜんぶ持っています。どの歌も素敵です。『無愛想ブルース』だって悪くありません。でも私には、あの銀座の店であなたが唄っていた、シャンソンの数々がいまも忘れられないのです。中でも『イムヌ・ア・ラムール』はピカイチでした。ときにはエディット・ピアフそのもの、いや、それ以上だったときもあった」

「でもあの歌は、ひさしく唄っていないので」この二十数年は夢の中だけでしか唄ったことがない。「伴奏も準備していませんし」

「やはり無理ですか。いや、失敬。勝手なことを言いました。申し訳ない」

「いえ、あの」

唄わないとは言っていないのに。

このひとは昔からこうだ。あと一押ししてほしいというところで、あっさり引き下がってしまう。どうしようかと、ゆかりが思いを巡らしていると、海岸まで辿り着いていた。

「そのカメラ、超イケてますよね」縁が言った。羨《うらや》ましそうというか、物欲しそうな口ぶりと顔つきをしている。「使うの、難しいんですか」

「そんなことはありません。被写体や場所の明るさにあわせて、シャッター速度と絞りを決め、ファインダーを見ながらピントを調整して、あとはシャッターを押すだけです」

「それをぜんぶ、自分でしなくちゃいけないんですよね？　やっぱ難しいじゃないですか」

「このカメラに限らず、昔のカメラはぜんぶそうです。つまり私を含めて昔の人間は、ごくふつうにやっていたのです。いまの人間にできないことはありません」

「それじゃ、あたしにも」

「できます。なんでしたら、使ってみますか」

「いいんですか」と訊ねたのは、ゆかりだ。

「もちろん。きちんとお教えしますよ」

「ヤッタ」縁は無邪気によろこぶ。

鰊は首にかけたストラップを外し、二眼レフを縁に渡す。そして彼女の首にストラップをかけ、長さを調整する。仲のいい祖父と孫娘にしか見えない。

「ゆかりさん、撮ってあげるっ。海をバックに立ってみて」

「さっきも鰊さんに撮ってもらったばっかだから」

「いいじゃない。お願い」

こうなればやむを得ない。縁の言われた位置まで動く。すると足元が濡《ぬ》れた。波打ち際だったのだ。

「やだ、ごめん、ゆかりさん」

「平気よ」むしろ冷たくて気持ちがいい。

「うわ、なにこれ」縁はファインダーを覗きこみながら、声をあげる。「ゆかりさんが逆さになっちゃってる」

「左右も逆でしょう？」

「ほんとだ。なんでですか」

「きみがいま見ているのは実像です」

　鰊に言われても、縁はきょとんとしている。

「凸レンズに平行な光を当てると、光は直進して焦点に集まって、その外側の物体は、スクリーンに上下左右がひっくり返って映る。これを実像と言うんです。中学の理科で教わるはずなので、いまのうちに覚えておいたほうがいいでしょう」

「はい」返事はいい。しかし縁は釈然としない表情だった。あれだけスマートフォンが使いこなせるのに、理科は苦手のようだ。とは言え、ゆかりも鰊が言ったことを理解できたわけではない。

「ではまず、シャッター速度をあわせていきましょうか」

「よろしくお願いします」

　カメラをいじくりながら、鰊が説明をつづけるのに、縁は黙って耳を傾けていた。今度は祖父と孫娘ではなく師弟のようだ。ふたりとも目を輝かせ、活き活きとしているので、尚更そう見えた。

　鰊は十二歳の娘に対しても、物腰柔らかで丁寧な口調だ。そんな彼の声を聞きながら、ゆかりは十八歳だった自分を思いだしていた。

　二十五だか六歳の赤井鰊とは、木村屋の前で待ちあわせた。銀座のどこならばわかりますかと訊《き》かれ、その店の名が真っ先にでてしまったのである。

曲がりなりにもバスガイドなので、銀座の名所と呼ばれる場所はいくらでも知っていた。どうして木村屋を言ってしまったのか、十八歳の野原ゆかりは、自分でもよくわからなかった。

あんぱん、お好きなんですか。

鰊にそう言われ、ゆかりは顔を赤らめ、答えられなかった。

約束の六時より十分前に着いたのだが、鰊はすでに待っていた。ヒッピーでサイケでも時間には正確なのだと、ゆかりはつまらぬことに感心してしまった。そういうひとはルーズだと勝手に思いこんでいたのだ。あるいはヒッピーでサイケの中でも、鰊は特別、真面目なのかもしれない。

早速、いきましょうか。早いぶんには文句言われませんからね。

男性とふたりきりで歩くのは、はじめての経験だった。デートでもないのに、恥ずかしくてたまらず、身体がカチコチになってしまった。これから憧《あこが》れのシャンソン喫茶で唄うなんて、現実の出来事とは思えなかった。

あなたの記事、編集部内で好評でして。

ゆかりが載った号は三日後の発売である。

モノホンのあなたを見たいと、今日は編集長をはじめ、編集部総出で店に訪れます。

ほんとに歌がウマいかどうか、自分の耳でたしかめるまで信じないなんて、意地の悪い輩《やから》も幾人かいますがね。

　だいじょうぶでしょうか。

なぁに、いつもどおり唄ってくだされぱいいんです。そんな奴らの鼻を明かしてやりましょう。いや、この場合は耳を明かすというべきかな。はは。

べつに面白くはない。ただ自分の冗談に自分で笑っている錬が、そう悪いひとには思えず、好感が持てた。

　木村屋からシャンソン喫茶まで、十分とかからなかった。高鳴る胸を抑えつつ、錬のあとについて店に入っていく。思ったよりも狭い。席は八割方埋まって、賑わってはいるものの、グランドピアノがあるステージではだれも唄っていなかった。

　煙草の煙で朦々《もうもう》としている中、客席のあいだを縫うようにして、錬は歩いていった。すれちがう店のひとに「よぉ」だの「やぁ」だの挨拶《あいさつ》をしている。「ご活躍だねぇ」「ひさしぶりだなぁ」「相変わらずの格好ね」と話しかけてくる客も少なくない。週刊誌やテレビで見たことがある著名人もいて、そんなひと達と錬は親しげに二、三言交わすこともあった。どうやら彼は取材にきた週刊誌だけでなく、他にもいろいろと仕事をしているらしいのだ。

　さらに奥へ進み、ステージ裏へと入っていく。フロアよりも煙草の煙が凄い。まるで霧である。狭い廊下の両端にひとがいた。だれもが楽器を抱えている。この店には専属のバンドがあると、週刊誌の記事で読んだことがあった。たぶんそのひと達だろう。いわゆるバンドマンだ。だれもがやさぐれていて、鋭い目つきで自分を見ている気がするのは、ゆかりの偏見かもしれない。

　きゃっ。

　ゆかりは小さな悲鳴をあげた。通り過ぎていく際に、バンドマンのだれかがお尻《しり》を触ったのである。ふりむくと、みんな素知らぬ顔だ。

どうしましたか。

　鰊が声をかけてくる。

ちょっとけつまずいただけです。

　すると今度はバンドマンのひとりが鰊の前に立った。行く手を阻んだのだ。つまりは通せんぼである。イイおとながすることではない。

えらくマブい子を連れてきたじゃないか。鰊のスケか。

　まるで映画にでてくる不良みたいな台詞《せりふ》だ。よもや現実に耳にするとは思ってもみなかった。

　とんでもありません、ミヤケさん。今日、飛び入りで唄うことになった女の子です。いまからオーナーのところへ連れていこうと。

　通せんぼをしたまま、ミヤケと呼ばれた男は鰊のうしろにいるゆかりに目をむけた。白いタキシードに蝶《ちょう》ネクタイ、ポマードでオールバックの彼はネズミによく似ていた。なんともいやらしい目つきである。ツアー客にもこの手の男は多いので扱いは慣れているものの、ここまで舐《な》め回すように見る輩ははじめてだ。それが男の特権だと信じているのだろう。不愉快極まりない。

珍しいんですか。

ゆかりは両手に腰をあて、鰊越しにミヤケを見据えた。訝《いぶか》しげにしながらも、彼の口元にはまだ卑しい笑みが残っている。

なにがだ。

女がですよ。あまりにしげしげとご覧になるものですから、女をご存じないのかと思いましてね。

バンドマン達からクスクス笑う声が聞こえた。ミヤケが険しい顔つきになる。

すみません、ミヤケさん。時間があまりないんで、オーナーのところへいかせてもらえませんか。

鰊が下手にでても、男はその場を動こうとせず、ゆかりを睨《にら》んでいる。ここで怯《ひる》むわけにはいかない。負けじと睨み返す。

ネーチャン、なに唄うつもりだ。

『イムヌ・ア・ラムール』です。

ゆかりは『愛の讃歌』を原題で答えた。

オーナーには許可をいただいてましてね。一応、素人の飛び入り参加で。

鰊が取り繕うように言う。これにもミヤケは耳を貸さなかった。

唄ってみろ。いま、ここでだ。それを聞いて、俺らが演奏する価値があるか、バンマスの俺が判断してやる。

バンマスがバンドマスターだとは、ゆかりも知っている。それにしても意外な展開に、ゆかりは少なからず焦った。いくらなんでも心の準備ができていない。どうにか気持ちを落ち着かせねば。そのためには時間がいる。ほんの少しでいい。

煙草、いただけますか。

すぐそばにいたバンドマンのひとりに言った。彼はミヤケを横目で窺《うかが》ってから、ゆかりに煙草を一本渡す。それを口にくわえ、火も催促をする。廊下にいるだれもが、ゆかりの一挙一動を見守っていた。聞こえてくるのは客席からのざわめきだけだった。

煙草を吸うのは、はじめてだ。ただの時間稼ぎに過ぎない。咳《せ》きこまないよう、肺まで入れずに吹かすだけである。なんとか気持ちが落ち着いてきた。半分も吸わずに煙草を床に落とし、足で揉《も》み消す。灰皿がそばにあったが、こっちのほうがかっこいいと思ったのだ。

憧れのステージに立てるかもしれないのだ。このチャンスを逃したくない。逃してなるものか。

　耳の奥で前奏が聞こえてくる。ゆかりの頭の中にだけ存在する楽団が奏でだしたのだ。息を整え、その伴奏にあわせて唄いだす。ところがぜんたいの三分の一も唄っていない途中で、バンマスのミヤケが制した。

もういい。やめろ。

お気に召さなかったのか。どこがいけなかったのかを問い質《ただ》そうとすると、ミヤケはこう言った。

こんなところで唄うのは勿体《もったい》ない。ステージで唄ってもらうとしよう。

「なんとか、あたしにもデキそうです」

「でしょう？　ではローズさんを撮りましょうか」

「だったらこうしません？　鰊さんがゆかりさんの隣にいってください。ツーショットを撮ってあげますから」

縁はニコニコ笑いながら言う。はじめからそのつもりだったのか。

「それではお言葉に甘えて」

なんのてらいもなく、鰊はゆかりのそばに近づき、隣に立った。

「もっとぴったりくっついてくれなくちゃ困りまぁす」縁が言った。昨日の鰊の真似だ。

「鰊さん、ゆかりさんの腰に手をまわして、自分のほうに引き寄せる」

莫迦《ばか》なこと、言わないで。

そう言おうとする前に、鰊の手が腰にまわってきた。

「ゆかりさんは鰊さんに寄り添って」

こうなれば致し方がない。旅の恥はかき捨てだ。

ゆかりは鰊の腕につかまり、身を寄せた。

砂丘をでたのは昼過ぎだった。そしてラパンで市街に戻り、駅前にあるカフェで三人揃ってランチをとった。県内にしかない店とかで、選んだのは縁である。昨夜のうちにネットで調べており、ぜひともその店のパンケーキを食べたいと言ったのだ。ここまできてパンケーキもなかろうとは思いつつも、鰊ともどもその要望を聞き入れた。

鰊はもさ海老カレーを、ゆかりはマグロカツサンドを頼んだ。しまった、また寿司《すし》ではないマグロを食べる羽目になったと思ったときには遅かった。

直径三十センチはあろうかという皿の上に、山盛りのフルーツとホイップクリームが載ったパンケーキを、縁はぺろりと平らげてしまった。スマートフォンで写真を撮ってからである。マグロカツサンドは思いのほか、ボリュームがあったので一切れ、縁に譲った。

皿が空になったところでテーブルに薬をだした。鰊もである。彼もまたゆかりとおなじく半透明なケースに入れており、錠剤を五つ、粉薬を一袋飲んでいた。

「昼間なのでこれだけですが、朝と夜は十種類以上飲まなくてはいけません。薬を飲んで生き存《ながら》えているなんて、自分が酷《ひど》く卑しい人間に思えることがあります。だからと言って、死にたいとは思いませんが。ほんと、いやになってしまいますよ」

鰊が自嘲《じちょう》気味に言い、そのあと薬談議をしてからだ。

「まだお仕事なさっていたんですね」

「息子の手伝い程度です。あのホテルは私の父親の代からのつきあいなもんでしてね。挙式の記念写真を昔ながらの大判カメラで撮るというのが、ウェディングプランに組みこまれているんです。そうそう、お部屋、気に入っていただけました？」

「あのスイートルーム、鰊さんが？」

「孫に催促されたんです。ローズさんならば最高級の部屋でなくては駄目だと」

「なんでお孫さんはそこまで」

「私がミラクル・ローズと知りあいで、おまえのライブハウスを貸してほしいとお願いしたときなど、飛びあがらんばかりに驚いていました。孫は自分のライブハウスで、DJをすることもあって、その際にあなたの曲をかけると、凄い盛りあがるそうです」

　私の曲が？　俄《にわか》には信じられない。

「クラブで昭和歌謡がひそかなブームだって、ネットニュースで読んだことありますよ、あたし」縁が自然の摂理を説くかのように言う。「ゆかりさんの歌、素敵ですもん。いつの時代だって受け入れられますって」

　ならば『無愛想ブルース』以外にもヒット曲があってもいい。紅白にだってでられたはずである。だがそれは言わずにおいた。せっかく褒めてくれている相手に、それも十二歳の少女に嚙《か》みついても意味はない。

「四時までにはまだ時間ありますね」鰊が言う。昼の二時だった。「ホテルにお戻りになりますか」

そうしよう。ゆかりは砂丘を歩いて少し疲れていた。一時間でも横になったほうがいい。

「私もホテルにいきます。ブライダル課のひとと、今後の婚礼のスケジュールについて、打ちあわせがあるんですよ。それがおわったら、孫のライブハウスまでご案内します。歩いて五分くらいですので。ラパンはホテルの駐車場に置いときますので」

至れり尽くせりで申し訳ないくらいだ。

「砂丘で撮ったのって、いつ写真にできますか」

「おふたりがこの町をでるときまでにとは、考えているのですが」縁の質問に答えながら、鰊はゆかりに顔をむけた。「明日には東京へ？」

「ええ。でも夜行バスを利用するので、ここをでるのは夜の八時過ぎなんです」

東京の池袋《いけぶくろ》までおよそ十二時間かかる。ここから関西方面にでて、新幹線を使えば時間は半分で済む。しかし夜行バスは運賃が新幹線の自由席より半分以下なのだ。

これは函館をでる前からのプランである。昨日、金沢からここを訪れるまでの電車内で、縁に夜行バスでの移動はどうか訊ねた。彼女が嫌がれば、新幹線に変更してもかまわないと思っていた。ところが彼女はこう答えた。

あたし、前から乗ってみたいと思ってたんですよ、夜行バスって。なんかロマンチックな感じしません？

しない。そもそも六十七歳のオバアサンとふたりでは、ロマンチックもヘチマもないでしょ、と思わないでもなかったが、口にはださなかった。夜行バスのチケットは駅の窓口でも扱っており、昨日の夕方に到着してからすぐ、二人分を買い求めた。

　東京の宿泊先は都心からやや遠い。東久留米ではなく、小金井《こがねい》というところだ。朝方九時過ぎにチェックインしてもいいか、宿に問い合わせると、デイユースということで、宿泊費がいくらか割高になりますとの返事だった。その額でも新幹線を利用するよりも、安かったので承諾した。さらに宿泊者がひとり増える旨も伝えた。

「ならばじゅうぶん間にあいますが、明日は出発まで、おふたりはなにをなさっているおつもりですか」

「とくにこれといって決めていないんです」

　砂丘以外に、なにかあるのだろうか。

「砂丘で撮った写真って」縁が口を挟んできた。「鰊さんの写真館で、プリントアウトするんですか」

「プリントアウトではありません。フィルムですので、現像をするんです」

　鰊が穏やかに訂正する。

「赤いランプの部屋で、液体に紙を浸けると、撮ったのが浮いてでてくるヤツですよね。それ、手伝わせてください。お願いします。自分で撮ったの、ゲンゾーしたいんです」

　縁は好奇心に目を輝かせている。こんな彼女のお願いをだれも断れるはずがない。

回転寿司屋に入ったはいいものの、まわってくる皿がカレーやらサンドイッチやらハンバーグやらパフェやらサーロインステーキやらで、いつまでも寿司がこないという悪夢にうなされていると、縁が起こしてくれた。すでに三時半だった。簡単に身支度を済ませ、ステージ衣裳《いしょう》やメイク道具の入ったキャリーバッグを引っ張って、一階のロビーへ降りていくと、すでに鰊が待ちかまえていた。

正面玄関をでて、ホテルの裏手にまわり、繁華街を進んでいくうちに、ゆかりは鰊に銀座のシャンソン喫茶へ連れていかれたときを思いだした。五十年の月日を経て、場所はちがえど似たようなことをしているのが、おかしく思え、自然と頬が緩んでしまう。

鰊は携帯電話のショップの前で足を止めた。ライブハウスがそこの二階だったのだ。鰊のあとをついて、階段をのぼっていった。建物自体古いせいか、えらく急で一段一段が高く、のぼるのにちょっとキツかった。階段には若い子達が十人近く行儀よく並んでいる。先頭はライブハウスの入口で、『当日券は開場一時間前より発売します。お求めの方は壁際に一列にお並びください』とドアに貼り紙がしてあった。

開場までまだ三時間もあるじゃないの。それも私のライブに？　こんな若い子達が？

みんな十代と思われる。どうも解せない。審査委員長を務めるバトルだかのほうに、素人ながらも人気のあるひとが、出演するのかもしれない。なくはない話だ。

鰊がドアを開き、中に入る。立ち見のみで、客席がないからか、ライブハウスはがらんとして、倉庫か物置場のようだ。ステージの端にダルマが腰かけていた。

「やあ、じいちゃん」と言うなり、ひょいと飛び降り、ゆかり達にむかってくる。鰊をそう呼ぶのだから、この男がアゴにちがいない。

祖父よりもだいぶ背が低い。百六十五センチあるかないかだ。体重は八十キロをオーバーしているだろう。ぜんたいにまるっこい。顔もまん丸で、赤ん坊がそのまま大きくなったようだ。鰊の遺伝子が付け入る隙がなかったようだ。どこも似ていない。強いてあげれば、いや、ひとつもない。

小太りな体格で見るも鮮やかな赤のトレーナーを着て、フードを被《かぶ》っていたので、ダルマに見えたのだ。だぶだぶのズボンは迷彩柄だが、靴も真っ赤だった。近づくとトレーナーの胸に羽が生えた魚が一匹、プリントされていた。トビウオだ。トビウオの別名がアゴだ。函館でアゴ出汁《だし》のラーメンが名物の店があるのだ。アゴのアゴは魚のアゴのことだったのか。

「ミラクル・ローズさんをお連れしたぞ」

「ミラクル・ローズさんはどこにいるの」

祖父と孫の声が重なった。

「こちらの方がそうだ」

「ミラクル・ローズです。今日はよろしくお願いします」

「いやだな、じいちゃん。なんの冗談？」

「なにが冗談だ」

「いや、だってさ、このひとがミラクル・ローズだなんて、あり得ないよ」

「なにを言っているんだ、おまえは。このひとは正真正銘のミラクル・ローズさんだ。大阪万博の年には『無愛想ブルース』という曲がヒットして、紅白にでかかったんだぞ」

「じいちゃんが言ってたミラクル・ローズって、このばあさんなわけ？」

　ばあさんなのは認める。しかしそんな悲鳴に近い声をあげなくてもいい。

「なんだ、どういうことだ？」鰊は不安そうに訊ねた。

「もしかして」縁はコートのポケットからスマートフォンをだすと、画面をタップしてアゴにむける。「このミラクル・ローズがくると思っていらしたんですか」

　このってどの？

「そうだよ。ミラクル・ローズっていったら、このミラクル・ローズ以外ないでしょ、ふつう」

　ゆかりは縁が掲げるスマートフォンを覗きこむ。鰊もだ。そこにはヘッドフォンを首にかけ、機材をいじくっている若い女性がいた。金髪で化粧は濃いめ、タンクトップ姿で、豊満な胸の谷間が露《あらわ》になっている。

「この子がミラクル・ローズ？」

「ミラクルとローズのあいだが、・《てん》じゃなくて♡《ハート》ですけど」ゆかりの問いに縁が答える。

「縁ちゃん、知ってたの？」

「ゆかりさんを検索したら、大半はこのひとの情報でした。クラブDJでかつヒップホップMCでモデルもしてて、トラックメーカーにサウンドエンジニアで、新進気鋭のフィメールラッパーだそうです」

DJやモデルはわかる。ラッパーがラップの歌手だというのもわからないでもない。

しかしその他の横文字は、ゆかりにはさっぱりだった。

ミラクル・ローズは引退したはずだ、同姓同名のラッパーではないかと問い詰められるように言われたんです。

　シバのインド料理店で立花が話していたのを、ゆかりは思いだした。

　そうか、この子だったのか。

「外国の方？」と鰊。

「生まれも育ちも埼玉県蕨市《わらびし》で、いまも住んでいるって、ウィキペディアに書いてありました」縁はハキハキと答える。「金髪なのは髪を染めてるからですよ」

「目も青いわ」

「カラコンを入れてるんですよ」

「カラコンってなんだい？」鰊が訝しげな顔で言う。

「カラーコンタクトです」

　ゆかりが答えた。以前、キャバ倉さんに教わったのである。

「鼻筋が通っているのは整形疑惑が、ネットで噂になっています。胸のカタチもよ過ぎるんで、豊胸手術をしたんだろうって」

縁が憎々しげに言った。この手のオンナが嫌いなのかもしれない。

「ネットの噂なんか信じちゃ駄目だ」

アゴが即座に否定する。本気で怒っているようだ。

「でも昔の写真がでてて、あきらかに鼻のカタチがちがってましたよ」

「あれは昔の写真を加工してんの」

「整形の話はこの際、どうでもいい」アゴと縁の不毛な言い争いを、鰊が制した。いつもの物腰の柔らかさは失われている。言葉遣いもだいぶ荒い。「今日のチケットはどれくらい売れているんだ」

「発売日に二百枚即日完売、急遽《きゅうきょ》、三十枚、当日券をだすことにしたよ。ここがオープンしてじきに二年、こんなことってはじめてだ。なのに」

「どうするんだ、今夜のライブ」

「どうするって」

「こちらのミラクル・ローズさんに唄ってもらうのか」

「できっこないでしょ、そんなこと。みんなは本物のミラクル♡ローズさんを見にくるんですよ。そのために三千円のチケットを買ったんだ、そこへこんなオバアサンがでてったら、暴動が起きます。大暴動だ」

「ふざけたこと言わないでください。ゆかりさんだって本物のミラクル・ローズです」

縁がいきり立つ。アゴの胸倉を摑《つか》まんばかりの勢いだ。「勘違いして間違えたのは、あなたの責任でしょう？　それをなんですか、ゆかりさんがあなたを騙《だま》したような言い方をして。どういうつもりなんですか」

「この子の言うとおりだ。むろんおまえだけに責任を押しつけるような真似はしない、きちんと説明をしなかった私も悪かった」

「そうだよ、元はと言えばじいちゃんが調子いいことヌかすから、痛っ」

アゴが痛がったのは、縁が彼を蹴飛《けと》ばしたからだ。右足の、いわゆる弁慶《べんけい》の泣きどころをである。

「ちょっとは自分が悪いって認めたらどうなのさ。ゆかりさんにすみませんでしたの一言でも言うべきでしょ」

「なんだと、てめぇ。ガキだと思って見逃してれば、イイ気になりやがって」

「よすんだ。この子はまだ小学生だぞ」

「縁ちゃんもいい加減になさい」ゆかりが制したものの、縁はアゴを睨んだままでいた。

「今日のライブは中止にするしかないな」

「簡単に言わないでくれよ、じいちゃん。ここは俺だけの店じゃないんだ。仲間にも連絡して話しなくちゃ。あいつらになに言われるか、わかったもんじゃないよ、まったく。ぜんぶ、じいちゃんのせいだから、痛っ」

縁がまたアゴを蹴飛ばしたのだ。今度は左足の弁慶の泣きどころだ。つかみあいの喧《けん》嘩《か》をはじめかねないふたりを、鰊とゆかりで引き離す。

　すると表から黄色い声があがった。入口のドアのむこうである。たぶん当日券に並んでいた子達ではないか。何事かと四人ともそちらに目をむける。

「失礼しまぁす」ドアを開いて入ってきたのは女性だ。金髪で顔の半分が隠れるサングラスをかけていた。「こちらの責任者かオーナーさん、いらっしゃいますぅ？」

「い、一応、ぼくですが」声を上擦らせながら、アゴが答えた。「まさかミラクル♡ローズさんですか？」

「そのまさかでぇす」

　金髪の彼女はサングラスを外し、ずんずんと中に入ってきた。フライトジャケットを着ているが、前のジッパーを全開にしており、その下は無地の白いTシャツだ。形がよくてボリュームのある胸が一歩進む度に揺れる。デニムのショートパンツから長くて細い脚をむきだしにして、スニーカーを履いていた。

「なんかぁ、今日ぉここでぇ、あたいがライブするらしいんだよねぇ。いったいどういうことぉ？」

　あたい？　いま、あたいって言ったよな、この子。

「それはあの」

「昨日の夜にユーリと地元のクラブに遊びいってたら、マコトに明日でかけるのに準備しなくていいのかって言われてさぁ、なんのハナシって聞き返したら、ここのこと、教えてもらったんだぁ。マジ知らないって言ったら、それ、ヤバくねってジョージが話に入ってきてさぁ。どっかのフザケたヤツが、ローズに化けて、ライブやって、金稼ごうとしてるんだって言うわけよぉ。それって犯罪じゃん？　そういうの、あたい許せないからさぁ。自分の手で捕まえてやろうと思って、今朝、蕨を八時にでて、新幹線と急行を乗り継いで、やってきたんだ、あたい」

　ミラクル♡ローズが息継ぎもせずに言い募ると、その迫力にアゴは気圧《けお》され、なにも言えないだけでなく、二、三歩後ずさりまでしていた。

「で？　ニセモノのミラクル♡ローズはどこ？　あんたもそいつに騙されてんじゃない？」

「私です」

　ゆかりは言った。その必要はないが、右手を小さく挙げてもいた。

「はい？」

　ミラクル♡ローズは目をぱちくりさせた。目が青くない。今日はカラコンを入れていないらしい。

「私がミラクル・ローズです。でもニセモノではありません。私も本物です」

「ボケてんの、オバアチャン？　自分が言ってることわかってる？」

「そういう言い方、失礼じゃありませんか」縁が嚙みつくように言う。「このひとは五十年も昔から、ずっとミラクル・ローズなんですよ。ミラクルとローズのあいだは、♡《ハート》

じゃなくて、・《てん》ですけど」

「ワケわかんね。っていうか、お嬢ちゃんはだれ？」

「あたしはミラクル・ローズのツアースタッフです」

「はぁ？」

「とんだ手違いがありまして」

「オジイチャンはだれさ」

ミラクル♡ローズに訊かれると、鰊はまずアゴを紹介し、その祖父であることを言ってから、事の次第を説明しはじめた。簡潔でわかりやすく、言葉遣いが丁寧なので、ミラクル♡ローズが事情を飲みこむのに、さほど時間はかからなかった。最後に縁が自分のスマートフォンで、動画サイトにアップされているミラクル・ローズの『無愛想ブルース』を聞かせた。

「ショックだわぁあ」ミラクル♡ローズは嘆くように言った。「ミラクル♡ローズって、超イカしてる名前だと思って付けたのに、五十年も前から名乗ってるひとがいただなんてさぁ。信じらんない」

ミラクル・ローズが〈超イカしてる〉？　デビュー前、レコード会社の社長にその芸名を言われたとき、「嘘でしょ」と言ったゆかりはそれこそ〈信じらんない〉だ。

「それじゃなに、今日、ここでライブするのはガンソさんなわけ？」ガンソが元祖だと気づくのに、ゆかりはちょっと時間を要した。「それをあたしだと勘違いして、お客さんがきちゃうのマズくない？」

　マズい。

　かくなるうえは。

「お願いです」ゆかりは一歩前にでて、ミラクル♡ローズを正面から見据えた。「私の代わりに、というのも変ですけど、今夜のステージに立っていただけませんか」

「元祖さん、それ、マジで言ってる？」

「この窮地を救えるのは」一瞬ためらいながら、ゆかりはこう言った。「本物のミラクル♡ローズさんしかいません」

「私からもお願いします」鰊が頭を下げた。「いまの私達にはあなたに頼るしか他に手だてがありません。交通費はもちろん、ギャラについては言い値でお支払いします。助けると思って、お引き受け願えないでしょうか。おい、おまえからも頼んだらどうだ」

「あ、ああ、うん。あの、やってくれたら、俺としては超ラッキーなんですけど、いいですか」

「それがひとにお願いするときの言い方か」

　さすがの鰊もアゴを叱りつけ、その後頭部を手で摑み、無理矢理、頭を下げさせた。

「このハコに何人入れるつもり？」

「二百三十人ですが」とアゴ。

「チケット代三千円だから売り上げ六十九万円なわけだ。五十万円頂けるんなら、考えてあげてもいいわ。交通費は別よ。どう？」

縁は膨れっ面だ。怒っているのだ。母親に対しての不満をぶちまけたときも、怒ってはいた。しかしここまでではない。

アゴはミラクル♡ローズの条件を飲んだのだ。となればミラクル・ローズは用なしである。ホテルまでの道程で、縁は一言も発しなかった。あまりの機嫌の悪さに、ゆかりのほうも声をかけられずにいた。しかしいつまでも気まずい空気なのもつらい。いまはスイートルームへむかうエレベーターの中で、ゆかりと縁のふたりきりなのだ。

「やっぱり、どこかでお祓《はら》いしたほうがいいかもね」できるだけ陽気な声で言ってみる。「四カ所連続でステージがポシャるなんて、いよいよもって、なにかに取り憑《つ》かれているとしか思えないもの。だけどこういうのって、どんな神様に頼れば」

「悔しくないんですか、ゆかりさんっ」

ゆかりの言葉を遮り、縁が声を荒立て言った。我慢していたものが爆発したらしい。堰《せき》を切ったかのように止まらなかった。

「あんな整形の豊胸女が、本物のミラクル♡ローズだなんて、あたし、認めたくありませんっ。そんなの嫌だっ。嫌っ。嫌っ。嫌っ。嫌っ」

「縁ちゃん、落ち着いて」

「これが落ち着いていられますかっ。不愉快なのは整形の豊胸女だけじゃありません。

アゴって言うヤツも許せない。今回の件はアイツが元凶でしょう？　ゆかりさんとラインでやりとりしてれば、途中でちがうミラクル・ローズだって、気づきそうなもんじゃないですか。イイ歳こいてなにやってんだって話ですよ。鰊さんも鰊さんです。孫だからって甘やかしすぎだっつうの」

　ぜんぶじいちゃんのせいだと言われたのにもかかわらずだ。心配だからと、鰊は孫に付き添っている。たぶんライブハウスではミラクル♡ローズのリハがはじまっているだろう。

「あたしは悔しいです。悔しくて悔しくて仕方がありません」

　ちぃんとベルが鳴り、ドアが開くと、目の前に若いカップルが現れた。おなじ最上階の宿泊客か。仲睦《なかむつ》まじく腕を組んでいる。昨日、鰊が写真を撮ったふたりかもしれない。その脇を通り抜け、縁は廊下を走っていく。

「縁ちゃんっ」

　叫んであとを追う。しかし駆け足は無理だった。キャリーバッグを引きずっているし、心臓に負担がかかる。そもそも慌てても意味はない。部屋のカードキーはゆかりが持っていた。案の定、縁は部屋の前に突っ立ったままだ。項垂《うなだ》れた顔を両手で覆い、肩を震わせている。

　私のために泣いてくれているのか。

　エレベーターの中でぶちまけたことは、すべてゆかりの気持ちと寸分違《たが》わずおなじだった。

この子は私の本心だわ。

「野原さん？　私」

〈私〉がだれか、ゆかりは電話にでる前にスマートフォンの画面で確認している。

「なにかなさってた？」

「いえ、べつに」

ソファで横になり、テレビを眺めて、うつらうつらしていただけだ。棚の上で充電中のスマートフォンが鳴りだし、慌てて取りにいった。自分の住まいよりも広い部屋の中で、ゆかりは右往左往してしまう。テレビのボリュームを落とそうとしたが、あたりにリモコンが見当たらない。やむなく隣の寝室へ移動した。するとふたつ並んだベッドの片方で、縁が胡座《あぐら》をかいていた。耳にイヤホンをつけ、スマートフォンをいじくっている。ゆかりはもうひとつのベッドの端に腰をおろし、会話をつづけた。

「どうかなさいましたか」

「三日後のコンサートの件でちょっと」

ちょっと。ちょっとなんだ。

ゆかりは不安にかられる。

「会場が火事に見舞われて、使えなくなったとか？」

「いやぁねぇ、野原さんったら。そんなこと、あるはずないでしょう」

「キャンセルとか中止とか言う話では」

「とんでもない。どうしてそうお思いになるの？」

五年前の大雪で会場の屋根が抜け落ちていたり、避難勧告が発令されたり、ストーカー騒ぎに巻きこまれたり、芸名が同姓同名のラッパーがいたりして、これまで四回連続、ステージの上で唄うチャンスを逃しているからですと言っても、相手は信じないだろう。ゆかり自身、神様にからかわれているとしか思えない。

「最近、ツイてないもので」とだけにしておく。

「私と同様、患者さん達はもちろんのこと、先生方や看護師その他、病院のだれしもが、あなたの歌を楽しみにしていてよ。キャンセルや中止だなんてとんでもない。電話したのは」しばらく間があった。「やだわ、野原さんがおかしなことを言うから、なに話すのか、忘れちゃったじゃない」

　スマートフォンのむこうからおかしそうに笑う声が聞こえてきた。昔に比べ、声に張りがない。でも元気そうでなによりだ。

「そうだ。思いだしたわ。このあいだ、コンサートで唄う曲のリスト、いただいたでしょう」

　東久留米の病院で唄うのは持ち歌の『無愛想ブルース』の他に、『蘇州《そしゅう》夜曲』、『川の流れのように』、『舟唄』、『なごり雪』、『恋するフォーチュンクッキー』とぜんぶで六曲である。最後の曲は、若いひと向けになにか一曲と言われ、急遽、自分の店で練習したのだ。常連客まで巻きこみ、振り付けまで覚えた。

　病院のどこで唄うのかと言えばロビーだ。そこにグランドピアノが置いてあり、ゆかりのコンサートの際には、ピアノが得意な看護師に弾いてもらう予定だ。

「なにかまた曲の差し替えでしょうか」

　その前に提出したリストの中で、死を連想するのでべつの曲にしてほしいと、ボツになった歌があったのだ。

「一曲、追加してほしいんですの。よろしくて？」

「もちろんです」大歓迎だ。唄う曲は一曲でも多いほうがいい。それだけひとに聞いてもらえるからだ。「なにを唄いましょうか」

「『イムヌ・ア・ラムール』」

　ゆかりは我が耳を疑う。

「それって『愛の讃歌』のことですよね」

「野原さん、デビューをする前はシャンソン歌手だったんですってね。しかも銀座の」相手はシャンソン喫茶の名を言った。「あんな有名な店でレギュラーで出演なさっていたなんて、全然知らなかったわ。どうしておっしゃってくださらなかったの？」

　言う機会がなかったからだ。それにあのシャンソン喫茶で唄っていたのは半年足らずである。評判を聞きつけたレコード会社にスカウトされ、プロデビューすることになったのだ。ただしムード歌謡の新星としてだった。

「すみません」

「どの曲もフランス語で唄っていたんですってね。パリで修業なさったとか？」

　十八歳のとき、週刊誌の記者に訊かれて以来、幾度となく、さまざまなひと達に似たような質問をされてきた。

　遊にもだ。そして彼女には嘘をついてしまった。

「母がシャンソン好きで、自宅にレコードがあったので、それを聞いていたら、意味もわからず自然に覚えていたのです」

「お母様はあなたに英才教育をなさっていたのね」

　そういうことではない。でも面倒なので、訂正しなかった。

「あなたがあの店で唄っているのを知ってた方から、病院宛にメールが届いたのよ。あなたの『イムヌ・ア・ラムール』を聞きたいそうなの。私もぜひにと思いましてね。ただピアノの伴奏はナシでいい？　ピアノをお弾きになる看護師さんが、六曲だけでもいっぱいいっぱいで、いまからもう一曲は無理だとおっしゃるの」

　ドサ回りをしている頃、打ちあげなどのごくプライベートな席で、興に乗って何遍か唄ったことはある。それもたいがい酔った勢いでだ。最後に唄ったのは二十数年前だ。それもステージではなかった。ただひとりのために披露しただけである。以来、夢の中でしか唄ったことがない。そんな歌が人前で唄えるだろうか。

「唄ってくださる？」

相手が念を押すように言う。ねだっているようにも聞こえた。

「わかりました」

ゆかりは承諾し、電話を切ってからだ。

私の『イムヌ・ア・ラムール』を聞きたいって、だれかしら。

シャンソン喫茶に客として出入りしていたのであれば、イイ歳だろう。ゆかりが知っているひとかもしれない。名前を聞けばよかった。

三日後には会えるんだし、まあ、いいか。

「だれですか」縁が訊ねてきた。「電話の相手」

「つぎに唄うとこの主催者さん」

上半身だけを縁にむけて答える。彼女はイヤホンを外し、ゆかりを見ていた。まだ少し不貞腐《ふてくさ》れているようだ。

「東京だけど東京っぽくないとこの、なんでしたっけ」

「東久留米」

「なんて病院です？」

ゆかりがその名前を答えると同時に、縁はスマートフォンの画面を素早くタップした。

「ありました。その病院のサイト。コンサートの写真もでてますよ。なんですか、ここ、めっちゃ広いじゃないですか」

「ロビー自体、三階まで吹き抜けになっててね。ロビーに並べた椅子が満席になると、二階三階の通路で立ち見するひともでるんだって」

「いま電話で話してたのは、ここの院長さんとか？」

「ちがうわ、患者さん。古い知りあいで、私より二十歳近く年上の女性。そのひとが病院に私を推薦してくださったの」

「円山兄弟のお母さんみたいに、歌手だったひと？」

「ふつうのひと」

はたしてふつうと言えるかどうか。旧財閥系で、資産家の娘なのだ。娘とはいっても九十歳近い。十年近く昔に亡くなった旦那《だんな》さんは、とある省庁の官僚で名家の出だった。

「あっ、もうこんな時間か」

縁はベッドの上にすっくと立った。ゆかりは自分のスマートフォンで時刻をたしかめる。六時過ぎだ。

「ご飯、食べにいく？」

フランス料理は昨夜だけである。本来ならば今夜はライブ前に軽く食べて、そのあとの打ちあげを夕飯代わりにするつもりだった。しかしライブがポシャってしまったいま、そうはいかない。

「あたいのライブ見にきてくださいねぇ、元祖さん」

縁は甲高い声をだす。ミラクル♡ローズの真似だ。ただしだいぶ悪意がこもっていた。

「キャラ付けのために自分のこと、わざとあたいって言ってるんですよ、あの女」縁が憎々しげに言う。「どうせ他にすることないんですし。どんなライブをするのか、見にいきません？　ね？」

懐かしいな。

天井からぶら下がり、回りつづけるミラーボールを見つめながら、ゆかりはぼんやり思う。

ミラクル・ローズだった頃、それもドサ回りをするようになってからは特に、ミラーボールがあるステージで唄ったことは数限りない。キャバレーやナイトクラブの類《たぐ》いに多かったのだ。

インチキ臭くて嘘っぽい、そのきらめきが、ゆかりは好きだった。周囲の光を反射させているだけなのに、あたかもおのれが光り輝いているように振る舞う図々しいところがいい。他人の歌ばかりを唄って、日銭を稼いでいる自分自身と重ねあわせていたのかもしれない。

ゆかりはライブハウスにいた。縁もいっしょである。昼間に訪れたときには気づかなかったが、壁際にカウンターがあった。受付で名乗ると、「アゴさんから伺っています」とスタッフの女の子がそこまで案内してくれたのだ。ぜんぶで十席足らずで一応、関係者席っぽい。背が高い、いわゆるカウンターチェアだ。ふたりとも腰をおろすと、足が宙ぶらりんになった。ドリンクを一杯オーダーできるとスタッフの子が言うので、ゆかりはノンアルコールのビール、縁はジンジャーエールをお願いした。

二百人以上いる立ち見客に遮られ、ミラクル♡ローズの姿は見えない。ただしカウンター前の壁に、薄っぺらいモニターテレビが掛かっており、これでステージの模様を見ることができた。客は十代後半から二十代前半といったところか。男女半々のようだが、姿格好だけでは見分けがつかない。すでに四曲目か五曲目だが、ゆかりにはどの曲もおなじに聞こえた。

日本人がラップを唄うのをはじめて聞いたのは、マドンナの歌を唄っていた頃だ。そのときは今風阿呆陀羅経《あほだらきょう》か、こじゃれた河内《かわち》音頭くらいにしか思わなかった。アーちょいと出ました三角野郎が四角四面の櫓《やぐら》の上で、とはじまる八木節《やぎぶし》にも似ている。そこまで古くなくても、トニー谷《たに》の「あなたのお名前なんてぇの」や松鶴家千《しょかくやち》とせの「俺が夕焼けだった頃ぉ」、あるいは吉幾三《よしいくぞう》の『俺ら東京さ行ぐだ』とのちがいが、わからなかった。

ミラクル♡ローズのは、それらと一線を画してはいる。しかしあまりにアップテンポのうえに早口過ぎて、なにを唄っているのか、歌詞が聞き取れない。念のため、縁はどうか、訊ねてみたところだ。

「歌詞ではなく、リリックっていうんですよ」

「どうちがうの？」

「いっしょです」

だったら歌詞でイイではないかと思わないでもない。

「あたしもぜんぶは聞き取れませんけど、完成度が低くて、幼稚極まりない出来です。曲もどっかで聞いたようなオリジナリティに欠けた、パクリすれすれのものばっかでヘドがでます」

手厳しい。それでもライブハウスいっぱいの客はミラーボールの胡散《うさん》臭い光を浴びながら、だれもかれもノリノリだ。

ドサ回りをしていた頃、各地の祭りで唄うことはしばしばあった。だれもゆかりの歌に善し悪しなど求めない。祭りを盛りあげてくれさえすればいいだけなのだ。目の前で踊る若者達も似たようなものかもしれない。

一時間ほどの単独ライブがおわり、十分間の休憩を挟んで、一般参加のラップバトルがおこなわれることになった。事前に参加者が十人ほど決まっており、トーナメント方式で争うのだと、アゴが説明をしている。このイベントの進行役なのだ。バトルの優勝者には賞金五万円がでるという。

「本日の審査委員長は、いましがたサイコーにクールでイカしたパフォーマンスを披露してくれた、我らがフィメールラッパー、ミラクル♡ローズさんですっ」

「ダッサイ紹介」隣で縁が毒づく。

ミラクル♡ローズはステージの端で、どこから運んできたのか、籐《とう》で編んだ肘《ひじ》掛け椅子に座っている。往年のフランス映画で、主演女優が素っ裸で腰かけていたあの椅子によく似ていた。大昔、ミラクル・ローズのレコードで、ジャケット写真に用いたことがある。さすがに素っ裸ではないが、スケスケでヒラヒラがたくさん付いたネグリジェ一枚で、カメラマンは鰊だった。

バトルがはじまった。のど自慢のごとく、ひとりずつラップを唄うのかと思いきや、そうではなかった。ステージにふたりあがってむきあい、掛けあいで唄っていくのだ。いや、罵《ののし》りあいだ。最近の言葉で言えば〈ディスる〉だろう。過激で放送禁止用語が飛び交うこともしばしばあった。未成年にはどうかと思う下ネタも多い。男性はもちろん、女性も平気で言う。ビートは四拍のリズムが一小節、これを八回繰り返す。そのあいだに相手をディスりつづけ、お互い三回おこなうのがルールのようだ。こんなので勝ち抜いて五万円が貰《もら》えるだなんてと、ゆかりは呆れてしまう。不愉快でもあった。

言い争いがおわってから、どちらがよかったかをアゴが客に訊ね、歓声がより多かったほうが勝者となる。審査委員長のミラクル♡ローズは、そのあとに簡単なコメントを述べるだけだった。

歌詞（リリック？　ははは）が満足に聞き取れないラップや、こんな素人の罵りあいより、私の歌は価値がないわけ？　ここを含めて四カ所とも、ステージに立って唄えなかったのは、自分の歌がこの世に必要とされていないってこと？　それもそうよね。三十年近く昔に引退した歌手なんて、だれも求めているはずないか。ミラクル・ローズだった頃だって、ヒットしたのは一曲だけなんだし。その歌もいまとなっては懐メロですらないんだもの。

惨めだ。自分が哀れにも思えてきた。

いったい私の人生って、なんだったのだろう。

どうせ日陰者だから。母の口癖が耳朶《じだ》に甦《よみがえ》る。運命よ。運命だと思って諦《あきら》めるの。

「ごめんなさい」縁が詫《わ》びるのが聞こえてきた。「許してください」

「なに、謝ってるの？」

「だってゆかりさん、怒ってますよね」

「怒ってないわよ」

「でもいま、すっごい怖い顔したじゃないですか。いまもそうです。眉間《みけん》にめちゃくちゃ皺《しわ》が寄ってます」

ゆかりは眉間に右手を当てる。なるほど、元から多い皺が倍ほどになっていた。

「自分が唄うはずだったステージで、あんなのやられたら、怒っても当然です。さっきのライブもサイテーだったし。他にすることないからって言っても、ここにくることなかったですよね。ほんとにごめんなさい」

「謝んなくていいのよ。縁ちゃんは悪くないもの」

だれも悪くない。運命だと諦めるしかない。

ゆかりはモニターテレビに視線を移す。おかしな話だが、バトルを繰り広げる参加者達が次第に羨ましく思えてきた自分に気づいた。

あんなふうに他人を面罵《めんば》できたら、どれだけすっきりするかしら。

「参加者がひとり、棄権してしまいましたっ。こちらの彼が不戦勝っていうのもありなんですが、飛び入りでバトルをしたいチャレンジャーはいませんかっ。いれば手を挙げてくださいっ。早い者勝ちです、カモンッ」ステージからアゴが煽《あお》るように言う。しかし会場の反応はいまいちだ。すると彼は左腕を高く挙げ、その手をいっぱいに広げた。

「賞金五万円を手に入れるチャンスですよ。どなたかいらっしゃいませんかっ。五万円ですよ、五万円っ」

「おまえでろよ」「あんたでれば」と会場がざわつく。それでもだれも参加を名乗りでるものはいなかった。

「ではこれから俺が五、カウントします。ゼロんなったらタイムアウトで、彼の不戦勝ですからね。いいですかぁ。五っ」

「帰りましょ、ゆかりさん」

カウンターチェアから縁がするりと降りる。ゆかりもそうしようとしたときだ。ひとびとの隙間にミラクル♡ローズが見えた。籐椅子に深く腰かけ、大きくあくびをしている。

「四っ」

運命か。これが運命なのか。

「三っ」

六十七年の人生、なにかあれば運命だと諦めてきた。

「二っ」

でももう懲り懲り。我慢も限界だわ。このままおとなしく引き下がりたくない。

「一っ」

運命に逆らえ。だれかが囁《ささや》くのが聞こえた。だれが？　ゆかり自身だ。

「はいっ」

ゆかりは右手を大きく挙げる。思った以上に声が通り、会場は一瞬にして静まった。

「ゆ、ゆかりさん？」縁が目をまん丸に見開いている。

「ラップ、できるんですか」

「リズムにあわせて、思ったことを端《はし》から口にすればいいんでしょ」

ゆかりは背の高い椅子から降りて、ゆっくり歩きだす。ひとびとが退き、自然と道ができる。ゆかりにただならぬものを感じたのかもしれない。縁があとをついてくるのが、ふりむかずとも足音でわかった。ステージに辿り着き、その上にあがる。

「なにをするのか、おわかりですか」

正気を疑うような目つきで、アゴはゆかりを見ている。そんな彼から、マイクを奪うように取った。

「なにするかだってこのヤロッ、バトルに決まってんだろっ、ビートに乗って相手をディスるんだろっ、リウマチ、緑内障、糖尿病、骨粗しょう症、狭心症、動脈硬化に腎《じん》硬化症、閉塞性動脈硬化症、カラダのあちこちガタがきている、でも口だけ達者、口八丁舌先三寸でなんとか過ごしてきたこの人生、いまや一寸先は闇、だけど今夜はバッチリ決めてヤローッ」

　できた。

　我ながら驚いてしまう。

　ゆかりが捲《まく》し立てた途端、観客が騒がしくなった。手を叩いたり、口笛を鳴らしたりするひともいる。予想だにしなかった闖入者《ちんにゅうしゃ》を歓迎というよりも、面白がっているようだ。それでも声援に応《こた》えるべく、ゆかりは胸を張って両腕を高くあげた。肩から背中にかけて、鋭い痛みが走るが、我慢できないほどではない。

　対戦相手は二十歳前後の男子だ。突然の事態に対応し切れず、目をぱちくりさせている。そんな彼からも、ゆかりはマイクを奪い取った。そして籐椅子に座るミラクル♡ローズの前にいき、マイクを彼女に差しだす。

「あんたとバトルだっ、ミラクル♡ローズッ」自分のマイクを通してゆかりは叫ぶ。「ほんとは私もミラクル・ローズ、半世紀前からミラクル・ローズ、ほらみんなスマホで検索っ、♡《ハート》じゃなくて・《てん》のミラクル・ローズ、正真正銘、本物のミラクル・ローズ」

　観客がどよめいた。ゆかりに言われたとおり、スマートフォンをいじくりだすひとも少なくない。しかしミラクル♡ローズは上目遣いでゆかりを睨みつけるだけで、マイクを受け取ろうとしない。

「勘弁してくださいよ、どういうつもりなんですかぁ」

アゴがふたりのあいだに割って入ろうとする。

「・《てん》と♡《ハート》、どっちが本物か、バトルで決めたらどうだ？」

さほどのボリュームではないのに、ざわつく客席をまっすぐ貫く声がした。

「じいちゃん？」

アゴがぼそりと呟《つぶや》く。ゆかりはすぐさま、客席のほうに目をむけた。しかしミラーボールの光が目に差しこみ、確認ができない。

「賛成っ」つづけて縁が声をあげた。そしてあたかも告発者のごとく、ミラクル♡ローズを指差す。「いつまでも椅子の上でふんぞり返ってないで、さっさとマイクを受け取ったらどう？　本物なら偽物に勝てるはずだわっ。バトルなさいよっ。バットッルッ、バットッルッ、バットッルッ」

縁が叫ぶと、瞬く間に観客ぜんたいへ広がっていく。

「バットッルッ、バットッルッ、バットッルッ」

「バットッルッ、バットッルッ、バットッルッ」

「なんなの、これ？」ミラクル♡ローズが苦々しく言った。「なんの茶番なわけ？」

そうだ、茶番だ。私の人生はぜんぶ茶番だ。茶番だとわかっていても、真剣に取り組んできた。

「やるの？　やらないの？」

ゆかりは凄《すご》んでみせる。

「バットッルッ、バットッルッ、バットッルッ」

「バットッルッ、バットッルッ、バットッルッ」

遂にミラクル♡ローズがすっくと立ち、ゆかりの差しだすマイクを摑み取ると、宣言するように言い放った。

「やってやろうじゃないのっ」

観客が沸き立つ。興奮の坩堝《るつぼ》とはまさにこのことだろう。つづけてビートが流れだす。

「どっちが本物？　決まってる、半世紀前なんて親だって生まれちゃない、そんな大昔のミラクル・ローズなんてだれも覚えちゃないし知っちゃない、あんたが灰になってもだれも困らない、あんたは用なし、偽物のミラクル・ローズッ、あたいこそ本物のミラクル♡ローズ」

ミラクル♡ローズは唄いながら、一歩ずつ前に進んでくる。それにあわせて、ゆかりは一歩ずつ後ずさりしなければならなかった。彼女の言葉のひとつひとつが胸を突き刺し、ゆかりは心が折れそうになる。しかしここで挫《くじ》けてはいられない。

運命に逆らえ。

「あんたが本物？　どの口が言うかその口か、鏡見てから言ったらどうだ？　金髪染めて、カラコン入れて、つけまつげ付けて、マスカラチーク口紅塗りたくって、メイクで塗り固められたその顔、まさに偽物っ」

「ほざくな偽物、メイクはあたいの戦闘服、ステージは戦場、口から飛ばす言葉の弾丸、あんたを蜂の巣、あたいのスッピン、インスタあげてる、いいね三千七百八十もらってる、あたいのかわいさっ、みんなが認めるまさに本物っ」

「なにが本物？　いいかみんな、こいつのかわいさなんぞに騙されんな、やけに通った鼻筋は怪しいもんだぜ、シリコン入れてないか、ブラックライトを当ててやろうか、胸だってデカいくせしてカタチがよ過ぎ、仰向けになっても崩れないんじゃねぇのか、とんだ偽物っ」

「ふざけんな偽物、イイ年こいたシワクチャババアがネットの誹謗《ひぼう》中傷やっかみ悪口、鵜《う》呑《の》みにしてんじゃねぇ、ぜんぶ紛れもない本物、ぜんぶ親からの授かり物、ベリベリサンキューパパとママ、何度でも言う、あたいが本物のミラクル♡ローズ、ハートがあってこそのミラクル♡ローズッ」

「どこが本物？　笑わすなふざけんな、名前にハートがあっても、あんたの歌にはハートがない、聞いてるそばから忘れてく、右の耳から左の耳へと通り抜けてく、明日になったらキレイさっぱり忘れてる、そんなの歌じゃない、本物の歌じゃない、私は唄える本物の歌、ハートは歌にこめるから名前にはいらない、あたしがミラクル・ローズ、本物のミラクル・ローズッ」

　ゆかりが言い切ると、ビートが止んだ。八小節三本勝負がおわったのだ。観客はやんややんやの大喝采《だいかっさい》である。・《てん》か♡《ハート》、どちらに声援を送っているのかはわからない。ゆかりにすれば、どちらでもよかった。

「どっちが本物か、判定してくださいっ」

ぼんやり突っ立っているアゴにむかって、縁が命じるように言う。

「あ、う、うん。ではあの、いまのバトル、♡《ハート》のミラクル♡ローズが勝者だと思うひと」

歓声が沸き起こる。それはそうだ、ここにいるのはミラクル♡ローズのファンなのだ。

「つづけて・《てん》のミラクル・ローズが勝者だと思うひと」

驚いた。ミラクル♡ローズよりも歓声が大きかったのだ。しかもいつまで経ってもおわらなかった。

「ゆかりさんこそ本物のミラクル・ローズです。みんなが認めてくれましたっ。よかったですね。ほんとによかったっ」

縁は涙声だ。ほんとによろこんでくれているのだ。この子のためにも勝ってよかったとゆかりは思う。

ミラクル・ローズなんて名前、嫌だったのにな、私。

「ほんとに唄えるのっ」ミラクル♡ローズが叫んだ。マイクを通したその声に、会場は一瞬にして、しんと静まる。「ほんとに本物の歌とやらが、あんたに唄えるわけ？　あたい、それ聞かないことには納得できないんですけどっ。唄ってみなさいよ、いま、ここでっ」

唄ってみろ。いま、ここでだ。

五十年も昔に、シャンソン喫茶の舞台裏で言われたのと、ほぼおなじ台詞だ。十八歳のゆかりは少なからず焦り、気を落ち着かせるため、はじめての煙草を吸ったものだった。

六十七歳のゆかりはちがう。

「唄っていいのかしら」

静かに聞き返すと、ミラクル♡ローズは一瞬、戸惑いの表情を見せながらも「どうぞ」と言った。ゆかりはマイクを握り直し、ステージの中央へ進む。

よろしければ、あの歌を唄っていただけませんか。

昼間、鰊が言ったのを思いだす。そしてまた夕方に、スマートフォン越しに、あのひとがおなじ曲をリクエストしてきたこともだ。

すでに耳の奥では前奏が聞こえていた。会場は静まったままだ。だれしもが固唾《かたず》を呑《の》んで、自分を見澄ましている。十八歳のあの日、シャンソン喫茶の初ステージもそうだった。

人前で唄うのはひさしぶりだ。きちんと唄えるかどうか不安である。しかしもうあとには引けない。

唄ってください、野原さん、お願いします。

遊の声がした。あの夜の記憶が、生々しく甦る。

そしてゆかりは唄いだした。

『イムヌ・ア・ラムール』を。

十八歳のゆかりがシャンソン喫茶で唄うのは週に一、二度だけだった。バス会社には黙っておいた。趣味の延長でわざわざ言うこともないと思っていたからだ。いや、あれはやはり隠していたのだ。趣味とは言え、それ相応のお金を貰っており、バレたら叱られる、バスガイドをやめさせられると思っていた。それでもゆかりはシャンソン喫茶で唄いつづけた。

ゆかりが唄うときには、必ず鰊があらわれた。出番をおえると、ステージ裏を訪れ、出来を褒めてくれた。ときには木村屋のあんぱんを持ってきたり、銀座のレストランで食事を奢《おご》ってくれたりもした。いつもは観光バスで前を通るだけの高級店でだ。私に気があるのかしらと思わぬでもなかったが、鰊の態度はその風体とはちがい、とても紳士的だった。

きみに会わせたいひとがいるんだ。

いつもどおりステージ裏にあらわれた彼が、そう言ったのは半年ほど経ってからだった。そのまま引っ張られるように、客席まで連れていかれた。

こちらの方はね。

鰊は有名なレコード会社の名前を挙げた。そこの社長さんだという。それまでもレコード会社や芸能プロダクションの社長は何人か紹介してもらった。ただしその日の社長さんは少しも社長らしくなかった。少なくとも東宝映画の『社長シリーズ』にでてくる社長とはだいぶちがう。第一に年が若い。三十代なかば、いって四十歳前後といったところか。細身のジャケットにジーンズという、モッズを意識したと思しきいでたちからして、社長云々《うんぬん》よりも、そもそもが会社員らしくなかった。

あなたの歌、どれも素晴らしかったです。とくに『イムヌ・ア・ラムール』はピカイチだ。あれだけ正確なフランス語で唄える日本人はそうはいません。高音がでているのもよかった。ぼく、パリのオランピア劇場で、エディット・ピアフの歌をこの耳でじかに聞いたことがありましてね。瞼《まぶた》を閉じると、そのときのことが思いだされて、目頭が熱くなったほどです。

たしかに社長さんの目は赤くなっていた。しかし酒のせいかもしれない。つづけて彼はこう言った。

いかがでしょう？　和製エディット・ピアフになるおつもりはありませんか。

　最後まで唄い切ると、会場はしんと静まり返っていた。観客ひとりひとりの顔がはっきり見える。だれしもが信じられないとばかりに、呆気《あっけ》に取られた表情になっていた。両親以外の前で、はじめて唄ったアヒルバスの面接もこうだった。銀座のシャンソン喫茶で最初に唄ったときもである。鰊を見つけた。うしろのほうで壁にもたれかかった彼だけはにっこり微笑んでいる。シャンソン喫茶でも、ゆかりが唄いおえたあと、おなじように笑っていたのを思いだす。インチキ臭くて嘘っぽいきらめきを放ちながら、ミラーボールは回ったままだ。

「ゆかりさんっ」

縁がステージに駆けあがってきた。顔がびしょ濡れだ。どうしてそんなに汗をかいているのかと思ったが、そうではない。泣いていたのだ。双眸《そうぼう》から流れでる涙を拭《ぬぐ》い切れないらしい。

この子はまた、私のために泣いてくれているのね。

そう思うと、ゆかりはうれしくて目頭が熱くなった。

「凄《すご》かったです。サイコーでした。人生で聞いた中で、いちばんの歌です」

そう言って縁が抱きついてきた。そんな彼女をゆかりはしっかりと抱き返し、つむじがふたつの小さな頭をそっと撫《な》でる。気づけば割れんばかりの拍手が起きていた。

「これが本物の歌よっ」ステージの端に立ち尽くすミラクル♡ローズのほうをむき、縁が叫んだ。「あんたにこの歌が唄える？　唄えないでしょ？」

ミラクル♡ローズは小さく頷《うなず》くだけだった。

5

目覚めてから自分がどこにいるのかを思いだすまで、ゆかりは少し時間がかかった。室内が薄暗かったせいもある。八畳ほどの板間（フローリングか）で、こじゃれた家具が並んでおり、右斜め前の壁には薄っぺらいテレビがかかっていた。少なくとも函館の１ＤＫの住まいではない。大きな窓のむこうは夕闇が迫っているのに、室内に灯《あか》りが点《つ》いていないせいで薄暗いのだ。腕時計を見ると、五時半だった。

ゆかりは起きあがろうにも起きあがれなかった。身体の調子が悪いのではない。下に敷いているソファが、柔らかすぎるため、バランスが取れないのである。

それって、ひとを駄目にするソファなんですよ。

イイ歳をしたオジサンが言ったのを覚えている。あれはだれだったか。そうだ、鰊さんの息子だ。

そこでようやく、ここが鰊の自宅だと思いだすことができた。

今朝、十時にホテルをチェックアウトすると、前日とおなじくロビーで鰊が待ちかまえていた。彼の写真館までラパンで十分ほどかかった。ミラクル・ローズの頃と変わりなく、一階はお店、二階が住居のつくりだった。

はじめは写真の現像に付きあうつもりでいた。しかし暗室は思ったよりも狭く、そのうえ現像液その他の臭いに耐えられず、三分もしないうちにでてきてしまった。

そのあと鰊の息子に、リビングだというこの部屋へ通されたのだ。最後に会ったときは、東京の大学をでて、この写真館を継ぐ話をしていたはずなので、二十代前半だったはずだ。いまや、すっかりオジサンになっていた。

昨日の疲れが思った以上に残っており、ここで休ませてもらうことにしたのである。ビーズソファに座るよう、勧めたのは鰊の息子だ。身を沈めると、自然と睡魔に襲われ、そのまま眠ってしまった。

昼間には一度、起きたはずだ。おなじ二階にあるキッチンで莫迦《ばか》においしい中華料理を食べたのだ。鰊の息子のお嫁さんが台湾人で、彼女が遠方から訪れた義父の女友達のために、つくってくれたのである。

アゴはいなかった。平日の日中は家にいないそうで、昨日はよそに泊まって帰ってこなかったらしい。台湾人の母親の話しぶりだと、そう珍しいことではないようだ。縁はいつもの調子で手料理をおいしそうに食べ、鰊の息子のお嫁さんを大いに喜ばせた。現像はすでにおわり、リビングで食後に写真を見せてもらった。このときにまた、ビーズソファに座ったのが、まずかった。ふたたび眠ってしまったのだ。

なんとか身体を起こすことができたので、リビングから廊下にでると、アゴにばったり出《で》会《くわ》した。

「よかった、まだいらっしゃったんですね」

胸にトビウオがいる。ただし今日のトレーナーは黄色だ。アゴは空港へミラクル♡ローズを送ってきたところだと、訊《き》いてもいないことを、べらべらしゃべりだす。

「ほんとなら、正午前の羽田《はねだ》行きに乗るはずだったんですよ。そのチケットも、こっちで準備してありましたからね。でもあのひと、昨日の打ちあげでさんざん飲んで、ベロベロに酔っ払っちゃって」

ライブハウスの女性スタッフに頼みこんで、その子のマンションまで運び、泊まってもらったものの、昼前になっても起きなかったそうだ。

「夜には蕨のクラブにでるって、事前に聞いていたものですからね。昼の一時過ぎにはどうにか起こして、車で空港まで連れてって、三時前の飛行機には乗ってもらいました。あとは野となれ山となれです」

アゴもそのマンションに泊まったらしい。となれば女性スタッフはアゴのカノジョかもしれない。

「これもぜんぶ、本物のミラクル・ローズさんのせいですよ。あなたにバトルで負けたことがよほど悔しかったみたいです。それと最後にお唄《うた》いになった歌。あんなの唄われちゃ負けを認めるしかない、あれはズルイ、完敗だって、飲みの席で繰り返し言ってました」

ズルイもなにもない。彼女が唄えと言ったから、唄ったまでだ。しかしミラクル♡ローズには申し訳ない気持ちがなくもなかった。

他人を面罵《めんば》すれば、すっきりできると思ったが、そんなことは全然なかった。バトルの最中は頭に血がのぼり、さんざんこき下ろしたものの、なんのことはない、自分の不満をミラクル♡ローズにぶつけただけだ。要するにただの八つ当たりである。彼女にすれば、とんだとばっちりだったのではないか。そう考えると会って直接、詫《わ》びたいくらいだ。

「ローズさん、ああいうの、もっと唄えます？」

シャンソンをと言うことだろう。

「二十曲前後ってとこかしら。ぜんぶフランス語だけど」

ちょっと見栄《みえ》を張ってしまった。ほんとは十曲くらい、それも歌手としてデビューする前に唄えた曲数だ。『イムヌ・ア・ラムール』以外、いまも唄えるかどうかはだいぶ怪しい。

「スゲェ。ぜひウチのライブハウスで唄ってくださいません？」

思いがけない申し入れに、ゆかりは焦った。正直に言えばよかったと思ったもののもう遅い。

「昨日、ライブにきた連中が、ウチのフェイスブックやツイッターに、あなたの歌を聞きたいって、めちゃくちゃ書きこんでいるんです。お願いできますか」

「でも急には。練習もしないといけませんし」

「もちろん。つまりオッケーってことでいいですね。俺、ライブハウスいくんですけど、スタッフに言っちゃいますよ。それと」アゴは迷彩柄のズボンのポケットから、封筒を取りだした。折り曲がってクシャクシャだ。「これ、昨日のギャラです」

「でも私」喉《のど》から手がでるほど欲しい。しかし昨日は乱入したようなものだ。

「♡《ハート》のミラクル♡ローズさんがギャラは半分でいい、残り半分はあなたに渡してほしいと言いましてね。どうぞ受け取ってください。中に受領書があるんで、リビングでサインしてもらえますか」

　お金は下ろしてきたばかりらしい。受け取った封筒には、地元のと思《おぼ》しき信用金庫の名前があった。そこそこの厚みがある。受領書には『¥２５０、０００―』と記されていた。そんなに？と驚いたものの、顔にでないよう気をつけながらサインする。

「縁ちゃんはどこにいるか、知ってます？」

「あの子もいるんですか。そりゃそうか」アゴは少し憎々しげに言う。「裏口から直で二階にあがってきたんで、見てないですねぇ。店にいるのかもしれません」

　ゆかりが階段を下りていくと、縁の声が聞こえてきた。やたらはしゃいでいる。何事かと声のするほうへむかうと、撮影スタジオに辿《たど》り着いた。

三脚で立つどでかいカメラがあった。鯱がホテルで使っていたのとはちがい、こちらはデジタルのである。そしてファインダーを覗《のぞ》いているのは、鰊の息子だった。縁はその隣にいた。パンダのぬいぐるみを手に塡《は》め、動かしながら、しゃべっている。

「オイラ、食べ物だったら断然、笹が好きなんだけど、マユちゃんはなにが好きぃ？」

「マユはねぇ」カメラのむこうに立つ二歳くらいの女の子が身体をくねらせながら考えている。えらくファンシーな背景の前に、愛らしいドレスで着飾っていた。ゆかりが着るマドンナもどきの衣裳《いしょう》に似ていなくもない。「カレーライス」

「オイラもカレーライス大好きだぜ」

縁が言った。手に塡めたパンダのキャラを演じているのだ。被写体である子供のご機嫌を取って、笑顔を引きだすためにちがいない。ゆかりとは反対側の壁際には、マユちゃんのパパとママだろう、若い男女が立っている。

「ママがつくったのがいちばんオイシイわ」

「ほんとかい？　だったら今度、オイラ、マユちゃん家にいくから、ご馳走《ちそう》してくれよな」

「どうしよっかなぁ」

「頼むよぉ」

懇願するように言う縁に、マユちゃんだけでなく、鰊の息子やパパとママも笑っていた。ゆかりもだ。

不思議な子だ。いっしょにいればいるほど、いろんな彼女を見ることができる。母親から連絡がないにしても、明後日《あさって》には別れねばならない。それがゆかりには惜しくなってきた。まだまだ、いろんな縁を見てみたいからだ。

老けたわ。

毎日、鏡で見慣れているはずの顔だが、こうして写真に写った自分を改めて見るとため息がもれる。

リビングに戻ると、北欧調のテーブルに写真が置いてあるのに気づいた。鰊の二眼レフで撮影したものだ。ぜんぶで十二枚しかないのは、一本のフィルムで撮れるのがそれだけなのだ。また寝てしまわないよう、ビーズソファには座らず、丸いクッションに腰をおろして、見ることにした。

写真の中のゆかりは、いつにも増してシワクチャババアだ。うれしそうな笑顔とは微妙にちがう。要するにニヤけているのだ。しかも鰊とぴったりくっついていた。縁にそうしろと言われたからだが、ここまでとは思いもしなかった。老後を楽しむおしどり夫婦みたいだ。

そういう人生があったかも。

鰊が奥さんとつきあうきっかけが、『美しき哉《かな》、働く女性』の取材だと知ったのは、ふたりの披露宴のときである。銀座のエレベーターガールだった奥さんの記事は、ゆかりよりも一週間前の号だった。

披露宴がいつだったのかは覚えていないが、出逢《であ》って八ヶ月だか九ヶ月で結婚したはずだ。ゆかりは参列したのではなく、ゲストとして呼ばれた。まだミラクル・ローズではなかった。司会者には銀座のシャンソン喫茶にて活躍中、メジャーデビュー間近との噂もちらほら、新進気鋭のシャンソン歌手と紹介された記憶はある。そして『イムヌ・ア・ラムール』を唄った。二次会は丁寧に断り、その足で木村屋へいき、あんぱんを買い求めた。

自分に気があるかもなんて、まるで勘違いだったのだ。いや、自分とエレベーターガールのどちらを選ぼうか、鰊は悩んでいたかもしれない。レコード会社にスカウトされ、デビューが決まったゆかりの将来を邪魔しては悪いと身を引いた可能性もなくはない。莫迦莫迦しい。とんだお笑い種だ。六十七歳にもなって、なにを自分勝手な妄想をしているのやら。

この妄想が当たっていたとしても、いまさらどうしようもない。半世紀の時の流れを巻き戻すことなど不可能なのだ。

「ゆかりさん」縁だ。リビングに入ってくるなり、ゆかりの隣に座る。「どうです、あたしが撮ったこの写真。いいでしょ？　自画自賛じゃないですよ。鰊さんにも褒めてもらいましたからね。背景に広がる海と砂のバランスが絶妙だって。あたしに写真の才能があるとまで言ってくれました」

「凄《すご》いじゃないの」

「あのカメラ、欲しくなっちゃいました。だけどネットで検索したら中古で安くても二十万前後、高いと三十万円はするんです」

「カメラだったら、スマホがあるじゃないの」

「二眼レフでなくちゃ駄目なんですって。せめてフィルムでなくちゃ。鮮明じゃなくって、夢見てる感じの色あいがよくありません？」

〈夢見てる感じ〉とは言い得て妙だ。

「この写真のゆかりさん、いいですよね」

縁とラクダに乗っている写真だ。縁にくすぐられたせいなのに、我が世の春を謳歌《おうか》しているみたいだ。

「こっちもサイコー。ちょっと哀しそうだけど」

それは海を見て、目頭が熱くなった瞬間を捉《とら》えたものだ。海の美しさに感動しているはずが、たしかに哀しそうだ。

「縁ちゃんのこれも素敵よ」

「そっかなぁ」照れ臭そうに笑いながらも、縁は満更でもないようだ。

腕組みをして砂の上に真っ直ぐと立つ縁がそこにいた。凛々《りり》しく勇ましい。見ていると、こちらの気持ちまで奮い立たせるいい写真だ。額に入れて、ウチに飾ってもいい。あるいは店に飾っておくか。客にこの子はだれかと訊かれたら、うっすらと笑うだけにしよう。

写真館をでたのは七時半だ。鰊のラパンで駅にむかう。その前に鰊の息子の奥さんに、焼きビーフンをご馳走になった。さらにはバスの中で食べるようにと、中華ちまきを四個頂いた。

駅には少し早めに着いた。鰊はラパンを路駐して、バス停まで荷物を運んでくれた。

「つぎはいつ、会えますかねぇ」

鰊が言った。とても名残惜しそうだ。お互いイイ歳なのだ。どんなことも〈つぎ〉があるのか、不安になってしまう。

そうだ。言い忘れていた。

「お孫さんがね」

「あいつがまたなにかしでかしましたか」

「ちがいますって。夕方、戻っていらしてね。昨日のが評判よかったとかで、私にライブハウスで唄ってほしいって。それもぜんぶシャンソンで」

「マジで？」と言ったのは縁だ。「引き受けた？」

「ええ」

「いつです？」鰊の顔がぱっと明るくなる。

「練習も必要なんで、もう少し先になると思いますが」

「生きる目標ができました」

「大袈裟《おおげさ》ですよ、鰊さん」つづけてギャラを貰《もら》った話をしようとしたところだ。バスがターミナルに入ってくるのが見えた。

「これ」鰊が差しだしてきたのは、まさにアゴから受け取ったのとおなじ、信用金庫の封筒だった。「金沢からここまでの電車賃と、ここから東京までのバス代、それと僅《わず》かですが迷惑料です。どうぞお受け取りください」

薄闇の中で十本の指が、忙しく動いている。指一本一本に意思があるかのようにだ。ピアノだ。目に見えないピアノを弾いているにちがいない。

ゆかりは横目で隣の縁を窺《うかが》う。その両耳にはイヤホンがついていた。曲を聞きながら弾いているらしい。その横顔は真剣そのものである。なにかが取り憑《つ》いたかのようだ。

指が止まった。縁が長いため息をつく。

ゆかりと縁は夜行バスの中だ。八時過ぎに乗りこんで間もなく、鰊に貰った信用金庫の封筒を覗いてみた。五万円も入っていた。アゴのと合計で三十万円。約束の額よりも十万円も多い。ラップバトルをして、一曲唄っただけなのにだ。得をしたというよりも罪悪感のほうが大きかった。でもお金はお金である。

縁と中華ちまきを食べ、週刊誌を読んでいたものの、気づいたら眠っていた。一度目覚めて、座席をリクライニングしたのは覚えている。どうやればよいかわからず、縁にやってもらったのだ。そのときにはまだ、車内は明るかった。だがいまはちがう。灯りは足元と荷物棚のみである。消灯の十一時を過ぎているはずだ。腕時計で時刻をたしかめようとしても、はっきり見えない。

「すみません、起こしちゃいました？」

縁だ。イヤホンを外し、囁《ささや》くような声で言った。

「いま、何時？」

ゆかりはおなじボリュームで訊《たず》ねた。車内は寝息しか聞こえないほど、静まり返っているのだ。

「二時十分です」

「ずっと起きてたわけ？」

「いえ。十時に寝て、三十分前に目ぇ覚ましたら、眠れなくなっちゃって」

「それでピアノの練習を？」

「弾きたい曲があって」

縁がさしだすイヤホンの片方を耳に入れる。聞き慣れた前奏が流れてきた。『イムヌ・ア・ラムール』だ。エディット・ピアフの歌声が聞こえてくる。

「これ、聞いただけで、あなた、弾けちゃうの？」

「だいたいは。もちろん楽譜があれば、それに越したことはありませんが」縁は照れ臭そうに笑う。「この歌の訳詞をネットで見つけたんですけど、凄い内容ですね。好きなひとが望むんだったら、髪をブロンドに染めるくらいならいいですけど、月をつかみにいくって、どういうことです？　祖国や友達も捨てちゃうのも、無茶し過ぎでしょ？　みんな、私のことを笑うでしょうねじゃないですよ、ここまでしたら引きますって」

「それだけあなたに夢中だってこと。エディット・ピアフ自らが手がけた歌詞でね。飛行機事故で亡くなった恋人のボクサーに捧《ささ》げた歌なの」

「ほんとはそのボクサーの生前に書いたモノだって、ウィキペディアに書いてありましたよ。妻子持ちの彼と終止符を打つためだったらしいです」

そうだったのかと思うのと同時に、なんでもかんでもネットで調べるなと、ちょっとだけ不愉快にもなった。

「ゆかりさんはこんなふうに、男のひと、好きんなった経験おありなんですか」

「あるわけないでしょ」

「じゃあ、なんであんなに情感こめて唄えたんです？」

きみはまだ、ほんとの愛を知らない証拠だ。ぼくが教えてあげましょう。いっしょにいらっしゃい。

耳の奥で聞いた男の甘い囁きが聞こえてきた。十八歳のときだった。しかし彼が教えてくれたのは、愛でもなんでもなかった。

「経験できたらよかったのにって思いながら、唄っているのよ」

縁が納得したかどうかはわからなかった。そして少し間をあけてからだ。

「この歌、いつかあたしのピアノで、唄ってください」

いつか。

「明日やれって言ったらできる？」

「それって病院のコンサートですよね。あそこのロビー、グランドピアノありましたけど、あれで？」

「お願いできるかしら？」

そのときだ。どこからか咳払《せきばら》いが聞こえてきた。ゆかりはびくりとしてしまう。縁も首を竦《すく》めた。ふたりを注意してなのかはわからない。しかしこれ以上のおしゃべりは控えたほうがよさそうだ。縁は声をださず、右手でつくったオッケーのサインをゆかりにむける。ゆかりもおなじサインで応《こた》えた。

弱ったな。

夜行バスは定刻どおり、池袋に着いた。より正しく言えば、池袋のサンシャインシティ文化会館だ。バスから降りた途端、ゆかりはどうしたものかと困り果てた。ドサ回りばかりだったとはいえ、それでも暮らしていたのは東京だ。池袋にも数限りなく訪れた。着けば駅まではいけるだろうとタカをくくっていたのだ。

駄目だった。

あたりを見回しても、自分がどこにいるのか、見当もつかない。昔と変わったかどうかもわからず、さすがに自分が情けなくなった。そんなゆかりにかまわず、縁はキャリーバッグを引っ張って、歩きだしていた。その右手にはスマートフォンがあった。知らぬ間に道順を調べていたらしい。

「こっちです」

　こうなれば縁のあとを付いていくしかない。負うた子に教えられてとは、まさにこのことだろう。縁を負うた経験はないにせよだ。

　サンシャイン60の脇を通って、しばらくいくと、大きな通りにでた。すると右側に『ＳＥＩＢＵ』、『ＰＡＲＣＯ』と横書きのどでかいロゴが掲げられた巨大なビルが見える。

「あれが駅みたいですね」

　横断歩道をいくつか渡り、巨大なビルまで辿り着くと、間口が莫迦に広い出入り口の上に、『池袋駅　東口』とある。ひとの量が尋常ではない。足の速さもだ。だれもがみんな、競うかのようにせかせか歩いている。

「西武池袋線で、東久留米駅までいくんですよね」

「あ、ちがうの」ゆかりは慌てて訂正する。「宿は小金井っていうとこに取ってもらってるの。最寄り駅はＪＲ中央《ちゅうおう》線の武蔵《むさし》小金井駅で、山手《やまのて》線にでて、新宿駅で乗り換えなんだけど」

「それじゃ、山手線をさがしましょう」

　縁は立ち止まらずに、なおも進んでいく。人混みの中をじょうずにかきわけながらである。置いていかれたら、迷子になりかねない。

「ま、待って」

慌てて引き止めると、縁はスマートフォンをポケットにしまって、右手を差しだしてきた。

「手を繋《つな》いでおきましょ」

縁と手を繋ぐのはこれが二度目だ。

指が長いのはピアノを弾いているからなのね。それとも元から長いのかしら。

山手線はけっこうな混み具合で、縁と手を繋ぐどころか、そばにいるのも難しい。新宿駅で降りてからも、ひとの波に飲まれ、あやうくはなればなれになりかけた。中央線は下りでありながら、そこそこ混んでおり、武蔵小金井駅までの三十分近く立ちっ放しだった。

縁の案内、というか彼女のスマートフォンのナビを頼りに歩いていくと、目指す旅館は住宅街の中に突如、あらわれた。平屋でこぢんまりしたつくりだった。

通されたのは三畳と四畳半のつづき間で、いずれも畳敷きだった。どこか懐かしく思えたのは、間取りも広さも、母と二人で暮らしていた、西荻窪のアパートとおなじだったからだ。

ゆかりはコートを脱ぐなり、四畳半のほうに俯《うつぶ》せになる。畳はひんやりしていたが、それが却《かえ》って心地よく感じられた。隣で縁も横になっていた。彼女は仰向《あおむ》けだった。

「今日はどうする？　どっか、いきたい？」

「しっ」縁が唇に人差し指を当てた。「ちょっと黙ってください」

　どうして？　と訊き返すのも憚《はばか》られるほど強い口調だ。

「ピアノの音、聞こえません？」

耳を澄ます。ショパンのノクターンだと、ゆかりにもわかる。しかし辿々《たどたど》しくて、ゆっくりだ。ときどき間違えて、おなじところを繰り返しもしていた。

「どっかのウチで、練習してるみたいね」

ゆかりが言うと、縁はむくりと起きあがった。

「ちょっと、あたし、いってきます」

「いくってどこに？」

「このピアノを弾いてるウチにです。明日のコンサートのために練習しておきたいんで」

「ひとのウチのでするつもり？」ゆかりも上半身を起こす。「いきなりいって貸してくれるかしら」

「スマホで調べたら、この近所の楽器店に音楽教室があって、そこでピアノのある練習室をレンタルできるんです。でも一時間で五千円以上しますし」

　それは高い。

縁は立ちあがり部屋をでていこうとしている。ゆかりはそのあとを慌ててついていった。

　結論から言えば、その家でピアノの練習をすることができた。旅館の女将《おかみ》のおかげである。外へでようとする前、玄関口にいた彼女にゆかりが院内コンサートについて軽く説明し、ピアノの音のする家がどこか訊ねたところだ。

「すぐ裏手の家が、個人でピアノ教室をしていらっしゃるんですよ。いきなりもなんですから、まずは私が電話してさしあげましょう。お待ちくださいね」

　女将は奥に下がっていった。どこかに事務室らしき部屋があるらしく、玄関口で待っていると、彼女の話す声が微《かす》かに聞こえてきた。話の内容はさだかではないが、テキパキとした歯切れのいい話しっぷりだった。そして五分もしないうちに戻ってきて、ゆかり達にこう告げた。

「午前中は生徒さんがいらしてるんで、昼の一時からでしたらどうぞですって」

「ありがとうございます」「申し訳ありません、お手数をかけてしまいまして」

　ゆかりと縁で声をあわせ、揃って頭をさげる。

「私はなにも。あなた方の話をしたら、ピアノの先生もおんなじ病院で、毎年クリスマスにコンサートをなさっているとかで、快く応じてくださったんですのよ」

　昼飯はケンタッキーフライドチキンだった。ゆかりは気が進まなかった。揚げ物はあとで胃が凭《もた》れてしまう。しかし縁のたっての願いだった。

どうしてもケンタで食べたいんです。

ケンタがケンタッキーフライドチキンの略だとは、六十七歳のゆかりでも知っていた。キャバ倉さんに教えてもらったのだ。

縁は旅館の近隣にあったケンタをスマートフォンで検索までしていた。こうなればいかざるを得ない。途中、ふたりで楽器店に立ち寄った。ピアノの練習室があるその店で、『イムヌ・ア・ラムール』の楽譜を買うことにしたのだ。

「他の曲も伴奏してあげますから、ゆかりさんも明日のリハ、しておきましょうよ。ね？」

そう言うと縁は『蘇州夜曲』をはじめ、他の曲の楽譜も購入した。もちろん『無愛想ブルース』などあるはずがない。ただし縁が言うには「動画サイトで繰り返し聞いていたんでどうにか弾けます」とのことだった。

ケンタでゆかりが注文したのは、チキンと野菜を薄い生地で巻いたモノを一本とウーロン茶のＳサイズだ。縁はと言えば、溶かしたアイスクリームにクッキーを交ぜたような飲み物に、フライドチキンふたつにフライドポテトである。いつもどおりの食べっぷりだ。これだけ食べても太らないのは不思議だ。さして運動をしているわけでもないのにだ。生きているだけで、エネルギーを発散しているのかもしれない。

「明日の朝、寄りたいとこがあるんだけど」

先に食事を済ませ、ゆかりはウーロン茶で薬をひとつずつ飲みながら、その合間に言った。

「どこですか」

縁は骨に付いた肉を削《そ》ぐように食べている。こういうのも肉食系女子というのだろうか。

「明日にいく病院と道を挟んだむかいの霊園に、知りあいのお墓があるのよ。だからコンサートへいく前にいこうと思って。三十分もかからないわ。あなたは喫茶店かどっかで待っててくれる？　なんだったら先に病院へいっててもいいんだけど」

「どなたのお墓参りなんです？」

娘だ。しかしゆかりは息を飲み、答えるのをためらってしまう。

「言いたくなければいいです」ゆかりの様子がおかしいことに気づいたらしい。「あたしが知ったとこで、意味ないですもんね。余計なこと訊ねて、ごめんなさい」

　意外にもピアノ教室の先生は男性だった。年齢は六十歳前後か。えらく恰幅《かっぷく》がいい。赤ら顔で、鼻から下に立派な髭《ひげ》を蓄えている。ピアノの部屋には、二十枚近く額に入った写真が壁に飾られていた。そしてどの写真も真ん中にサンタクロースがいた。ピアノを奏でているサンタクロースもいる。

「このサンタさんって、ぜんぶ先生ですか」

「フォッ、フォッ、フォッ」縁が訊ねると、ピアノの先生は芝居がかった笑い方をした。

「私はね、本物のサンタクロースなんですよ」

ほんとだった。彼は『国際サンタクロース協会』公認のサンタクロースだったのだ。十年ほど前、デンマークまで試験を受けにでかけて取得したそうで、日本人ではふたり目だという。

クリスマスシーズンには、東久留米の病院以外にも、小児病棟や福祉施設にでむき、サンタクロースの格好、彼にすれば正装でピアノを弾いているとかで、壁に掲げられた写真は、どれもその記念に撮影したものらしい。

「サンタさんのピアノをお借りできるなんて光栄です」

「フォッ、フォッ、フォッ。それで明日はなにをお弾きになるんですかな」

話し方もサンタっぽい。サンタが話しているのを、見たことも聞いたこともないにせよだ。

「『愛の讃歌』です」

ゆかりが日本語のタイトルで答える。縁は買ったばかりの楽譜を広げ、ピアノの前に座った。

「お嬢さんが演奏なさるんですか」

「ええ」驚くサンタに、縁が説明をする。「あたしの伴奏で、祖母が唄います。祖母は芸名をミラクル・ローズと言いまして」

「『無愛想ブルース』の？」

「よくご存じですね」今度はゆかりが驚く番だった。

「中学校んときの十八番《おはこ》だったんです」

その証拠とばかりに、サンタはいきなりサビを唄ってみせた。「ブルース」の「ル」をやたら巻き舌で強調した唄い方だ。

「お上手ですわ」ゆかりとしては、他に言い様がない。

「ミラクル・ローズご本人に褒めていただく日がくるとは思っていませんでした。フォッ、フォッ、フォッ」

明日はミラクル・ローズのコンサートで、『無愛想ブルース』と『愛の讃歌』の他、ぜんぶで七曲唄うことを、サンタに告げた。

「『愛の讃歌』だけ、この子が伴奏するんです」

「ゆかりさんは、日本語じゃなくて、フランス語で唄っちゃうんですよ」

「ほんとですか」

「ほんとですって」と言ったかと思うと、縁はピアノを弾きはじめた。『愛の讃歌』の前奏だ。

ゆかりさん、唄って。

縁が目で訴えているのがわかる。こうなればやむを得ない。ゆかりは軽く咳払いをしてから、縁の伴奏にあわせ、唄いはじめた。

ゆかりは三年半勤めたバスガイドをやめ、築地《つきじ》にある独身寮を引き払い、レコード会社が準備した新宿の外れにあるマンションへと引っ越した。そこでは女性のマネージャーとふたりで暮らすことになった。東洋の魔女とゆかりが胸の内で名付けた彼女は口うるさく、神経質だが、面倒見がよくて、仕事もプライベートもいっしょだった。それはそれで助かったが、監視役のようでもあった。

カメラマンの赤井鰊とはまったく会えなくなった。彼が結婚したというのもあるが、そのうえデビューが決まったあとは、銀座のシャンソン喫茶の出演ができなくなったのである。レコード会社の社長にはこう言われた。

あんな小《ち》っちゃなとこで、少人数を相手に満足していては困るんですよ。きみにはもっと大きな舞台で唄ってもらわないと。エディット・ピアフとおなじように、パリのオランピア劇場やニューヨークのカーネギーホールに立つことだって、けっして夢ではありません。

そういうものかと十九歳のゆかりは納得せざるを得なかった。バスガイドをやめて三ヶ月後には、歌手としてデビューを果たした。ただしデビューシングルは『桃色のワルツ』という曲でシャンソンではなかった。ワルツですらない。敢《あ》えて言えばバラードか。そしてB面は『言い訳バラード』なる曲だったが、こちらのほうがワルツっぽかった。なんにせよ和製エディット・ピアフと売りだされはしなかった。シャンソンを唄っていないのだから当然だ。どうしてこうなったのか、十九歳のゆかりにはまるで見当がつかなかった。気づけばムード歌謡の歌手になっていた。されていたと言ったほうが、ゆかりの心情により近い。ミラクル・ローズなどという、ひどい芸名までつけられてだ。

話がちがう。

胸の内でこそ、そう思っていた。しかし抗議や文句は言えなかった。まわりはみんな、自分よりも年上のひとばかりだったからだ。相談したり、愚痴を言ったりする相手もいなかった。いくらいちばん身近にいるからと言って、東洋の魔女に言えるはずもなかった。彼女は会社側の人間なのだ。

ひさしぶりに鰊と会ったのは『桃色のワルツ』のジャケットの撮影だった。ただしそのときも満足に言葉を交わさなかった。鰊はえらくよそよそしく、その日にはじめて会ったかのようだった。

『桃色のワルツ』は当初、売れなかった。ゆかり自身、こんな曲、売れるはずないよなと他人事《ひとごと》のように思っていた。しかし東洋の魔女に促され、ほぼ毎日、テレビ局やラジオ局を巡り歩き、レコード店も都心からしらみつぶしに足を運んで、売り込みに励んだ。それが功を奏したのか、有線放送でかかるようになり、レコードの売り上げも動きだした。

ところが発売から二ヶ月が経った頃だ。ラジオ局の朝番組に、ゲストとして呼ばれたときのことだった。生放送で歌を唄ったあと、具合が悪くなり、スタジオをでるなり倒れてしまった。気づくとベッドで仰向けになっていた。病院だ。ベッドの脇に東洋の魔女がいた。彼女もどこか調子が悪いのではないかと心配になるほど顔が真っ青だった。そして目覚めたばかりのゆかりに、いきなりこう言った。

妊娠五ヶ月よ。なんで黙っていたの？

黙っていたのではない。ゆかりは気づかなかったのだ。もとから三、四ヶ月も月のモノがこないのはざらだった。身体ぜんたいが重く、お腹に違和感はあった。でも仕事の忙しさに疲労がたまっているのだというくらいにしか思っていなかったのである。

相手は社長？

その勢いにゆかりは頷くことしかできなかった。東洋の魔女は舌打ちをした。こうもはっきり聞こえる舌打ちははじめて聞いた。

新宿に引っ越す前ね。シャンソン喫茶で唄いおわったあとにでも、湘南《しょうなん》の別荘に連れていかれたんでしょ？

ご名答である。

きみの歌唱力は抜群です。ただ残念ながら、女としての魅力が足らないんですよね。だからどの歌も上っ面で薄っぺらに聞こえてしまうんだなぁ。きみはまだ、ほんとの愛を知らない証拠だ。ぼくが教えてあげましょう。いっしょにいらっしゃい。

社長にはそう誘われたのだ。別荘に着くなり、お酒を呑まされ、されるがままだった。愛もへったくれもない。身体中を這《は》う社長の舌の感触は、気色が悪いことこのうえなかった。ふだんの生活でふと思いだし、怖気《おぞけ》立ちもした。彼とのそうした行為で快楽をおぼえたことは、一度もない。いつも早くおわってくれないかと願っていた。

にもかかわらず、ゆかりは社長の誘いを一度も断らなかった。歌手としてデビューするためには、こういうことも必要なのだと思っていた。これが日陰者の宿命だと諦めてもいた。

デビューが決まり、新宿に引っ越してからは社長の誘いはなくなった。それもそうだ、ゆかりには東洋の魔女が、仕事もプライベートもいっしょだったからだ。彼女が自分の監視役だと思っていたが、もしかしたら社長が寄りつかないよう、見張っていたのかもしれない。ゆかりにすれば、ようやく解放されたと、ホッとしたというか清々した。

だがよもや子供ができていたとは。

盲腸を切るってことで、しばらく芸能活動はお休みにするわ。いますぐに手術をしないと。

なんの手術か、聞き返さなくてもゆかりにはわかった。

私、産みます。

莫迦言わないで。社長には妻も子供もいるのよ。認知なんかぜったいしない。アイツはそういう男なんだから。

東洋の魔女は自分が社長をアイツ呼ばわりしたのに、気づいていないようだった。

そんなのいいんです。お願いです、産ませてください。私、なんでもします。

なんで産みたいの？

私、妾《めかけ》の子なんです。芸者だった母も、周囲に私を産むのを反対されました。でも産んでくれたんです。それに。

ゆかりはお腹に両手を重ねて乗せる。

この子が可哀想だから。

東洋の魔女はなにかを言いかけながらも、口を一文字に閉じて、ゆかりを見つめていた。睨まれているのかと思いきや、そうではない。それまで見せたことのない、優しくて慈しみのある表情だったのだ。全然、魔女っぽくなかった。

わかったわ。でもいい？　あなたは我が社の専属歌手として、今後も唄ってもらうわ。そのためには、あなたがこの子を育てることはできない。他人に譲って、生涯、会えないかもしれない。それでもいいの？

「ブラボォです、ブラボォ」サンタはさかんに手を叩《たた》いた。『無愛想ブルース』の頃はまだ二十歳そこそこでしたよね。だとしたら」サンタは宙を見つめた。ゆかりの年齢を勘定しているにちがいない。

「六十七歳です」やむなく自己申告する。

「とてもそうは思えない、若々しい声でした。色香というか、艶《つや》がおありになる。それでいて年相応の重みがあるのも素晴らしかった。フランス語がわからなくても、一言一言が胸に押し寄せてきました。妙な言い方になりますが、歌を唄っているというよりも、愛そのものを唄っているかのようで」

お世辞ではなさそうだ。サンタっぽさが失われ、素の喋《しゃべ》り方になっているのが、なによりの証拠だろう。

「そうそう。『無愛想ブルース』を唄うゆかりさんも悪くありません。動画サイトで聞いて、素敵だと思いました。でも『愛の讃歌』を唄っているときのゆかりさんは、全然ちがうんです。なんでだろと思ってたんですけど、それはきっと、愛を唄っているからなんですね」

いやいや、私は歌を唄っているだけだよ。

できれば訂正したかった。しかし縁のキラキラとした瞳《ひとみ》で、まっすぐに見つめられると、なにも言えなかった。

「いま気づいたのですが」サンタが徐《おもむ》ろに言った。「お唄いになっているとき、Ｒの発音を巻き舌ではなく、のどひこを鳴らしていましたよね」

「なんです、のどひこって」

縁が訊ねてきた。のどちんことは言い難く、ゆかりがためらっているとだ。

「口を開くと、のどの奥にぶら下がっているモノがあるのは、おわかりになりますか。あれのことです」サンタが無難な説明をする。「いまの歌、ルゥウゥッと巻き舌っぽい箇所がいくつかあったでしょう。私はいま、巻き舌と言いましたが、ミラクル・ローズさんはちがう。自らの意思でのどひこを揺らすことで、そう聞こえるようにお唄いになっていた。ですよね？」

「そういう歌唱法なの？」と縁。

「フランス語自体がもともと、Rをそう発音するんですって」

「待ってくださいよ。『無愛想ブルース』も、巻き舌ではなく、のどひこを鳴らしていたのですか」

「え、ええ」

「でも当時は巻き舌娘と呼ばれていませんでしたか」

「よく覚えていらっしゃいますね」

「それはもう。中学のとき、巻き舌娘の真似はみんなしてました。中でも私がいちばんうまかったのですが、ご本人が巻き舌ではなかったとは」

「うぇええええぇぇ」縁が唸《うな》りだしたかと思うと、すぐに激しく咳《せ》きこんだ。「げほげほげほっ」

「なにやってんの、縁ちゃん」

「どうやったら、のどひこを鳴らせるわけ？」

試したのか。しかしどうと訊かれても困る。

「子供の頃、エディット・ピアフのレコードを聞きながら、真似して唄っていたら、自然とできたのよ」

「前世がフランス人だったのかもしれませんな」サンタが言った。「お嬢さんのピアノも素晴らしかった。おいくつですか」

「十二歳です。この春、中学生になります」

「いくつかミスタッチはありましたが、それだけ弾ければたいしたものです」

「ありがとうございます」縁はうれしそうに礼を言う。するとつづけて『無愛想ブルース』を弾きはじめるので、ゆかりは慌てて唄いだした。


途中、休憩を挟みながら、かれこれ三時間近く縁の伴奏でゆかりは唄いつづけた。気づいたら窓の外は薄暗くなっていた。お暇《いとま》することにして、旅館では夕食がでないので、この近所でどこかおいしい店はないか、サンタに訊ねたところだ。

「ウチで食べていきませんか」

その誘いに甘えた。そして広めのキッチンへ移り、ご馳走になったのは明石《あかし》焼だった。食卓にたこ焼き器を置き、サンタ自らが焼いてくれたのだ。タレも彼の手作りだった。十歳年下の奥さんは酒造メーカーの営業で、地方へ単身赴任することが多く、いまは博《はか》多《た》らしい。

「妻が関西に赴任していたことがありましてね。この明石焼はそのとき彼女が学んだのを、教えてもらったものです」

一人息子は玩具《がんぐ》メーカーに就職し、このウチに住んでいるものの、中国の工場と日本を行き来しており、滅多《めった》に帰ってこない。サンタは市内の大学で教鞭《きょうべん》をとっていたが、三年前に定年を迎え、その後にピアノ教室をはじめたのだという。

「家族三人揃って食事をするのは、年に一度あるかないかですよ。このあいだは息子の就職祝いだったはずなので、五年以上も前になりますかな」

寂しそうに言いながらも、サンタの口ぶりはどこか誇らしげでもあった。自慢の妻であり、息子だからだろう。

羨《うらや》ましいな。

ゆかりには自慢できる家族がいない。軽く嫉妬《しっと》もした。しかしそんな感情を顔にだすような真似はせず、にこやかに話を聞いていた。

「あなた、タコは食べられたの？」

「刺身じゃなければ平気です」

そう答えた縁はいつもどおりの食べっぷりだ。サンタがつくる端《はな》から、ウマイウマイと食べてしまう。たぶん三十個は食べたにちがいない。小さなお腹がぷっくり膨らんでいた。

稲葉さんトコで五万円、ショッピングセンターの立花さんから一万円、旅館の女将から三十万円、鰊さんとアゴであわせて三十万円。合計で六十六万円なり。

夜の十時だ。縁は三十分以上前に床に就き、寝息を立てていた。ゆかりもおなじ頃、布団に入ったものの、目が冴《さ》えてしまい、寝付けなかった。明日のコンサートが俄《にわか》に心配になってきたのだ。そこで寝床に入ったまま、スマートフォンでいままでの稼ぎを計算してみた。唄ったのは一度きりなのに、と思わないでもない。明日、病院で唄えば三十万円だ。目標の百万円には少し足りないが御の字である。いい加減、寝ようかと思ったときだ。スマートフォンが震えた。

〈いまから会うことはできませんか〉

ゆかりは首を傾げる。ラインやメールではなく、滅多に使わないショートメッセージサービスに送られてきた。『野ばら』の常連か。ならば登録してあるので、送信してきた相手の名前がでるはずだ。しかし画面に表示されているのは、０９０ではじまる電話番号だった。

間違って送ってきたのかしら。どなたですか？　とでも送り返そうか。

そう思っているあいだに、すぐまたおなじ電話番号の相手が送ってきた。

〈申し遅れました。私、森川縁の母、森川結です〉げげっ。〈野原さんの携帯の番号は、トルコにいる夫から聞きました〉

やれやれ、あの親父さんときたら。娘にあんだけ口止めされていたのに。結と書いて、ユイと読むのか。まさかケツではあるまい。

〈小一時間ほど話ができませんでしょうか。私はいま、武蔵小金井駅にいます〉

なぜ、武蔵小金井に？　私と縁がここにいるのがどうしてわかった？

考えても答えのでるはずもない。ここは縁の母に会って、たしかめたほうがいい。

〈二十分ほどお待ちいただけますか〉

化粧や着替えを考えると、それでも短いほどである。しかしあまり待たせるわけにもいかない。

〈わかりました。改札口がふたつありますが、スタバがあるほうにいます。ちなみにこれが私です〉

そのメッセージには、写真が添えられていた。そこに三十年後の縁がいた。

それだけ母子はそっくりだったのだ。

「すみません、夜分にお呼びだてしてしまって」

やだ、声も縁ちゃん、そっくりじゃないの。

武蔵小金井駅に着くと、帰路を急ぐひと達がまだいるため、閑散《かんさん》とはしていないまでも、すぐに結を見つけることができた。

淡い紫色のタートルネックに紺色のダッフルコート、スキニーデニムにゴアブーツ、一見すると地味ではあるが、コーデがきちんとなされており、化粧もバッチリだ。女としてまだまだ現役でいける雰囲気を醸しだしている。

「ネットで検索して、よさげな店を見つけておきましたので、そちらにいきましょう。ここから五分とかかりません」

挨拶《あいさつ》もそこそこに、結はスマートフォンを右手に歩きだした。このへんも縁とおなじだ。でもこれに関しては、ＤＮＡのおかげか、それともふだん母がしているのを縁が真似たのかはわからない。あるいはゆかりのしらぬ間に、世の中の常識が変わったのかもしれない。

結は旅館の方向とは反対側をでて、信号を渡り、細い路地へ入っていく。街灯は少なく薄暗いが、居酒屋や焼鳥屋が点在している。そして建物の隙間に鳥居があるのを、ゆかりは見つけた。両脇に『稲荷《いなり》大明神』と赤地に白文字の幟《のぼり》が並び、鳥居の奥に小さな祠《ほこら》がある。

ゆかりさん、どこかでお祓《はら》いしません？

縁の言葉を不意に思いだし、ゆかりは足を止めた。お祓いをしないまでも、ここで明日の成功を祈っておこう。瞼《まぶた》を閉じて手をあわす。先をいく結においていかれても困るので、五秒もしないで瞼を開いた。すると左隣に結がいた。彼女も手をあわせ、祈っていたのだ。

「素通りしたら、バチ当たりそうですものね」

そう言ってから結はふたたび歩きだした。予測不可能の行動も母子でおんなじだ。

結のいう〈よさげな店〉は稲荷神社から、さほど離れておらず、隣の隣の隣の隣くらいで、間口の狭い店だった。中も手前がカウンターに八席、奥に四人掛けのテーブルが三つだけである。二十人も入れば満席だが、いまいる客は奥のテーブルに三人だけだった。

結はダッフルコートを脱ぎ、店員に預けた。今日、はじめて訪れたはずなのに、長年の常連のようだ。ゆかりも上着を脱ぎ、店員に渡す。そしてふたり、カウンターに並んで座る。壁にかかった大きめの黒板に、チョークで書いたメニューを見る限りでは、イタリアンの店のようだ。

「野原さん、食事は？」

「つまむ程度で」サンタの明石焼が、まだお腹に残っている。縁につられて、食べ過ぎたのだ。

結は店員を呼びつけ、黒板のメニューを見ながら、オーダーをする。なかなかの量である。

「野原さんはなに、お呑《の》みになります？」

「ノンアルコールのビールがあればそれで」

結は赤ワインをデカンタで頼んだ。乾杯をしてから、彼女は一杯目を一気に呑み干し、すかさず手酌した二杯目も瞬く間に半分、呑んでしまった。こんなに呑みっぷりのいい女性は見たことがない。顔色ひとつ変えず、しゃべり方もしっかりしていた。

「娘は元気にやっていますか」

「元気です」他に答えようがない。

「夫から聞きましたが、縁はあなたのツアーに、スタッフとして参加しているそうですね。具体的にはなにをしているんですか」

縁がスマートフォンの中にいる父親にそう言っていたのをゆかりは思いだす。ここは正直に話しておくべきだろう。

「ツアーだなんて嘘っぱちです。そんなたいそうなものではありません。ただのドサ回りです。マネージャーやら付き人やらはだれもいません。私ひとりです。そもそもレコード会社と契約もしていなければ、芸能プロダクションに所属もしていないもんですからね。営業先もぜんぶ私自身がアポをとりました」

「なにもかもひとりってこと？」

「プライベートもひとりです」

「そのお年で大変ですね」

結の口ぶりに皮肉や嫌味などはこもっていない。本心の言葉だ。それが却って、ゆかりにはキツかった。この年でなにをやっているのだろうと思えたからだ。

「この一週間のうちに四カ所、巡ってきました。五カ所目の明日がラストで、病院のロビーで数曲唄います。そのうちの一曲を娘さんにピアノで伴奏してもらう予定です。今日の午後は、その練習にかかりきりで」

「『イムヌ・ア・ラムール』ですか」

あまりの驚きに、ゆかりは言葉を失ってしまう。

「ちがいます？」

「そ、そうなんですけど」

声が掠《かす》れているのに気づき、ゆかりはノンアルコールビールで喉《のど》を潤したあとだ。どうしてご存じなのですかと聞き返す間もなく、結は驚くべきことを言った。

「野原さんの、というか、ミラクル・ローズさんがあの歌を唄っているの、聞かせていただきました」

「あのライブハウスにいたんですか」

ゆかりの返しに、結は妙な顔になる。

「そんなはずないでしょう。ミラクル・ローズの名前を検索したら、あそこのライブハウスのフェイスブックに辿り着きましてね。そしたらそこに野原さんが唄っている動画がアップされていたんです」

初耳だ。撮影していたのも知らなかったくらいである。アゴの仕業にちがいない。べつにかまわないが、一言あってもよさそうなものではないか。

「あの歌だけじゃありません。芸名がおなじミラクル♡ローズとのラップバトルもです。あれも圧巻でした。ラップができてシャンソンも唄ってみせるなんて、凄いですよね」

結は本気で感心しているようだ。ここは素直に礼を言っておこう。

「ありがとうございます」

「それでまあ、ミラクル・ローズが何者か、俄然《がぜん》、興味を持ったんです。どんなひとだろう、一度会ってお話がしたいと、こうしてお呼びだてした次第で」

店員が前菜を三品、運んできた。結は皿が置かれるや否や、食べはじめる。口を大きく開き、もぐもぐとよく嚙《か》んで食べる姿もまた、娘にそっくりだった。気づけばデカンタが空で、彼女はもう一本、頼んだ。

「あれってフランス語ですよね。日本人で、あそこまで唄いこなせるひとなんて、そうはいないと思いますよ。パリに留学でもなさって、勉強なさってきたんですか」

「とんでもない。独学です」

「なおのこと、凄いじゃないですか」

真顔で言う。こういうところも縁とおなじだ。そこに新たな料理が運ばれてきた。骨付きラム肉のソテーだ。デカンタもきた。結はワイングラスに手酌し、ごくごくと音を立てて呑む。

「どうして私達が武蔵小金井にいることが、おわかりになったんですか」

「娘のスマホにはGPSアプリをインストールしてあるので、彼女の足取りは逐一、確認ができています。スマートフォンを持たせたのはそのためでもあって」

なんとまあ。

お母さんのほうが一枚上手よ、縁ちゃん。

「娘には前科があるんです」

「去年の夏休み、札幌のカプセルホテルで御用になったと言っていました」

「そうです。あの子の性格からして、またやりかねないと思っていたものですから」

先手を打ったのか。

やはりこの母子、似ているな。

「練習時間を短縮してほしいという、娘さんの願いはどうなさるおつもりですか」

結からの返事はない。骨付きラム肉のソテーを手づかみでかぶりつき、ゆっくり咀嚼《そしゃく》しながら宙を見つめていた。料理を味わっているのか、それともゆかりの問いになんと答えようと考えているのかはわからなかった。

「私も」やがて結が言った。「小さい頃からピアノをやってましてね。将来、ピアニストになるつもりだったんですよ。だから国立の芸大で音楽学部を目指していたんですが、三年受けて駄目だったんで、さすがに諦めました。私立だと学費が二倍以上ですし、それまでもだいぶお金を使わせちゃったもんで、親にはふつうの大学や専門学校もいかせてもらえず、職をさがして、さっさと働けと言われて。でも二十歳過ぎの、なんの資格もない女子なんて、どこも雇ってくれやしません。そのうえ就職氷河期の真《ま》っ只中《ただなか》で、派遣サービスに登録したはいいものの、さしてお呼びがかからず、居酒屋とかレンタルビデオ店のアルバイトで、日々を費やしていました」

結はまたラム肉にかぶりつく。どうして結が自分の話をしだしたのか、見当がつかない。しかしゆかりは黙って耳を傾けることにした。

「夫とは派遣先の会社で出逢って、あんまりタイプじゃなかったんですが、でも悪いひとではないし稼ぎもいい、玉《たま》の輿《こし》ってほどではないにせよ、これから先どうなるかわからない生活よりも、ずっと楽に生活ができると思って結婚したんです。私、生まれが八戸なんですけど」

「縁ちゃんに聞きました。一昨年、ひとりで暮らしていたおばあさんが亡くなったことも」

「そうです。それでね、縁のために泣く泣く実家を売ったんです。あの子をピアニストにするには、まだまだお金が必要なものですから」

そうだったのか。全然、ひどい話ではなかった。

「私、三度目の受験に失敗したあと、ピアノに触れてもいなかったんですけどね。あの子が三歳のとき、買い物帰りに楽器店に寄ったら、ピアノに興味を示したので、その場でちょっと弾いてみせたんです。そしたらあの子、私を見上げてこう言ったんです。ママ、じょうずね。あたしもママみたいにできる？　って。そのとき、私はあの子に自分の夢を託そうと思ったんです。ピアニストになる夢を」

ごくっ。ごくごくごく。喉を鳴らし、グラスを空にしてから、結は話をつづけた。

「その場でアップライトピアノを購入しました。クレジットカードの三十六回分割払いでしたけどね。翌日にはウチに運ばれてきて、早速、練習をはじめたんです。縁は小さな手で鍵盤《けんばん》を叩くたびに、うれしそうに笑っていました。自分で曲が弾けるようになると、今日はこのへんでやめましょうと言っても聞かず、もっともっと弾きつづけていたんですよ。幼稚園や小学校がおわると、飛んで帰ってきて、ピアノの前に座ったものです。ところが去年の春頃から、嫌がるようになってしまって。理由を訊いたら、自分が心から弾きたいと思う曲しか弾きたくないんだって言うんです。コンクールに出場するための課題曲をどうしてもやりたがらない。去年の夏休みの家出は、それが原因でした。連れ戻して、夏休みのあいだは課題曲の特訓に費やして、八月のおわりにおこなわれたコンクールに出場させたんです。そしたらあの子、なにやらかしたと思います？　課題曲とはちがう曲を弾いたんですよ。それも完璧《かんぺき》に弾きこなしてみせて。ほんとムカつくったら、ありゃしない」

縁ならば、やりそうなことだ。弾きおえたときの表情まで目に浮かぶ。してやったりと満足げに笑ったにちがいない。

「今日、練習をしたってことは、娘のピアノをお聞きになったんですよね。いかがでした？」

「上手なだけでなく、なによりも迫力があって、凄いと思いました」

「ノリに乗って弾いている証拠です。あの子のピアノは感情と直結していましてね。気に入らない曲だと、味気のない、ひどい演奏になるんです」

サンタのウチでピアノを奏でていた縁は、とても楽しそうだった。避難所となった学校の音楽室でも、活き活きとしていた。そのときは本人ばかりか、その場にいるだれしもが、彼女のピアノを楽しんでいた。

「自分が弾きたいと思った曲だけ弾いてちゃ、駄目なんですか」

「駄目です」結はにべもなく言った。「趣味や遊びじゃないんです。あの子にはプロのピアニストになってもらいたいんですよ。なのにあんなわがまま言って」

「なってもらいたいというからには、あくまでも、あなたの考えですよね。縁ちゃんはどうなんですか」

「あの子もそう思っているにちがいありません」

「本人にたしかめたことは」

「あります」

「いつです？」

「あの子の歳がまだヒトケタだった頃に」

「最近はどうなんですか」

「いまだってきっと」

「たしかめていないんですね」詰問調になっている自分に、ゆかりは気づく。でももう止められない。「どうしてたしかめないんですか」

「それは」

「ピアニストなんかになりたくないって言われるのが、怖いんですよね」

　結の顔が強張《こわば》る。図星を突いたらしい。

「そんなの狡《ずる》くありませんか？　要するにあなたは、娘に自分の夢を託すどころか、押し付けているだけってことですよね」

ひとりよがりで自分勝手な思いを相手に押し付けて迷惑をかけてるだけじゃない。円山兄弟のストーカーにむかって、縁が叫んだ言葉を思いだす。

「だったらなんだって言うんです？　このままだと私の夢は、また夢でおわってしまいかねないわ」

「開き直るんですか」

「託そうと押し付けようと、それが娘のためだと思ってのことです。いいですか。縁が箸《はし》にも棒にもかからないヘタッピだったら、私もさっさと諦めています。だけどあの子には天賦の才能がある。それが親の欲目でないのは、彼女の演奏を聞いたあなたなら、おわかりでしょう？　それに自分の果たせなかった夢を娘に叶《かな》えてほしいと願って、なにがいけないって言うんですか。むしろ親としては当然だと思いますけどね。ちがいますか？　だいたいこれは私達母子《おやこ》の問題です。赤の他人のあなたに、あれこれ言われる筋合いはありません。そりゃあ、家出をした娘を一週間、面倒見てくれたことはありがたいとは思っています。感謝もします。でもそれとこれとは別です。私は十二年間、あの子の親をやってるんです、あの子を見つづけてきたのよ、たかが一週間いっしょにいただけで、あの子のぜんぶがわかったようなこと、言わないでよっ」

「お客様」店員が近くに寄ってきた。「声の大きさを少しセーブしていただけませんか。他のお客様のご迷惑になりますので」

「ごめんなさい」

詫びたのは、ゆかりだ。結は泣いていたのである。

「ほんとは、私も、わからないんです、あの子のこと」

むせび泣きながら、結は言った。運ばれてきたパスタを食べてもいる。しゃべるか泣くか食べるか、どれかひとつ、せめて二セット、わざわざ三ついっぺんにしなくてもいいのに。

「昔はあの子のぜんぶをわかっているつもりでした。でも一年ほど前から、なにを考えているのか、よくわからなくなって、わかろうとして、あれこれ話をすると、余計にわかんなくなって。ママ、じょうずね。あたしもママみたいにできる？　無邪気に訊ねてきた三歳のあの子は、どこにいってしまったのかって思うくらいで」

「贅沢《ぜいたく》な悩みだわ」

ゆかりは言った。どういうことかと結が目で訊ねてくる。ノンアルコールのビールを呑み干してから、ゆかりはデカンタを手に取り、空になったグラスへ注いだ。いちいちワイングラスなんて頼んでいられやしない。そしてワインを喉に流しこむ。酔っ払いに対抗するには、酔っ払うのが、いちばんだからだ。

「私にも娘がひとり、いました。でも出産してすぐ、他人に譲り渡してしまった。そのときはそれが最善の策だと、ひとに諭されたのです。それからずっと、後悔しつづけました。そんな私からすれば、子供のことで悩むなんて、贅沢極まりないことにしか思えません。私もあの子のために悩みたかった。胸を痛めたかった。心配したかった。でもなにひとつできませんでした」

　ゆかりはもう一口、ワインを呑んだ。なぜいま、自分がこんな話をしているのだろうと思わないでもない。しかし話さないではいられなかったのだ。

「娘は二十四歳のとき、一度だけ、私の許を訪ねてきました」

唄ってください、野原さん。お願いします。

　宮坂遊だ。彼女とは一晩しか共にしたことがない。言葉を交わしたのはぜんぶで二時間足らずだ。その一言一言が記憶に刻まれている。遊はゆかりを野原さん、ゆかりは彼女を宮坂さんと呼びあった。最後までお母さんとは呼ばれず、遊とも呼ばなかった。たとえお腹を痛めて産んだ子でも、二十数年も別々だった年月を、一晩で埋めることはできなかったのである。心残りと言えばそうだが、仕方がない。

「でもあの子はもう、この世にいません」

　震災の翌年だった。テレビを見るとはなしに見ていると、画面に娘の写真と名前がでたときは我が目を疑ったものだ。ヘリコプターの墜落事故に巻きこまれ、亡くなったというのだ。〈宮坂遊（43）〉。ただし二十四歳の遊しか知らないゆかりは、写真を見ても、ピンとこなかった。自分が産んだ娘なのかどうか確認する術《すべ》がない。宮坂遊の名前をネットで検索すれば、なにかわかるかもしれない。でもそれは怖くてできなかった。

　数日後の夜九時過ぎ、『野ばら』で常連客の相手をしていると、ピンク色の公衆電話が鳴った。受話器を取り、こちらが名乗る前に相手はこう言った。

そちらは『野ばら』さんですよね。野原ゆかりさんはいらっしゃいますか。

聞き慣れない女性の声に、ゆかりは嫌な予感がした。

私ですが。

私、宮坂遊の母のハルと申します。


「私は娘を二度、失いました」ゆかりは静かに言った。「そんな私が他人様の母子の問題に口をだすなんて、おこがましいのは重々承知です。縁ちゃんはピアノが好きなのは間違いありません。私の伴奏をすると言いだしたのも縁ちゃんからです。今日の練習も楽しそうでした。でも彼女にはピアノ以外にもやりたいことがたくさんあるんです。たとえば」

ゆかりはトートバッグから封筒をだした。中身は砂丘で撮影した写真である。ゆかりと鰊のツーショットをいちばん上にして、十二枚ぜんぶ結に渡す。

「これ、縁ちゃんが撮ってくれたんです。二眼レフっていう、縦にレンズがふたつ並んだ昔のカメラでね。彼女、使い方をすぐに覚えて、自分の手で現像もしたんです。こちらの男性、私の古い知りあいでカメラマンなんですけど、彼が言うには背景に広がる海と砂のバランスが絶妙で写真の才能があるって。こんなふうに縁ちゃんには、さまざまな可能性があるんですよ。ピアノだけではもったいないと思いませんか。お願いです。

縁ちゃんにピアノ以外にも好きなことができる時間をつくってあげてもらえませんか」

「どうしてですか」

結が言った。ただしその視線はゆかりにではなく、手元の写真に注がれていた。腕組みをして砂の上に真っ直ぐに立つ縁がそこにいる。

「どうして、そこまで縁のことに熱心なんですか」

「それはきっと」ゆかりは写真を覗きこむ。縁がなにかに挑むかのように鋭い視線で海を見ている。「縁ちゃんが私の友達だからです」


イタリア料理の店をでたのは十一時半過ぎだった。結は武蔵小金井駅の隣、国分寺《こくぶんじ》駅の間近にあるホテルに宿をとっており、ＪＲ中央線に乗って帰るのだという。

「明日のコンサートって、私、見ることできますか」

別れ際に改札口の前で、結が訊ねてきた。

「だいじょうぶですよ。近所のひとも大勢、いらっしゃるそうなんで。午後二時と四時の二回ありますので、どちらでも」

「函館に帰るのは明後日？」

「そのつもりですが」ああ、もうあの子とはお別れなのか。「どうなさいますか。明日、コンサートがおわったら、縁ちゃんを迎えにいらっしゃいます？」

「いえ」結は首を横に振る。「そしたらどうして居場所がわかったんだって、娘が妙に思うでしょう？　GPSのことがバレかねないんで、やめておきます。コンサートは見つからないように変装していきますんで」

　なにもそこまでしなくても。

　そうは思うものの、それこそ母子の問題なので、口出しせずにおいた。

「明日の夕方、娘のスマホに電話します。帰りはなにで？」

「まだ決めていません」

「あと、これ」ダッフルコートのポケットから、結が取りだしたのは銀行の袋だった。

「ひとまず五万円入っています。交通費とか食事代とか宿泊費とか、娘にかかった費用です。足りないようであれば後日、電話でもショートメールでも連絡ください」

　これで目標の百万円を超えることができる。しかしだ。

「いや、でも」断ろうとしたが駄目だった。

「電車、きちゃうわ。それじゃ」

　結はゆかりのコートのポケットにその袋を押しこみ、改札口を抜けていく。

「明日、楽しみにしてますね」

　そう言い残し、高架のホームへむかうため、階段をかけのぼっていった。

6

春の花をふんだんにあしらった花束は、色鮮やかだった。縁とふたりで花を選び、花屋さんにつくってもらったオリジナルである。二束にしてもらい、税別で四千円だった。墓前に飾るには、派手すぎる気がしないでもない。しかし有《あ》り体《てい》のシケた仏花などよりも、遊はよろこんでくれることだろう。

旅館で朝食を済ませ、十時にはチェックアウトした。そして武蔵小金井駅の中にある花屋で花を買い求めてから、『小平《こだいら》駅南口行き』のバスに乗りこんだ。

「全然、東京っぽくないですよね」

窓際に座り、窓の外を眺めながら縁が言った。さすがに彼女だって、東京のどこもかしこもが、渋谷《しぶや》の交差点や新宿の高層ビル街だとは思っていなかっただろう。それにしても似たような形の家が立ち並ぶ光景は、退屈極まりなく、東京に見えないのはたしかだった。

コートのポケットでスマートフォンが震える。取りだして画面を見ると、『ハルさん』と表示されていた。これはでざるを得ない。

「野原さん？　私。いま、どちら？」

「バスに乗って、小平霊園にむかっています」

「病院には何時にいらっしゃるかしら」

「正午には、と思っていますが」

「お昼は外で食べてらしてね。この病院、見舞客向けの食堂があるにはあるけど、ちっともおいしくないから」

「わかりました」

「その時間には私、デイルームにいるはずなので、そちらにいらしてちょうだい。A棟の三階よ」

「A棟の三階ですね」念のため繰り返し言った。

「会えるのを楽しみにしているわ」

「私もです」

　電話を切るとほぼ同時に、終点の小平駅南口に着いた。これがまた、池袋などとちがい、小っぽけな駅だった。駅前にロータリーがあり、スーパーや飲食店はあるものの、栄えているようには見えなかった。ロータリーを挟んだむこうにケンタがある。そこを指差しながら、「あそこで待ってる？」とゆかりが訊《たず》ねたところだ。

「二日連チャンでケンタはなぁ。あたしもいっちゃ駄目ですか。お墓参り」

「いっても楽しくないわよ」

「楽しいお墓参りなんてありませんって」縁は真顔で言う。「ゆかりさんに、なにかあったら大変ですし」

心配し過ぎだ。それでも縁の真剣さに危うく笑いかけ、ゆかりは口元を引き締める。

「わかったわ。それじゃ、いっしょにきてちょうだい」


駅のすぐそばに踏切があり、上下一本ずつ黄色い電車が通り過ぎていくのを待たねばならなかった。線路を渡って左に曲がると、『小平霊園表参道　管理事務所まで３７０ｍ』と記された柱が目に入った。目の前を通る線路に沿った広いケヤキ並木の道路のことだろう。二車線だが真ん中に芝生《しばふ》が植えられたゾーンがある。渋谷の表参道とはまるでちがう。おしゃれなカフェやブランド品の店などない。あるのは石材店ばかりだ。

「こんな広いとこで、知りあいのお墓、見つけられるんですか」

正門に辿《たど》り着くなり、縁が心配そうに訊ねてきた。その気持ちはわかる。霊園の広さは六十五万平方メートル、東京ドームの十四個分なのだ。ただし碁盤の目のごとく道が整備され、キレイに区画が分かれており、それぞれの墓には何区画の何側の何番と住所のような番号が振ってある。遊の墓の番号はハルに教えてもらった。新青《しんお》梅《うめ》街道のほうで、雑木林の近くだということもだ。しかしだ。

「だいじょうぶよ」

ゆかりはそう答えたものの、こうやって広大な敷地を目の当たりにすると、ほんとに辿り着けるかどうか、不安にかられた。それが顔にでたらしい。

「あれって管理事務所じゃないですかね」縁が言った。「あそこで道順、訊《き》きませんか」

　平屋だがしっかりしたつくりのその建物は、やはり管理事務所だった。中は郵便局のようにカウンターがあり、椅子が横並びにあった。そのうちのひとつに腰をおろし、遊の墓の番号を六十絡みの男性に告げると、配布用の地図に赤ペンで道順を書きながら、丁寧に説明してくれた。

　事務所ではバケツに柄杓《ひしゃく》、ほうき、ちりとり、たわし、そして風を防げるライターも借りることができた。ひとりだったら、持ちきれなかっただろう。

　道順が書かれた地図は縁が持ち、彼女のナビで進んでいく。園内には徐行運転ではあるものの、車の往来がまずまずあった。車に気づかず、ゆかりが道を渡ろうとして、縁に呼び止められることもあった。なにかあったら大変だなんて、心配し過ぎだと思ったものの、ひとりだったらどうなっていたか、わかったものではない。

　表参道に繋《つな》がる広い道をまっすぐいき、右折して入った道は桜並木だった。あと数日もすれば満開といった咲き具合である。思わぬ場所で、花見ができたことに、ゆかりは得をした気分になった。

　遊が歓迎してくれているのかも。

「ちょっといいですか」

　縁が足を止め、あれこれ持っていたものを地面に置く。そしてベージュのコートのポケットから、スマートフォンを取りだし、桜にむけた。写真を撮っているのだろう。おなじようにスマートフォンをかまえているひとが幾人かいた。中には一眼レフのひとまでいた。墓参りではなく、この桜を撮るためだけに訪れたのかもしれない。

「お知りあいの名前はなんておっしゃるんです？」

　ふたたび歩きだすと、縁が訊ねてきた。

「宮坂遊よ。お宮参りの宮に土へんの坂で宮坂、ユウは遊ぶの一文字で遊」

「マジですか」縁が驚きの声をあげた。「うちのお母さんもユウって言うんです。結論の結でユウですけど」

　あれはユイではなく、ユウと読むのか。

　その結と会ったことはナイショにしている。昨日、夜中の十二時前に戻ると、縁は目覚めた形跡もなく、布団の中でぐっすりと眠っていた。

　やはり遊が自分の娘だと話すべきかしら。そう思い、縁に話しかけようとしたときだ。

♪帰りたい故郷《クニ》ぃがあるぅ
　帰れなぁい理由《ワケ》があるぅ
　東京ぎぃらぁいぃぃ♪

嘘でしょ。ゆかりは我が耳を疑った。『東京ぎらい』だ。大阪万博の翌年に発売した三枚目のシングル、『嘘つきポルカ』のB面である。ゆかり自身、ほとんど忘れかけていたこの歌をカラオケなしのソラで唄《うた》えるのは、世の中でひとりしかいない。

「ゆかりさん、これ唄っているのって」

縁も気づいたらしい。

でもどうして彼がここに？

地図を頼りに歩いていくと、ふたりはふたたび桜並木に入った。こちらはさきほどの桜とは種類がちがうようだ。その先に雑木林が見える。そして墓前でノリノリに唄う男がいた。遠目で見ても肌が浅黒いのがわかる。はじめて会ったときとおなじく、ビシッとスーツで決めていた。なのに腰にウエストポーチを巻いているのもいっしょだ。

♪星がない夜空を見上げながら
どんな夢を持てばいいのですか
いまを楽しむ相手もいない
独り言ばかりが増えてゆく
男のあしらいはまだうまくできません
帰りたい故郷ぃがあるぅ
帰れなぁい理由があるぅ
東京ぎぃらぁいぃぃ♪

唄うときは流暢《りゅうちょう》なのね、日本語。

「シバさんっ」

先に声をかけたのは縁だ。駆け足にもなっていた。ゆかりも少しだけ足を速める。シバは気づき、こちらに手を振りながらも、最後まで唄い切ったからだ。

「オハヨーゴザイマス、ローズサン、縁チャン」

「シバさん、どうしてここに？」

「オ墓参リデス」

「なんで歌を？」

「故人ニ捧《ささ》ゲテイマシタ」

質問を重ねた縁は、墓のほうに顔をむける。ゆかりもだ。息を飲む。墓石には『宮坂家』と彫られていた。

「故人って」さらに縁が訊ねる。

「ミキサンデス」

「ウォークマンとカセットテープをくれた学者さんですよね。宮坂ミキさんとおっしゃる方なんですか」

「ミキハ名字デス。三本ノ木デ三木」

「でもここは宮坂家のお墓ですよ」

「私ノ国ヲ訪レテイタ頃ハ、三木ユウサンデシタ。日本ニ帰ッテ離婚シテ、宮坂ニ戻ッタソウデス」

「三木ユウさんのユウは遊ぶって書くの？」

「ハイ。デモドウシテ、知ッテイマスカ？」

「ゆかりさんが宮坂遊さんと知りあいで、お墓参りにきたの。つまりその三木遊さんとおなじひとってこと。ですよね、ゆかりさん」

「え、ええ」

間違いない。しかしゆかりは頷《うなず》くのがやっとだった。突然に知らされた事実に頭がついていけないのだ。歳を取ると頭の回転も鈍るものだ。

「コレ、ミキサンニ、モラッタノデス」

シバがウエストポーチを開き、ウォークマンを取りだす。案外、スマートな形だ。裏側には色褪《いろあ》せたシールが貼ってあった。世界一有名なビーグル犬が自分の小屋の上に乗って、飛行士を気取っている。

「ローズサンハ、三木サント、ドンナ関係ナンデスカ」

「娘よ」ゆかりは正直に答えた。

「え？」縁は驚きの声をあげた。怯《おび》えているかのようなその表情を見て、ゆかりは申し訳ない気持ちになった。やはり連れてこなかったほうがよかったとさえ思う。

「十九歳のときに産んですぐ、事情があって養女にだしたの。遊という名前は、いった先の親御さんが名付けてね。二十数年前、再会するまで娘の名前は知らなかったわ。そのとき、娘は二十四歳になっていて、大学院で考古学の勉強をしていたのよ。仏教伝来のルートをさぐるのが主な研究だって」

凄《すご》いわね。遊から話を聞いたとき、ゆかりはそれしか言えなかった。自分の無知をさらけだしているようで、恥ずかしかった。

「会ったのはその一度きり。そのあと娘から連絡がきて、何度か会わないかって、誘われたけど私が断ったの」

レコード会社との契約が切れたのち、新宿の外れにあるマンションは追いだされてしまった。そして土地勘があるところに住みたいと思い、西荻窪に引っ越した。線路沿いにあるアパートの二階だった。遊に教えた連絡先は、そこの電話番号である。

「どうして断ったんですか」

縁は言った。その物言いはどこか批難がましい。

「ドサ回りで忙しかったの。一年の三分の二、もっとかな、日本国内あちこち巡っていたわ」

ちがう。ドサ回りでウチを空けることが多く、たまに戻ると、決まって留守番電話に遊の声が入っていた。それがうれしくもあった。会おうと思えば会うことができた。でも折り返し、電話をすることはなかった。今更、母親でございなんて顔して、なかよくするのは、いけ図々しいと思ったからだ。

なによりも自分の人生が恥ずかしかった。どうせ日陰者だからという母の口癖が、ゆかりは嫌でたまらなかった。でもその言葉に縛られ、生涯を暮らしていたように思う。母を恨んではいない。恨めない。そういう運命だと諦《あきら》めるしかないのだ。

強い風が吹きつけてくる。三月末の東京に吹く風にしては冷たい。満開を待たずして、桜の花が舞い散っていく。気づくと、縁の頬には涙が伝っていた。

「なに？　どうしたの」

「だ、だって」縁は左手の甲で涙を拭《ぬぐ》う。その仕草は母親の結とよく似ていた。涙は止めどもなく流れ、遂に縁は両手で顔を覆った。「ゆ、ゆかりさんは娘さんと、会いたくても、も、もう、会えないんでしょう？」

もう会えない。その言葉がゆかりの胸に突き刺さる。

「そ、そんなの嫌だ、ひどい、あんまりです」

ああ、そうか。この涙も私のためか。

ホテルのエレベーターの中で泣いたときもそうだった。そのとき、この子は私の本心だとゆかりは思った。いまもそうだ。ここは泣き止むまで待とう。

「十八歳デ日本ニキテ、一人前ニナッタラ、三木サンニ会ウツモリデシタ。アノ町デ店ヲ開イタトキ、シヨウト思ッテ、デモ忙シクテ、デキマセンデシタ」

背広を脱ぎ、ワイシャツの袖《そで》をまくりあげ、シバは右手に握ったたわしで、墓石をごしごし磨いている。ゆかりと縁は草むしりだ。宮坂家の墓は荒れていないまでも、草が生い茂り、ずいぶんと汚れていた。事務所から掃除道具を借りてきて正解だったのだ。

「ソノアト震災ガアッテ、店ヲ建テ直スノデ、マタ忙シクナッテシマイマシタ。最近ヨウヤク店ガ軌道ニ乗ッテ、仙台ニモ出店スルコトニナッテ、マタ忙シクナリマス。コレデハ、イツマデ経ッテモ三木サンニ会エマセン。ソウ思ッテイタ矢先デス。今回、ローズサンノ歌ヲ聞クタメニ、東京マデキマシタ。コノ機会ニ、三木サンニ連絡ヲ取ルコトニシマシタ」

　シバの話を聞きながら、縁はむしった雑草をほうきで集め、ちりとりに掃き入れていた。ゆかりはバッグから線香をだす。一箱二千円の高級品である。函館で買い求め、ここまで運んできたのだ。

「十四歳ノトキ、自宅ノ住所ト電話番号、聞イテマシタ。ユカリサント縁チャン、仙台空港ヘ送ッタ日ノ午後ニ、電話ヲシタラ、現在使ワレテナイ、言ワレテシマイマシタ」

　そしてシバは遊とおなじ調査団の一員だった大学教授をフェイスブックで見つけ、連絡を取ったのだという。「三木サンハ五年以上モ昔ニ亡クナッテイタダナンテ驚キマシタ。ソノ方ニ、ココ教エテモラッタノデス。シカモ場所ヲ調ベタラ、ローズサンガ、コンサートヲ開ク病院ノ近クデシタ」

　シバは墓石ぜんたいを磨きおえた。額に滲《にじ》ませた汗を拭いもせずに、柄杓でバケツの水をとって、墓石にかける。だいぶ汚れていたらしく、水は黒くなり、滴り落ちていく。

「不思議ニ思ッテマシタガ、コレ、娘サンノ墓ガ近イカラ、アノ病院デ唄ウノデスカ」

「いえ、そうではなくて」ゆかりは線香に火をつける。事務所で借りたライターは、ほんとに風を防ぐことができて便利だった。「病院には遊の育てのお母さんがいるんです」

「それって電話で連絡取りあってたひとですか？」

色鮮やかな花束を供えながら、縁が意外そうに言う。

「そうよ」

「ソノヒトガ宮坂サン？」

「はい」

「宮坂サント、ローズサンハ、仲ガイインデスカ」

「仲がいいというか」どこからどう説明したらいいものか、ゆかりは困った。「連絡をもらったのは、遊が亡くなったあとで、電話で何度となく話をしてはいるのですが、会うのは今日がはじめてで」

　私、宮坂遊の母のハルと申します。

受話器のむこうから聞こえる声に、ゆかりは血の気が引いていくのを感じた。〈宮坂遊(43)〉の死が報じられた数日後である。

　は、はじめまして。

いきなり電話をさしあげてごめんなさいね。いま、お話ししてよろしいでしょうか。

かまいません。

店には常連客がふたり並んで座り、ときの内閣の悪口を繰り広げていた。自分が総理大臣になれば、日本がよくなると言わんばかりの口ぶりに嫌気がさしていたところだ。

先週の末に、私達の娘が亡くなりました。

〈私達の娘〉。その言葉に、ゆかりは、はっとしながら、こう訊ねた。

それってあの、ヘリコプターの墜落事故に巻きこまれてっていう。

ニュースでご存じでしたのね。

え、ええ。とても信じられなくて。

私もです。葬儀をおえて、埋葬までおえたいまでも、ただいまとあの子が帰ってくるように思えてなりません。

いっしょにお暮らしになっていたんですか。

あの子が三十歳前後の頃、足かけ三年ほどよそで暮らしていたことはあるんですけどね。ほんとあの子ったら、土掘りばっかに熱中して。国内ばかりか、よその国までいって、やっていたんですからね。どうかしてますでしょ？

土掘りって、なんですか。

遺跡の発掘作業のことです。

二十四歳の遊に、大学院で考古学の勉強をしていますと聞いたのを思いだす。

今回もね、茨城で土掘りをしたんですよ。そしたら空からヘリコプターが落ちてきたんですって。乗ってたひとは、パラシュートで逃げて無傷だったっていうんだから、ツイてないったらありゃしないわ。こんなんで私達の娘を奪っていくなんて、神様も殺生なことをするもんですよ。ひどいったらありゃしない。そう思いません？

　ハルの声は妙に明るかった。無理してそう努めているというよりも、ショックのあまりにどうかなってしまったかのようだ。

　三年前に夫を亡くしまして、それは長い闘病生活の末だったものですから、このひとはもう、苦しまなくてすむ、これでよかったって諦めもついたんです。でも娘はあまりに突然でしょう？　いっしょに哀しむ相手もいなくて、夜になると哀しくてやりきれなくなるんです。ひとりぼっちがこんなに寂しいものだなんて、思ってもいませんでしたわ。

　ゆかりは十六歳で母を亡くした。以来、ずっとひとりぼっちだ。言わば孤独のプロフェッショナルである。それでもいまだに寂しい夜があった。ほんの数日前、娘を失い、突然ひとりになってしまったハルは辛《つら》くてならないだろう。

だからね。こうして野原さんに電話をしてしまったの。哀しみを半分お分けしようと思って。許してちょうだい。

　とんでもありません。お知らせいただきありがとうございます。でもあの、ここの電話番号はどうやって、おわかりになったんですか。

　何年か前、野原さん、新聞においでになっていたでしょう？

新聞というか、いわゆるタブロイド紙で、『消えた芸能人、その後の人生』なる記事の取材を受けたのだ。

それを遊が切り取って、取っといていましたのよ。そこに野原さんが『野ばら』でお働きになっていると書いてあったので、パソコンで検索しましてね。いまの世の中って、ほんと便利。使い方はね、遊に教わったんですの。あの子、国内だけではなくて、海外にも土掘りにいくものですからね。そういうときにテレビ電話で話せるようにセッティングしてくれたの。パソコンだからテレビ電話って言うのはオカシイかしら。ともかくお互いの顔が見えて、話せる機能があるの。それも必要なくなっちゃったのね。だって遊はこの世にいないんですもの。

ハルが啜《すす》り泣くのが聞こえてきた。つられて泣きそうになるのを、ゆかりは必死に堪《こら》えた。客がいるからだ。しかし気づいたら、すでにいなかった。カウンターには空のグラスの下に一万円札が敷いてある。ゆかりを気遣って、でていったらしい。

ごめんなさい、許してね、野原さん。あなたがお腹を痛めて産んだ子を奪うような真似をしたうえに、こんな最期を迎えさせてしまうだなんて。

それはちがいます。お願いです。そんなことを言わないでください。あの子は。

ゆかりは言葉を詰まらせてしまう。涙が溢《あふ》れでてきて、止まらなくなったのだ。しゃくりあげながらも、なんとかつづきを言った。

あの子はあなたが母親でよかったんです。私はあの子を産んだだけにすぎません。母親になる価値のない女でした。あなたこそが本物の母親です。

　それから宮坂ハルからちょくちょく電話をもらった。ただしとても不定期だった。週に三度、あったかと思うと、三ヶ月間なんの音沙汰《おとさた》がないときもあった。たいがいはハルの一方的なおしゃべりである。東京は暑くてたまらないわ、そちらはどう？　だとか、北海道には花粉症がないってほんと？　だとか、函館のどこそこのカフェのパンケーキがおいしいって、いまテレビで紹介してたけど食べたことある？　だとか、そっちは各家庭に灯油タンクがあるってほんと？　だとか、他愛のない話ばかりだ。それが一通りおわると、お互いの健康状態を確認しあった。遊についてはほとんど話さない。ふとしたきっかけで、ハルが思い出話をするときがあるにはあった。でもゆかりから訊ねることはなかった。

　お互いの身の上話もした。すると思わぬ共通点があった。どちらも妾《めかけ》の子だったのである。ただしハルの場合、旧財閥系で資産家の本家に養女として引き取られ、なに不自由なく暮らしたらしい。本家は男ばかり五人の兄弟で、その末娘となったハルは、たいそう可愛がられたそうだ。

　日陰者の自分に対し、ハルは日向者と言っていい存在だ。悔しい気持ちもあった。羨《うらや》ましいことこのうえない。しかしこの年になれば、人生は不公平なものだと重々承知である。なによりあっけらかんとした物言いに、ゆかりは笑ってしまい、妬《ねた》む自分が莫迦《ばか》に思えるほどだった。

長い生涯、ハルは携帯電話を持たず、電話は自宅のだけだった。その電話番号を聞きはしたが、ゆかりからはかけなかった。

ゆかりはスマートフォンの番号をハルに教えている。しかし彼女は必ず『野ばら』に電話をかけてきた。理由があると言えばある。二度目に電話をもらったときだ。どうした話の流れか、いまでているのが、昔ながらの公衆電話だと話すと、ハルには思った以上に大受けした。

私がかけたとき、そのピンク色の公衆電話が鳴るのよね。その光景を思い描くだけで楽しくてたまらないの。

だからスマートフォンではなく、『野ばら』にしかかけないのだという、わかるようでわからない理由だ。

先月末、ハルはいつもどおり『野ばら』に電話をかけてきた。その前に電話をしてきたのは、三が日がおわってすぐだったので、ほぼ二ヶ月振りだった。

私ね。スマホで電話してるの。使ってみると便利ね。扱いが簡単で、年寄りむきだわ。

どういう風の吹き回しかと思っていると、ハルはつづけてこう言った。

三週間前に入院をしましてね。なんかもう駄目みたいですの、私。

なにがどう駄目なのか、ゆかりには訊き返すことができなかった。心なしか、ハルの声は弱々しかった。

用賀の自宅には帰れそうにもありませんでね。たぶんここで近々、人生の幕を閉じることになるでしょう。じきに九十年ですからねぇ、がんばったほうだと思いません？
そんな寂しいこと、おっしゃらないでください。
やぁねぇ。だからって今日明日にアッチに逝《い》くわけでないから安心なさって。それに遺産のことで税理士やら弁護士やらと相談をして、決めなきゃいけないことがたくさんあって、死ぬに死ねないの。土地やお金がいくらあったって、アッチに持っていけませんでしょ？　うっかり死んで見も知らぬ遠縁にぜんぶ、獲《と》られるのも不愉快ですしね。旧財閥系の資産家の娘も楽じゃないわ。

　他のひとが言えば腹立たしい話だが、ハルならば許せた。いまや彼女はゆかりの唯一無二の友達だった。

　見舞いにいきます。病院はどちらですか。やはりご自宅と同じ世田谷？

　東久留米よ。

　福岡ですか？

　あなた、東京で暮らしていたんでしょう。東久留米をご存じなくて？　東村山《ひがしむらやま》はおわかり？　一時期、歌になったところ。その隣が東久留米。

　どうしてそこに？

　夫と遊のお墓がある霊園とは道を挟んでむかいですのよ。とは言っても、いまの身体だとその道を越えることさえできませんけど。ほんとにきてくださる？

もちろんです。私、ファンの熱望に応《こた》えて、三月末にコンサートツアーをすることになりましてね。全国四カ所を巡るんです。その合間を見計らって伺います。

だったらいっそのこと、こうしない？　この病院、ときどきロビーでコンサートを開いているらしいの。よかったらあなた、唄ってくださらない？

でもあの。

ギャラのことなら心配なさらないで。病院が払わなければ、私がお支払いするわ。三十万円でよろしくて？　もっと？

さすがに「もっと」とは言えなかった。

お引き受けします。

よかった。では日程を決めましょうか。三月末だったら、私もまだ保《も》つからだいじょうぶ。

シバは寿司《すし》の町から車で訪れていた。朝方四時にでて、東北自動車道を飛ばしてきたのだ。ただし八人乗りのバンは仕事用なので、今回はプライベートの車だという。東久留米の病院へは、その車でいくことにした。小平駅近くの駐車場に停車してあるとのことで、小平霊園をでて、石材店だらけの表参道を歩く途中に、札幌ラーメンと銘打つラーメン屋があった。その前を通り過ぎていこうとしたときだ。

きゅぅぅうぅうぅう。

この数日間で聞き慣れた音がした。縁の腹の虫である。いずれにせよ、どこかでランチをとるつもりではいた。それにしても函館に暮らす人間が東京くんだりまできて、わざわざ札幌ラーメンを食べるのはいかがなものかとゆかりは思ったものの、ふたたび縁の腹が鳴ったので、やむなく三人でその店に入った。

二時間後には唄わねばならないので、そうは食べられない。ゆかりは野菜餃子《ギョーザ》と小ライスで済ませた。シバは特製バターラーメン、縁は野菜盛りつけ麺《めん》、麺ダブルの大盛りを頼んだ。

「本番前に、よくもそれだけ食べられるわね」

「腹が減っては戦はできぬです」

この子にとってはなんでも戦いなんだな。

縁は息もつかずに平らげている。先に食べおえたゆかりは、その隣で昼の分の薬を飲んだ。

そのあとシバの車（スズキのハスラーだった）で、病院へむかい、昼前には着いた。病院のサイトで全景の写真を見ていたが、想像以上に大きかった。広い駐車場にハスラーを停め、病院の正面玄関までいくのに、やや距離があった。

ロビーも当然ながらサイトの写真とおなじ、三階まで吹き抜けだ。ここで唄うのかと思うと、ゆかりは少なからず緊張してきた。

大勢のひとでざわついている。こういう言い方もなんだが、えらい繁盛ぶりだ。七割方は老人で、妊婦や子供もちらほら目につく。

一見、銀行か役所に見えるのは、受付が横長のカウンターで、制服を着たひと達が応対しているからだろう。「○○番の方ぁ、××の窓口までいらしてくださぁい」とアナウンスが流れるところもである。

コンサート用の椅子がすでに並べてある。ぱっと見、五十はあるだろう。そのむこうにグランドピアノがあった。なかなかの存在感だ。

「あれ、弾くんですね」縁の声が弾んでいるのに、ゆかりは気づいた。「ちょっと見てきていいですか」

約束の正午まであと十分ある。

「いいわよ」

縁は早足でピアノへむかった。シバがすぐあとをついていく。ゆかりも追おうとしたときだ。行く手を阻む老人がいた。男性である。白いタキシードに蝶《ちょう》ネクタイと、とても病院には不似合いな格好だ。しかもポマードでオールバックときている。アブナイひとかもしれない。だとしたら、関わらないほうがいい。ゆかりが避けて先をいこうとするとだ。

「ネーチャン、なに唄うつもりだ」

老人が言った。五十年も昔、銀座のシャンソン喫茶の舞台裏で、おなじことを言われたのを、ゆかりは昨日のごとく思いだす。そして改めて老人の顔を見た。

「三宅さん？」シャンソン喫茶のバンドマスターだ。

「おお」三宅はネズミに似た顔をくしゃくしゃにした。どうやら笑っているらしい。

「ひさしぶりだな、ゆかりちゃん。元気だったかい」

「ええ、なんとか。三宅さんはどうしてここに？」

「九十歳の手習いで、パソコンをはじめてね。曾孫《ひまご》に教わっているんだ。どうにかキーが打てるようになったんで、昔のひとの名前をつぎつぎと打って、ネットで検索したのさ。そしたらミラクル・ローズが東京の病院でコンサートを開くっていうのを見つけてね。いてもたってもいられなくって、群馬の山奥から曾孫に車に乗せてきてもらったんだ」

群馬の住まいは彼が六十三歳のときに結婚した、三番目の奥さんの実家だという。

「いまは女房が亡くなって、女房の連れ子の娘、つまり義理の孫娘とその二番目の旦那《だんな》と、その旦那の連れ子、つまり俺がパソコンを習っている義理の曾孫と暮らしているんだ」

説明されてもなんのことやらだ。わかったのは、ゆかりよりも複雑な人生を歩んできたということだけである。

「もしかして『愛の讃歌』をリクエストしたのって」

「『イムヌ・ア・ラムール』だろ」

「ええ」

「今日はフランス語で唄ってくれるんだろうな」

「もちろんです」

「銀座のあの店で、数限りない歌手があの歌を唄ったものさ。本場パリの歌手が出演したこともある。俺らのバンドで、あの歌をどれだけ伴奏したことかわかりゃしない。だけどゆかりちゃんの歌がピカイチだった」

「ありがとうございます」

「シャンソン歌手として、デビューしていればよぉ。日本どころか世界を舞台に活躍できたはずなんだ、ゆかりちゃんは。それをあんなバラードだかワルツだかブルースだかポルカだか、わけのわかんないへんちくりんな歌ぁ、唄わされてよぉ。俺よ。ゆかりちゃんのレコードぜんぶ買ってたんだぜ。でもよ、どれも聞く度に、ちがう、こうじゃない、ゆかりちゃんにはシャンソンを唄わせなきゃって思っていたものさ」

三宅の鼻息が次第に荒くなってきた。顔も赤みを帯びてくる。

「これもぜんぶ鰊の野郎のせいだ。鰊がゆかりちゃんに、あのレコード会社の社長を紹介したのが、そもそもの間違いだったんだ」

「それはちがうわ、三宅さん。鰊さんには他にもいろんなひとを紹介してもらったのよ。その中で、あのレコード会社でデビューすると私自身が決めたんだから、鰊さんは少しも悪くないわ」

「そりゃ知ってるけどさぁ」三宅はまた、顔をくしゃくしゃにする。今度のは哀しんでいるようだ。「だったらなんで、あそこを選んじゃったのさぁ。あとから聞いたぜ、あの社長の悪い噂。手当たり次第、女に手をだして、隠し子は数知れずだって。それが仇《あだ》になって、四十手前で女に刺されて死んじまったわけだけど。ゆかりちゃんはだいじょうぶだったんだよなぁ」

だいじょうぶではなかった。三宅は知っていて、わざと訊いているのか。だがくしゃくしゃな顔を見るかぎり、そうではなさそうだ。

「そんな噂もあったわね」ゆかりはトボケることにした。「私はまるで相手にされなかったわ。三宅さんも言っていたでしょう、私には全然、色気を感じないって」

「それは言ってたけどよ。そうかい、なかったのかい。はは。当時はずいぶん心配したもんさ。これでようやく安心できたよ。よかった、よかった。心置きなくあの世にいけるってもんだ」

ならばそれでいい。

「あれはお孫さんかい？」

三宅が言った。縁のことだ。彼女はグランドピアノを見つめながら、十本の指を宙で動かしている。

「知りあいの子よ。今日はあの子が『イムヌ・ア・ラムール』の伴奏をしてくれるの」

「あんな小さい子がねぇ。肌の浅黒い若いのもいたよな。まさか息子さん？」

シバのことだ。

「私の歌を聞くために、遠い国から訪れたファンよ」

　嘘ではない。三宅は目をぱちくりさせ、つぶやくように言った。

「どんな歌を唄っていても、わかるひとにはわかるってわけだ、ゆかりちゃんの歌は」

　陽光が射しこむ白を基調とした部屋に、十台ほどのテーブルが整然と並び、そのうちの半分は埋まっていた。どのテーブルにも作務衣《さむえ》に似た服を着たひとがいる。入院患者にちがいない。色は青やみどり、ピンクなどさまざまだ。患者同士が話をしていたり、ひとりでテレビを見ていたり、家族と思《おぼ》しき見舞客とお茶をしたり、思い思いの時間を過ごしていた。

　なんとものんびりとした空気が漂う中、窓際の一角だけがちがった。そもそもそのテーブルを囲むひと達が異質なのだ。オフィス街にいてもおかしくない、背広姿の男女五人がテーブルを囲んでいた。もうひとりいる。白髪というか、銀髪の女性だ。グレーの服を着ているかと思いきや、近づくにつれ、それがショールをまとっているのだとわかった。その下は作務衣に似た服だ。彼女もまた患者だからだろう。

　背広姿の五人になにか指示をしており、彼女の声が耳に入ってくる。間違いない。この数年、『野ばら』にある淡いピンク色の公衆電話を通じて、聞いてきた声だ。

「野原さん？　そうでしょう？」

　ゆかりに気づくなり、ハルはそう言った。

「ハルさんですよね」

「そうよ、私よ。あら、やだ、ちょうど正午だわ。ささ、みなさん、帰ってちょうだい。今日はここまで。つづきは明日にしましょ」

背広姿の男女はテーブルに広げた書類やノートパソコンなどを片付けていく。そしてハルに頭を下げ、そそくさと去っていった。

　ハルはゆかりが思い描いていたとおりの女性だった。細面で銀色の髪、穏やかでありながら、相手を威圧する鋭い瞳《ひとみ》、すっとして形のいい鼻、一文字に結べば意志の強さが露《あらわ》になる薄い唇、尖《とが》って細めの顎《あご》、そしてひとつひとつ丁寧に刻まれたとしか思えない奇麗な皺《しわ》。気品があり、優美だ。神々しく見えるのは、背中から太陽の光を浴びているからだけではないだろう。

「どうぞ、お座りになって」

「あ、はい」ゆかりを真ん中に、縁とシバが腰を下ろす。

「そちらのふたりは？」

「森川縁と言います」

「野原さんとは」

「縁《えん》があって、今回のツアーのスタッフとして、お手伝いさせてもらっています」

縁がテキパキと答え、ぺこりとお辞儀をする。

「おいくつ？」

「十二歳です。この四月で中学生になります」

「そんなに若くて、ツアーの手伝いだなんて感心ね」

「今日は『愛の讃歌』のピアノを弾くことになりました。よろしくお願いします」

「本名ハ長イノデ、シバト呼ンデクダサイ。ミラクル・ローズサンノ歌ガ大好キデ、東北カラ駆ケツケマシタ。生マレ故郷ハ」

　シバが自国の名を言うと、ハルの表情に微《かす》かな変化があった。

「私の娘が、あなたの国へ何度かいったことがありましてよ」

「私ガ十四歳ノトキニ会ッテイマス。私ノ村ニ大昔ノ王宮ガアッテ」

「その土掘りに、娘がいっていたのね」ハルが言う。

「発掘作業のことよ」首を捻《ひね》るシバに、ゆかりは言った。

「アア、ソウデス。ソノ頃ハ宮坂サンデハナクテ、三木サンデシタ」

「遊は結婚したことがあったんですね」

　思わずゆかりは口を挟んでしまう。

「私、野原さんにお話ししませんでしたっけ？　あの子が三十歳前後の頃、足かけ三年、よそで暮らしていたって」

した。そうか、あれがそうだったのか。

「大学の頃から七年もつきあって、ようやくゴールインしたかと思ったら、戻ってきてしまったんですのよ。相手の方はとってもいい方だったんですが、ご自身でおやりになりたいことがあるって、いまはカナダのトロントにお住まいなの」

　そこでまた、ゆかりはべつのことを思いだした。瀬戸内の小島に遊が訪れたとき、ひとりではなかったのだ。恋人とふたりだったのだ。別れ際にほんの数分、会っただけで顔も名前も覚えていなかった。三木某《なにがし》はあのひとだったのかもしれない。

「そうだわ」ハルがシバに顔をむけた。「あなたの国へ土掘りにいったはいいけど、着いたその日に足首を折って、二週間近く民家で看病してもらったって」

「ソレ、私ノ家デス。ソノオ礼ニ、三木サンカラ、コレ、イタダキマシタ」

　シバはウエストポーチを開き、さきほどのウォークマンをテーブルに置いた。テープ五本と華奢《きゃしゃ》なヘッドフォンもである。

　ショールの中からハルは右手をだす。か細い腕だ。皺だらけでシミも目立つ。ウォークマンを手に取り、自分のほうへ引き寄せた。

「カセットテープハ、ドレモ日本ノ歌謡曲デ、一本ガ全部、ミラクル・ローズサンデシタ。何遍モ繰リ返シ聞イテ、日本語ヲ勉強シマシタ。オカゲデ私、日本ニキテ、オ店ダシテ、ガンバッテマス。イツカ三木サンニ会ッテ、礼ヲ言ッテ、ソレ、オ返シスルツモリデシタ」

「でも遊はもういなかったわけね」ハルが静かに言う。

「ハイ。ソレデ今日、オ墓参リニキマシタ。ソシタラ、ミラクル・ローズサンニ会ッテビックリシマシタ」

「野原さんとシバさんは以前からのお知りあい？」

「先週末ニ南米デ大キナ地震ガアリマシタデショウ。アノ前ノ日ニ、ローズサンガ、私ノ住ム町ニキマシテ」

　シバがゆかりと縁との出逢《であ》いを説明しだす。ハルは「あら」「まあ」「そうだったの」と合いの手のように相槌《あいづち》を打っていた。

「不思議な縁だこと」

　ハルがため息まじりに言った。ウォークマンを裏にして、世界一有名なビーグル犬のシールを愛《め》でるように撫《な》でている。

「それにしても懐かしいですわ。これね、あの子の高校の入学祝いにプレゼントしたんですのよ。高校が用賀の自宅から片道で二時間もかかるので、通学のあいだ退屈だろうし、英語のヒアリングもできると思いましてね。ところがその高校、ウォークマンの持ちこみが禁止で、入学式に早速、取り上げられてしまったんです。それはないだろうと私が職員室へ文句を言いにいこうとしたら、遊に止められましてね。結局、数日後に返してもらいましたが、高校の三年間はもっぱら家で使っていましたわ。しばらく見ないと思っていたら、そうでしたか、そんな遠い国にあったなんて」

「ドウゾ、オ受ケ取リクダサイ」

　シバが神妙な面持ちで言う。

「私はいいわ」ハルはあっさりと言い、ウォークマンをテーブルに置いた。「野原さん、どうぞ」

「でもそれはやはり、ハルさんが」

「電話でお話ししたでしょう？　私がそう長くないって。今更、持ち物が増えても困るの」

「そうは言っても」

「用賀の家も早ければ、夏前に処分することになりましてね。遺産のほとんどは親がいない子、いても事情があってともに暮らせない子達が住む施設に使ってもらうことにしましたの」

そう話すハルは清々とした顔つきだったものの、だいぶ疲れ気味だった。

「これだけではなくて、遊の持ち物をすべて、あなたに預かってほしいと思っていたのよ」

いきなりの申し出に、ゆかりはなんと答えていいのか、わからなかった。いらないわけではない。しかし、すべてとなるとどれだけの量なのか、見当もつかないが、函館の１ＤＫの住まいに収まるとは到底思えない。

「私のウチは狭くって」

「こういうのはいかが？　私が函館のどこかに広めのマンションを購入しますわ。そこに遊の持ち物を運びますんで、野原さん、住んでくださらない？」

「とんでもない、そんな」

ありがたい話ではある。遊の持ち物が手に入り、そのうえこの先、家賃を心配しなくてもいいのだ。だがそこまで甘えていいものだろうか。

「このウォークマン、まだ動きます？」

縁だ。顔はシバのほうをむいている。

「昨日、二、三年ブリニ電池ヲ入レテ、ＯＮニシタラ、キチント動イタヨ。テープモ多少ハ伸ビテルケド、ダイジョウブ」

「あたしが借りてもいいですか」

縁はゆかりを見る。ゆかりはハルを見た。

「どうぞ。でも返す相手は野原さんですよ」

「了解です」と答え、縁はウォークマンを手にする。

「なんでしょうか」縁の頬が強張《こわば》った。

「お嬢さん。ひとつお願いがあるの。よろしくて？」

「たいしたことではないの。もう一度、お辞儀をしてくださらない？」

「こうですか」

「ストップ」そう声をかけ、ハルは縁の頭のてっぺんをしげしげと見た。「遊とおんなじ」

「なにがですか」頭を下げたまま、縁が訊ねる。

「あの子もつむじがふたつあったのよ」

やはりそうだったのか。

「ゆかりさんもですよね」

「なんで知っているの？」

「一週間以上もいっしょにいれば気づきますって」

それはそうか。

「宮坂さん」受付のひと達とおなじ制服を着た、小太りの男性が近づいてきた。「今日のコンサートについて、ちょっと問題が」

おいでなすったぞ。

ゆかりは身構えてしまう。

今度はなんだ？　爆破予告の電話でもかかってきたのか。あるいは衆人環視の中で、グランドピアノが強奪されたのか。まさか第三のミクル・ローズがあらわれた？　今度のは・が☆だったり？

「中止じゃありませんよね」縁が頭をあげ、鋭い声をあげる。

「え？　いや、あの」

戸惑う男性に、ハルはゆかり達を紹介した。そして彼が病院の事務職員で、企画課業務担当だとも教えてくれた。院内コンサートの企画実行も彼の役目だという。

「どんな問題が起きたのかしら」

「ピアノを弾くはずだった看護師ですが」

「あの子がどうかして？」

「午後出勤のはずが、朝から調子が悪くて、いましがた熱を測ったら三十九度だと、電話がありまして」

「なんだ、その程度」

ゆかりはうっかり声にだして言ってしまった。事務職員の男性が怪訝《けげん》な顔をしている。

「はいっ」縁が手を挙げた。「あたしが弾きます。どうぞご安心を」

「ナニカアレバ電話クダサイ。ロビーニイマス」

デイルームをでたあとだ。そう言い残し、シバは去っていった。

ゆかりと縁は、企画課業務担当のオジサンに連れられ、院長先生に挨拶をしたのち、C棟三階にある女性の看護師が使う更衣室に案内してもらった。ここが楽屋代わりなのだ。とはいってもふたりの貸し切りではない。ふつうに看護師が出入りをして、着替えていく。

ドサ回りをしていた頃に比べれば、ずっとマシだ。デパートの調理場や公衆便所、雨がそぼ降る路地裏などで、メイクを施し、衣裳《いしょう》を着るなんてことはいくらでもあった。おなじステージにあがる猿に絡まれ、衣裳をビリビリに引き裂かれたのはどこだったか。大変な思いはいくらでもしたが、いまとなってはいい思い出だ。

着替えの前に、ゆかりはトイレへいくことにした。看護師のひとりに場所を教えてもらい、更衣室をでる。C棟三階はフロアぜんたいが管理事務局で、病院関係者しかおらず、ふつうのオフィスのようだった。トイレは更衣室からやや離れていた。個室で用をすませてでると、真ん前でひとが待ち伏せしていた。一瞬、男性かと思った。ニューヨークヤンキースの帽子を目深に被《かぶ》り、丸縁のサングラスにおっきなマスク、スカジャンにデニムといういでたちだったのだ。

　ピンクオバケのときのように襲われたら大変だ。ここは個室に戻ったほうがいい。実際、行動に移そうとしたところだ。

「森川です。縁の母です」

　娘のピアノを聞くために、ほんとに変装をしてきたのか。なんともご苦労なことである。

「あなたがひとりになるのを、ずっと見計らっていました」

「ずっとって、いつからですか」

「あなたとあの子、それに外国人っぽい方の三人で、病院にいらしたときからです」

　ほんとに、ずっとではないか。

「まるで気づきませんでした。その変装、完璧《かんぺき》ですよ」

「ありがとうございます」

　礼を言われてもな。

「これ」彼女はそこそこの大きさの紙袋を差しだしてきた。「あの子、普段着しか持っていませんよね。だから今朝、国分寺のマルイで買ってきました。今日のコンサートのためのドレスと靴です。昔はピンクがお気に入りだったんですけど、最近はシックな色を好むようになったのですが、何色がいいか、正直わかりません。なので私としては、あの子にぜったい似あうと思って、紫のドレスにしました。靴は黒のフォーマルシューズです。どうぞ縁に渡してやってください」

「お母さんからということで」

「だだだだ駄目ですよ」絵に描いたような動揺っぷりである。「なに言っているんですか。私が東京まできたのがバレたら、元も子もないでしょう。あなたからってことにしてください」

「それこそ駄目ですって。東京に着いたあと、あの子と離れたのは一度きり、あなたと呑《の》んだときだけなんですよ。いつ買いにいったんだってことになります」

「あの子にみっともない格好で、人前にでて欲しくないんです。お願いします。頼れるのはあなたしかいないんです」

我が子を思う気持ちが全開だ。

たしかに裾《すそ》がほつれた長袖シャツにデニム、そして元は白だが、いまや灰色のスニーカーで、ステージに立つのはまずい。おのれの衣裳ばかりに気を取られ、縁まで考えが回らなかった自分を恥じるべきだろう。これも子供を育てたことがないからかと自己嫌悪にさえ陥る。

「わかりました。なんとか言い訳を考えてみます」

「ありがとうございます」

そうだ。

「『愛の讃歌』以外の曲も、すべて縁ちゃんに弾いてもらうことになりました。楽しみにしててください」

「もちろんミラクル・ローズさんの歌も堪能させていただきます」

結がぺこりとお辞儀をした。その頭のてっぺんには、つむじがふたつあった。

「うっそ、マジ、ほんとですかぁ」

「ほんとよ」

嘘よ。

夜行バスで東京へむかうあいだに、スマートフォンを用いて通販で購入し、この病院の事務局宛に送ってもらい、いま取りにいっていたのよと話して、結から預かったドレスと靴を縁に渡した。

トイレから戻るまでの短時間で、よくもまあ、こんな嘘が思いついたものだと、ゆかりは我ながら感心した。しかしこの嘘に、縁が騙《だま》されてくれるかどうかはあまり自信がなく、バレたらどうしようと不安だったのだ。

結果、どうだったかと言えばだ。

「どう？　ゆかりさん」

袋から服を取りだすなり、大はしゃぎで、ものの二分とかけずに着替えてしまった。そしてその場でくるりと一回転して見せた。ドレスの裾がふわりと浮く。なんとも愛らしい。

いつか、そう遠くない未来に、カレシの前でもおなじようなことをするのかしらね。

ゆかりはぼんやり思いながら頷《うなず》いた。

「素敵よ。似あってるわ」

「ゆかりさん、センスいいですよね。色もあたしの好みだし」

「よかったわ、気に入ってくれて」

ゆかりは少なからず罪悪感を感じていた。結の手柄を横取りした気がしたからだ。縁が自分の嘘を微塵《みじん》も疑っていないこともである。

でも仕方がないわよね。モトを正せば、あんたら母子がいけないんだし。

「お母さんったら、なにかとピンクを着せたがるんです」お母さんはあなたが着たがるって言ってたわよ。「このあいだの発表会もピンクのドレスだったし」

課題曲とちがう曲を弾いたときのだろう。

ゆかりも着替えた。白のロング丈のドレスだ。病院なので、あまり派手派手しいのもどうかと思い、このコンサートのために丸井今井函館店で購入したのだ。

「ゆかりさんも素敵です。エレガントでイイ感じです」

つぎに縁の髪を丁寧に梳《す》いてあげた。艶《つや》があり、いつまでも触っていたい滑らかな髪だ。

「軽くアイメイクをしましょうか」

「い、いいですよ、スッピンのまんまで」

「せっかくの晴れ舞台なんだから、そうはいかないわ」

嫌がる縁を説き伏せ、アイメイクのあとには、唇にリップを塗ってもあげた。

「やっだ、かわいい」「肌すべすべぇ」「お人形さんみたい」「連れて帰りたぁい」

着替えに訪れた看護師さん達が、縁を見て口々に言う。褒めないではいられないとばかりにである。それがゆかりには誇らしかった。縁本人は照れ臭そうに笑い、顔を赤く染めていた。

本番二十分前に、企画課業務担当のオジサンの案内で、ロビーへと移動し、受付カウンターの裏にある事務室に通された。

「こちらにおかけになっててください」

部屋の片隅に並んだパイプ椅子二脚に、ゆかり達は腰を下ろす。オジサンはそそくさと部屋をでていった。目の前では制服姿の男女がパソコンのキーを叩いたり、電話でだれかと話したり、コピー機でコピーを取ったりと、場違いも甚《はなは》だしい。しかしそんな中でも、緊張は高まっていった。煙草の一本でも吸えば落ち着くのだが、ここまできたらそうもいかない。

　すると膝《ひざ》に置いた左手に、縁が右手を重ねてきた。彼女と手が触れるのは、これが三度目だ。今回も励ましてくれるのかと思いきや、触り心地がいい小さな手は微かに震えていた。

「だいじょうぶ？」

　縁は頰を強張らせ、心なしか青ざめてもいるようだった。全然、だいじょうぶに見えない。

「避難所の学校で、ピアノを弾いてたときはどうだったの？　緊張してなかったでしょ？」

「あんときはべつに」

「どんな気持ちで演奏してた？」

「みんなを励まそうと思って」

「それよ、それそれ」ゆかりは縁の右手に右手を乗せ、ぎゅっと摑《つか》んだ。「あのときの縁ちゃんのピアノは素晴らしかったわ。ウマいのはもちろんだけど、聞いているだけで、元気がでてきたもの」

「あたしも弾いてて楽しかったです」

「でしょ？　ここもおんなじよ。お客さんのほとんどは患者さんなんだもの。そのひと達が少しでもよくなるようにって、思いながら弾けばいいんじゃない？　もちろんあなた自身が楽しむのも忘れずに」

そして曲順を確認し、「どの曲も私があなたのほうを見たら弾きはじめてね」とお願いする。

縁からの返事がない。彼女は黙って、ゆかりを見つめていた。

「どうかした？」

「ゆかりさんに会えて、よかったです」

「私もよ。この一週間ちょっと、楽しく過ごせたわ」

「またいくんですよね。公民館が壊れちゃってた町とか、大津波警報がでた港町とか、それにあのライブハウスに？」

「そのつもりではいるけど」

「あたし、連れてってください。ピアノ、弾きますから。いっそ、こうしません？　ふたりでコンビを組んで、日本中を巡るんです」縁は身を乗りだし、ゆかりの右手の上に左手を乗せる。頬が弛《ゆる》み、興奮からか、顔に赤みがさしてきた。「ミラクル・ローズ＆縁、いや、＆じゃなくてウィズのほうがいいかな。あるいはフィーチャリングにしましょうか」

「ミラクル・ローズさん」企画課業務担当のオジサンが戻ってきた。「本番五分前になりました。ステージに参りましょう」

「よっこらせ」

ステージにあがる際、思わず声がでてしまった。前のほうの列のひとには聞こえただろう。ゆかりは軽く咳払《せきばら》いをした。これでごまかせるはずはないが、しないではいられなかった。ステージとは言っても直径二メートル、高さ二十センチばかりの円形の台だった。それでも逆さにしたビール瓶のケースの上で唄ったこともある、ドサ回りの頃に比べれば、上等なほうだ。

マイクはスタンドに備え付けられていた。これは助かる。『野ばら』などカラオケのときは、マイクを持って唄わざるを得ないが、じつは苦手なのだ。両手を自由に動かせたほうが、唄いやすい。

「こんにちは、ミラクル・ローズです」

想像以上の拍手が沸き起こった。改めて周囲を見回す。並んだ椅子は満席だ。その中にシバや三宅、サンタもいた。ハルは後方で、車椅子に座っていた。二階三階の通路にも、ひとが溢れている。

縁の母親は？

いた。なんと最前列を陣取っているではないか。トイレとおなじ格好で、男だか女だかわからないほどの、完璧な変装ではある。しかしいくらなんでも近い。近過ぎる。その顔はゆかりではなく、縁にむいたまま、一ミリも動かずにいた。

縁ちゃん、気づいてないかしら。

思わず縁のほうを見る。彼女はピアノの前に座り、背筋をまっすぐ伸ばしていた。ゆかりの視線に気づくと、縁はしたり顔で頷き、『蘇州夜曲』を奏ではじめた。

そうだった。私があなたのほうを見たら、弾きはじめてねとお願いしたのはゆかりである。慌てて前をむき、マイクに口を寄せて唄いだす。

歌声はまっすぐ前へと突き進んでいく。いい感じだ。なんたる開放感。清々《すがすが》しくて気持ちがいい。

これぞまさしくリア充。そうだ、六十七歳だってリア充はできる。歌こそがリアルであり、人前で唄う行為こそが充実できる瞬間だったといまになって気づく。


二百万円。

昨年末、ゆかりが一瞬にして失った額である。賭《か》け事や株などではない。かといって詐欺にひっかかったわけでもなかった。いや、ある意味、それに近いものはある。

発端はさらに遡《さかのぼ》ること一年前だった。

ゆかりには家族は当然ながら、親戚《しんせき》縁者もいない。それが当たり前に暮らしていたが、さすがに六十歳を過ぎたあたりから、自分にもしものことがあったらどうしようと不安になってきた。『野ばら』の客を相手に、冗談まじりに話しもした。後期高齢者が過半数を占める客のだれしもが、おなじ不安を抱えていた。

だったらどう？　身元保証人を引き受けてくれるトコがあるんスよ。『最後の砦《とりで》協会』っていう、公益財団法人なんスけど、そこに申し込んでみたら？

そう話したのはキャバクラ大好きキャバ倉さんだ。六十代なかばなのに、チャラい喋《しゃべ》り方なのは、もちろんキャバ嬢受けのためで、ふだんもそうなってしまったのだ。

身元の保証だけじゃなくってさぁ。怪我や病気で入院したときの身の回りの世話もしてくれるし、緊急の際には自宅や現場まで駆けつけてくれるんスよねぇ。死んだあとの葬儀や納骨なんかも頼めるんだからチョーお得っしょ。営業のひと、紹介してもイイッスよ。

善は急げとばかりに、キャバ倉さんにお願いして、三日後には〈営業のひと〉といきつけの病院内にあるカフェで会った。その日は定期健診の日だったのだ。〈営業のひと〉は、特撮モノのヒーロー役で世にでた人気の役者にそっくりの青年だった。ふだん後期高齢者ばかりを相手にしているゆかりは、それだけで心が華やいだ。

一括で二百万円を支払っていただきますと、終身に亘《わた》ってすべてのサービスを、野原ゆかり様はお受けになることができます。

そのサービスの中にはキャバ倉さんが話していたほかに、定期的な安否確認なるものも含まれていた。

これってたとえば、あなたが週一でウチの店にきていただけたりするのかしら？

はは。ユニークなことをおっしゃいますね。

結局、ゆかりはその場で契約し、翌月には二百万円を振りこんだ。じつは六十歳のときに、念願だった母の墓を建てた。そのときにだいぶ出費したため、貯金はだいぶ減っていたのだが、さらにその半額以上を使うことになった。それでもこの先の不安が解消できるならばと思ったのだ。

その後、〈営業のひと〉は『野ばら』に何度か足を運んでくれた。定期的な安否確認ではない。個人的にきてくれたものだった。

ところが昨年の暮れも押し迫ったある日のことだ。昼過ぎに起きて、ぼんやりとテレビを眺めていると、『最後の砦協会』の名前がでてきた。内閣府から公益認定を取り消されたと、キザな司会者がうれしそうにしゃべっていたのだ。このままだと破綻《はたん》は確実だと、コメンテーターが、これまたうれしそうに言った。

破綻とは穏やかではない。ゆかりは慌てて〈営業のひと〉の携帯電話に電話をかけた。しかし彼はでなかった。

つぎに『最後の砦協会』の本部にもかけたが、『ただいまおかけになっている電話は大変混みあっており、かかりにくくなっています。しばらく経ってからおかけ直しください』とアナウンスが流れるだけだった。十分置きに五、六回かけても、おなじだった。状況だけでも把握したい。そこでキャバ倉さんの携帯電話に電話をしたものの、これまた連絡がつかなかった。

『野ばら』にもあらわれず、馴染《なじ》みのキャバクラにも姿を見せていないらしい。

ゆかりの他にも、キャバ倉さんの勧めで『最後の砦協会』の会員となった『野ばら』の常連客が五人もおり、彼らと店に集まって相談したものの、解決策を見いだすことはできず、キャバ倉さんの悪口を言うだけにおわってしまった。ちなみに彼らの許に訪れた〈営業のひと〉は、売り出し中のグラビアアイドルによく似た女性だったそうで、だれもその子のことを悪くは言わなかった。

事業の譲渡先が決まり、会員へのサービスは継続されるという話もあった。しかし譲渡先が辞退してしまい、ワイドショーのコメンテーターの予想通り、『最後の砦協会』は破綻が決定となった。サービスが打ち切られたばかりか、振りこんだお金が戻ってくるかどうかも怪しいという事態に陥った。

『最後の砦協会』が破綻した数日後、開店前の『野ばら』に警察が訪れた。制服姿ではなくスーツの二人組だったので、まだ開いていないんですよと追い返そうとしたところ、警察手帳を見せられた。『最後の砦協会』の件かと思いきや、そうではなかった。ひとりが写真を差しだしてきた。

この方をご存じですか。

キャバ倉さんだ。ひどい顔色で瞼《まぶた》を閉じてはいたが、一目ですぐにわかった。

ウチの常連さんで、田野倉さんって方です。最近、お見えにならなかったのですが。

嫌な予感がした。改めてみると、その写真の顔はまるで生気がなかったのだ。そして予感は的中した。

キャバ倉さんは市内の人里離れた路上に停めてあった車の中で、遺体で発見されたのだ。見せられたのは、その写真だったのである。練炭自殺を図った形跡があったものの、遺言どころか、身元がわかるものはなにひとつ持っていなかった。ただ上着のポケットに『野ばら』のマッチが入っていたのだという。

キャバ倉の野郎、ひとり入会させる毎に、三万円もらっていたみたいだぜ。

『野ばら』の常連で、『最後の砦協会』の会員だったひとりから、そんな話を聞いたのは、年が明けてすぐだ。警察が訪れて一週間も経っていなかった。キャバ倉さんは函館界隈のよその店でも、六十代以上のひと達に『最後の砦協会』の会員になるよう勧め、その数は五十人をくだらないというのだ。ネタ元はキャバ倉さんがお気に入りだったキャバ嬢らしい。

その子はキャバ倉に直で聞いたって言うんだから、ぜったいだ。間違いない。

彼の話では、キャバ倉さんはとあるミシンメーカーの営業で、二十代から三十代にかけて、つねにトップクラスの成績をおさめていたそうだ。どこそこの団地のまるまる一棟、ミシンを売りつけたなんて昔話も、キャバ嬢相手に自慢げに話したうえでだ。

そんな俺様の手にかかれば、老いぼれどもを百人二百人、協会に入会させるのなんて、お茶の子さいさいだとも言ってたんだとよ。ふざけやがって。てめえだって老いぼれじゃねえか。

でもよぉ。キャバ倉さんも俺達を騙すつもりはなかったと思うんだよね。

べつの常連が言った。その日は奇《く》しくも『最後の砦協会』の会員だった常連五人の貸し切り状態だったのだ。

あのひと自身も『最後の砦協会』を信じてて、できるだけ多くのひとに入ってもらって、老後を安心して暮らしてほしいと願ってたんじゃないかなぁ。ところが『最後の砦協会』が破綻しちゃって、俺達をはじめ、自分が入会させた大勢のひと達が、大金を失ったことに責任を感じて、自らの命を絶ったのかもしんないよねぇ。

なんだよ、それじゃあ、俺達がアイツを殺したとでも言うのか。

そんなこと一言も言っていないでしょうが。キャバ倉さんは死んでお詫《わ》びしたってことですよ。ねぇ、ゆかりママ。そう思いません？

カウンターの中で、ゆかりは肯定も否定もせず、首を傾げるだけだった。ひとの胸中など、どうしたところで、わかるはずがない。亡くなったひとならば、いっそうのことである。

それからというものだ。『野ばら』では毎晩のごとくおなじメンツが集まっては恨み辛み愚痴を言いあっていた。はじめのうちは、ゆかりも加わっていたものの、次第にうんざりしてきた。いい加減にしなさいこんなとこで管を巻いていたって、二百万円は返ってこないのよと何度、喉元《のど》まででかかったことか。

そして二月に入ってしばらく経ってからだ。我慢できなくなったゆかりは常連達の前でこう宣言した。

私、ミラクル・ローズとして、復活するわ。日本中、ドサ回りをして二百万円、稼いでくるつもりよ。

ヤバい、ヤバい。

この〈ヤバい〉は褒め言葉ではない。本来の意味の〈ヤバい〉だ。息があがり、動悸《どうき》が激しくなってきたのだ。声が掠《かす》れてしまう。いま唄っているのは『恋するフォーチュンクッキー』だ。振り付けを踊りながら唄うのが、思った以上にしんどいのである。『川の流れのように』を朗々と歌いあげた直後なので尚更《なおさら》かもしれない。ここでおしゃべりを挟めばよかったと後悔するも、あまりに遅すぎる。

だいじょうぶ、ゆかりさんっ。

縁のピアノが心配しているように聞こえる。気のせいではない。彼女はゆかりの声の調子にあわせ、ピアノを弾いている。あたかも励まし、勇気づけてくれているかのようにだ。

間奏のあいだに息を整えることができた。動悸も鎮まる。曲にあわせ、踊る子供もいた。親子揃っても少なくない。そんな光景を見ているうちに目頭が熱くなり、危うく涙がこぼれ落ちそうにもなった。

「ありがとうございます」唄いおえたあとの拍手に応え、礼を言う。「私も拙《つたな》いながら、踊ってみましたが、いかがだったでしょう？」

「かわいかったよっ」

三宅だ。ロビーぜんたいに好意的な笑いが起こる。白いタキシードの彼は客席にいてもすぐ目についた。隣に背の高い男の子がいる。彼が義理の曾孫だろう。

「お世辞でも褒めていただくと、うれしいものです。ではここで、ピアニストを紹介したいと思います。弱冠十二歳ながら華麗な演奏で、私の歌を見事に引き立ててくださる、森川縁さんですっ」

縁は立ちあがり、丁寧にお辞儀をした。顔は少し赤らめているものの、堂々たる振る舞いだ。惜しみない拍手をしっかり受け止めている。だれよりも激しく手を叩くひとがいた。結だ。

だからさ。バレたらどうするのよ。

「みなさまと過ごして参りました楽しい時間も、あと僅《わず》か、残り二曲となりました。まずは僭越《せんえつ》ではありますが、私ミラクル・ローズの持ち歌を唄わせていただきます。『無愛想ブルース』という歌です。一九七〇年、昭和四十五年、大阪万博の年に旋風を巻き起こすとまではいきませんでしたが、そよ風程度に売れました。最後はシャンソンの名曲、『愛の讃歌』をフランス語でお送りします。二曲つづけてお聞きください」

シャンソン歌手として、デビューしていればよぉ。日本どころか世界を舞台に活躍できたはずなんだ、ゆかりちゃんは。

世界を舞台だなんて、いくらなんでも買い被り過ぎだ。パリのオランピア劇場やニューヨークのカーネギーホールに立つことだって、けっして夢ではありませんと、レコード会社の社長にも言われたが、いま立っている直径二メートルほどの円形の台くらいが身分相応だ。

　とは言えシャンソン歌手としてデビューできていればと、悔やむことは幾度もあった。三宅が言うように、バラードだかワルツだかブルースだかポルカだか、わけのわかんないへんちくりんな歌を唄わされつづけ、うんざりもした。

　でもそんな歌が好きで、心の支えとしたひともいれば、日本語を勉強したひともいたのだ。ちょっとでも人様の役に立ったのであれば、それに越したことはない。

　ミラクル・ローズに悔いなしである。

　では野原ゆかりはどうだろう。悔いなく人生をおわらすことができるだろうか。

♪ブゥアイッソォオ、ブゥアイッソォ、
　ブアイソォォオブウルゥゥスゥゥウウウゥウウ♪

サビの部分では、のどひこを上手に鳴らすこともできた。この調子で『イムヌ・ア・ラムール』に臨もう。しかし『無愛想ブルース』を唄いおえたときだ。またヤバくなってきた。酸欠かと思うほど息苦しく、動悸はさきほどよりも激しい。軽くめまいも感じている。足元も覚束《おぼつか》ない。ハイヒールだったら、転んでいたかもしれない。

だがあと一曲だ。時間にして四分にも満たない。ゆかりの様子に気づいたのだ。しかし鍵《けん》縁に顔をむける。彼女は眉間《みけん》に皺を寄せた。盤《ばん》に指を下ろした。

ゆかりはまっすぐ前を見た。正面の大きな窓のむこうには、果てしない青空が広がっている。しかしどうしたことか真っ暗闇になり、夜の海が広がった。そして波の音に混じって、拍手が聞こえてくるではないか。

遊だ。彼女ひとりが手を叩いていたのだ。砂浜に体育座りをしていたのが、いつの間にか立ちあがっていた。

「いまのフランス語ですよね。言葉の意味がわかりませんでしたけど、なんか、とっても感動しちゃいました」遊は目頭を押さえていた。「素敵です。今日、ここにきて、ほんとによかったです」

いま私は、遊の前で『イムヌ・ア・ラムール』を唄いおえたところなのか。だとしたらここは瀬戸内海に浮かぶ島の浜辺だ。浴衣でいるのがなによりの証拠だと、ゆかりは確信する。

このとき遊は私の歌を録音していたわけね。

きっとそうだろう。でもそれがわかるのは二十数年も先だ。いまは確認できない。

「フランスにいらしたことがあるんですか」

「あるわよ。父親の仕事の関係で、ほんの小さい頃だけどね」

咄嗟《とっさ》に嘘をついた。じつの娘に、少しでもよく思われたかったからだ。

いいじゃないの、このくらいの嘘。

大阪万博の翌年に発売した三枚目のシングル、『嘘つきポルカ』の歌詞だ。

「いい時間ですよね。そろそろいきましょうか」

おなじ旅館だった。その島には旅館がひとつしかなかったのだ。

「野原さんの部屋で、いっしょに寝てもいいですか」

「それはかまわないけど」

遊の申し出に、ゆかりの胸は高鳴る。

並んで歩きだすと、遊がゆかりの手を握った。

「あなたが実の母だと両親から聞いたのは、二十歳のときでした。あなたのこともです。もっと早く会いにくるつもりだったんですけど、どうしても決心がつかなくて。だけどさっきも話したとおり、そのあいだにあなたのレコードを買い揃えていたんです。一枚増えていく度にあなたに近づくような気持ちになりました。それとそう、つい先日、映画も見ました。『喜劇・嬉々《きき》一発九九八十一』」

「やだ、嘘でしょ。ビデオにもなってないはずよ」

「大井《おおい》町《まち》ってわかります？　そこに古い日本映画ばっかやってる映画館があるんです。そこで見てきました。〈巻き舌のローズ〉、可愛かったなぁ」

「若い頃の私、棒立ちの棒読みでヒドかったでしょ」

「それが却《かえ》ってよかったと思います。とても純朴な感じで。生き別れたお母さんと会う場面は泣いちゃいました」

ほんとに？

そう言えばいままさにその場面とおなじだ。映画でも夜の砂浜だった。

「友達とふたりで見にいったんですけどね。彼が言うには、私に目元と鼻と唇と顔のカタチがそっくりだって。それじゃ、ぜんぶですよねぇ」

遊が楽しげに笑う。ゆかりもつられて笑った。

「いっしょに見たのは恋人？」

「なんでわかったんです？」

「いま彼って言ったわ」

「そっか。じつはここにもきてて、旅館にいるんです」

「だったら、私の部屋になんかこないで」

「彼が言ったんです。そうしたほうがいいって」

そうか。この子には恋人までいるのか。

ゆかりにとって、自分のことのようにうれしく思えた。その途端だ。いままで堪えていた涙が一気に溢れでて、足が止まってしまう。

「どうしました？」

「ごめんなさい。ほんと、ごめんなさい。あなたを育てることができなくって。許して」

「なに言っているんですか。相手に堕《お》ろせと命じられたのを、この子が可哀想だと守ってくれたんですよね」

少しちがう。ゆかりが病院で目覚め、東洋の魔女に産みたいと話したあとだ。レコード会社の社長が現れ、堕ろせと言った。命じたどころか、ほとんど恫喝《どうかつ》だった。しかしゆかりは頑《かたく》なに拒み、東洋の魔女も味方になってくれた。最後に彼女はこう言い放った。

どれだけの女を不幸にすれば、気が済むんですか。

社長は言い返せず、子供を産むのを承諾したのだ。

ほんとは自分で育てたかった。我が子の成長を見届けたかった。でもできなかった。これも運命だと従った。

「生まれてまもない私を預けにきた女性が、両親に話したそうです。だから大事に育ててくださいと」東洋の魔女にちがいない。「あなたが守ってくれたおかげで、いま私はこの世にいます。ありがとうございます」

遊は丁寧に頭をさげた。つむじがふたつあるか、たしかめようにも街灯もない闇の中では無理だった。

「さぁ、いきましょう」

いかないで。ここにまだいて。なんならこの島で、二、三日、ゆっくりしていきましょうよ。

いまここで現実の出来事とちがうことをすれば、あなたは四十三歳で死なずにすむかもしれない。ぜったいにそう。そして切り取った記事を頼りに函館を訪れ、『野ばら』に突然あらわれるの。いつも見るあの夢のように。ふりむけばあなたが。

だからお願い。

いかないで。

運命に逆らうのよ。

7

一週間ちょっと、長くても十日しか、店を休まないつもりだった。それが結局、ひと月以上も休んでしまった。函館に帰ってきたのは、ゴールデンウィーク直前だ。そのあいだ、東久留米の病院に入院していたのである。

『イムヌ・ア・ラムール』を唄《うた》いだそうとしたまさにそのとき、倒れてしまったらしい。らしいというのは、本人はまるで覚えていないのだ。だれよりも先に駆けつけたのは最前列の結で、つぎは縁だったという。

「びっくりしましたよ。なんでお母さんがここにいるのって。あたしは夢見てるのかって思ったくらいで」

ゆかりが倒れたのは動脈硬化が原因で、直後に心臓の手術を受けた。目が覚めたときは院内コンサートから三日が経っていた。縁が母とふたりで見舞いに訪れたのは、さらに一週間後である。

院内コンサートの午後四時の回は、縁がひとりでピアノを演奏したらしい。

「私がやりなさいって言ったんです」

「お母さんにそう言われる前から、やろうと思ってましたもん、あたし」

見舞いにきて、母子喧嘩《げんか》もないものだ。しかしコンサートの翌日、ふたりは函館に帰り、ふたたび見舞いのために上京してきたので、文句は言えなかった。

結がトイレに立った隙を見て、ゆかりは銀行の袋に入れた現金を縁に渡した。

「なんですか、これ」

「ツアースタッフとしてのギャラ」

「いいんですか」

「二眼レフが買えるほどの額じゃないけどね」

今回のツアーで稼いだお金は、入院費用と手術費で、ほとんど使い果たしてしまった。残りの半分をこうして縁に渡し、あと半分は大地震が起きた南米の国に寄付をした。

すべてはふりだしに戻った。

しかし不思議と惜しいとは思わなかった。キャバ倉さんを恨む気持ちもない。

四月もなかば過ぎに、思わぬ見舞客が訪れた。ミラクル♡ローズである。入院のことはアゴに聞いたのだという。縁が鰊に連絡し、鰊がアゴに話していたらしい。事前に連絡をもらっていたが、髪は黒く、カラコンも入れておらず、服も地味なワンピースで気づかなかった。

神崎心《かんざきしん》。ミラクル♡ローズの本名だ。真ん中の♡は本名の心だったのである。彼女は見舞いだけではなく、『無愛想ブルース』をリミックスして、動画サイトに流していいかと許可を取りにきたのである。彼女はすでに作詞家と作曲家の遺族には承諾を得ていた。いずれも故人なのだ。

「あのライブハウスで、シャンソンのコンサートやるって話、アゴさんから聞いたんですけど、ほんとですか」

「せっかくお話いただいたんで、やってみようかと」

「蕨のクラブでもやってください。お願いします。ミラクル・ローズさんの歌声、みんなに聞いてもらいたいんです。私、ローズさんをマジ、リスペクトしてるんで」

リスペクトがどんな意味か、ゆかりは知っている。キャバ倉さんに教えてもらったのだ。

ん？　待てよ。この子、あたいじゃなくて私って言ったよな。

「ありがとう」

「礼を言うのは私のほうですって」

心が恥ずかしげに笑う。また私だ。言葉遣いも丁寧である。どうやらこちらの彼女が本物ではないか。縁が言っていたように、キャラ付けのために「あたい」と言っていたのかもしれない。

　そうだ、この際だから。

「それとね、あなたに会って謝るつもりでいたことがあるの。バトルであなたのこと、さんざんこき下ろしたでしょ。ごめんなさいね。あのときの私、どうかしていたのよ」

　ゆかりが詫《わ》びると、心はきょとんとするばかりだった。

「いいんですよ、あれはああいうもので、私もローズさんの悪口、さんざっぱら言ったわけだし。でもまあ、訂正しておきますと」

「なに？　言ってちょうだい」

「ブラックライト当てるとシリコンを入れた場所が光るって言うのは、嘘なんですよ。そんなこと、実際はありませんから。それと豊胸手術は胸になにを入れるかによって、仰向《あおむ》けで崩れるのと崩れないのがあるんです」

「へえ」と言いながら、ゆかりは心の鼻と胸を交互に見てしまう。むろん手術をしているかどうかまでは、わかるはずがなかった。


「なぁに、その作務衣《さむえ》みたいな服？　パジャマなの？　全然似合ってないわ」

ゆかりを見るなり、そう叫んだのは円山節子だ。ミラクル♡ローズが訪れたつぎの日に電話をもらい、入院中だと話したところ、その翌日、病院にあらわれたのだ。

「おなじみどり色でも、もう少し明るいのがよかったんじゃなくて？　歳よりも老けて見えちゃってるわ」

「余計なお世話」笑いながら、ゆかりは言った。「他に色がなかったのよ」

病室は大部屋なので、節子の声量だと他の入院患者に迷惑にちがいないとデイルームで待ちあわせた。大正解だ。

「でもよかった。思ったよりも元気そうで。心配したんだから」

「悪いわね、わざわざ東京まできてもらっちゃって」

「あら、やだ。私、昨日、電話で言わなかった？」

「なにを？」

「先週末にこっちに引っ越してきて、いまは親子三人で、中野《なかの》坂上《さかうえ》のマンション」

「旅館をやめたってこと？　またピンクオバケが」

「ちがうの。彼女からはあのあと、手紙をもらってね。あなたとおんなじ名前の縁ちゃんに、そんなの愛じゃないって言われたのが、けっこう応《こた》えたんだって。自分を見つめ直すために、いまは四《し》国《こく》八十八ヶ所を歩いて遍路巡りしているはずよ」

「だったらどうして？」

「女将《おかみ》よ、女将」

存在感がたっぷりの女将を、ゆかりはすぐに思いだすことができた。

「ウチの子達のおかげで旅館が繁盛しているのにさ、優遇するどころか扱いがヒドくてね。なにせ私達の稼ぎの七割は持ってっちゃうんだから。チケット代どころかグッズやおひねりのもよ。そのくせ、よそのステージにでちゃ駄目だとか、一日でも舞台に穴をあけたら承知しないとか、うるさくてね。ピンクオバケの件も、被害者のはずの私らのせいにされちゃってさ。いい加減、アッタマきたんで、親子三人でトンズラしてきちゃった」

だいじょうぶなの？と言いかけたものの、ゆかりは口を噤《つぐ》んだ。節子本人が楽しそうに笑っているからだ。思わずいっしょに笑ったあとだ。

「これからどうするの？」

「まずは円山兄弟のメジャーデビューね」

「今日、ふたりは？」

「ラップ教室にいっているわ」

「デビューってラッパーで？」

「ちがうわよ。でもいまどきの演歌歌手はラップのひとつもできなきゃね。ゆかりちゃんだって、やってたじゃない。ネットの動画で見たわよ。あんな技、どこで身につけたわけ？」

「あれはあの」

なぜできたのか、よくわからない。いまやれと言われたらできるかどうか。

「シャンソンも素晴らしかったわ。ゆかりちゃん、昔から芸域広かったもんなぁ。これから先、つづけてくのよね。くるわよ、きっと」

「なにが？」

「なにがって決まってるでしょ」節子は悪巧みを思いついた悪代官みたいな顔をして言った。「ミラクル・ローズの時代よ」

さらにその数日後だ。ハルの容態が悪化した。一命は取りとめたものの、こちらが話しかけても、満足に返事ができない状態になってしまった。

退院の朝、ハルに挨拶《あいさつ》にいったときは、身体中が管だらけで、ベッドに横たわっていた。不憫《ふびん》に思いながらも、ゆかりはその顔を覗《のぞ》きこんだ。すぅすぅ寝息をたてている。声をかけようと思った途端、ハルはうっすらと目を開いた。そして口元を緩め、囁《ささや》くようにこう言った。

「おかえり、遊。学校はどうだった？」

遊と間違えているのか。顔がそっくりにしても、ゆかりは六十七歳だ。朦朧《もうろう》として、そう見えただけかもしれない。ゆかりはとりあえず、話をあわせることにした。

「楽しかったわ」

「そう。それはよかった。台所のいつもの場所に、あんぱんがあるわ。お食べなさい」

ハルは瞼《まぶた》を閉じ、ふたたび寝息をたてた。

遊の遺品については、あれから話していなかった。ハルにマンションを買ってもらうのはさすがに忍びないので、とりあえずは四帖《じょう》の洋間にあるステージ衣裳《いしょう》をレンタル倉庫にでも預け、そこに遊の遺品を置こうとは考えている。しかしこの先、その件をハルと話しあいができるかどうか。

こんなものかしら。

ひと月ぶりに訪れ、きれいに掃除を済ませてからだ。丸井今井函館店で買い求めてきたフォトフレームに、縁の写真を入れた。砂丘に立つ彼女だ。それを『野ばら』の壁に取り付けた。

カウンターに入り、カラオケのリモコンを操作する。昨日までに、ラインやショートメール、あるいは電話で、常連客には函館に帰ってきたことを伝えておいた。今日、夕方六時から『野ばら』が再開することもだ。ほぼ全員が必ずいくとの返事だった。みんなの前で、『イムヌ・ア・ラムール』を披露するつもりで、練習しておこうと思ったのである。

店内に曲が流れだした。息を整えてから唄いだす。背後でドアが開く音がした。いつも見る夢とおなじだ。でもこれは夢でない。先走った常連客のだれかが、訪れたのかもしれないとふりむくと、そこに縁がいた。すっかり春の装いだ。リュックサックは淡い水色のではなく、ベージュで布製のだ。そして右手にはスマートフォンを持ち、左手には丸井今井の紙袋を提げている。

「縁ちゃん」

「つづけて」

歌を、ということだ。ゆかりは最後まで唄い切る。

「ブラボォォォ」

スマートフォンと紙袋をカウンターに置き、縁は手を叩《たた》いた。マイクをオフにして、なにしにきたのか、訊《たず》ねようとしたところだ。

「七月後半から八月アタマにかけての二週間、ゆかりさん、なにか予定あります？」

椅子に腰をおろすなり、縁は言った。

「三ヶ月近く先のことなんか、わかんないわよ」

「だったらいいですね」

「なにが？」

「ツアーですよ、ツアー。ミラクル・ローズ＆、あるいはウィズ、あるいはフィーチャリング縁のツアーに決まってるじゃないですか」

「前回、唄えなかったところを巡るわけね」

「それだけじゃありません。ゆかりさん、蕨のクラブで唄うって、ハートのお姉ちゃんと約束したでしょ？」

「なんで知ってるの？」

「鰊さんからの情報です。まだあります。アゴさんのライブハウスのフェイスブックに、ゆかりさんが唄ってる動画があがってるの、知ってました？」

「あ、うん」

あなたのお母さんに教えてもらったと危うく言いかけ、唾《つば》をごくりと飲みこんだ。あの晩、武蔵小金井で会ったことは、縁にナイショにしてくださいと、結にショートメールで口止めされているのだ。

「それを見てっていうか聞いて、ウチのライブハウスで唄ってくれないかって、問い合わせがこのひと月で、二十件以上あったそうです」

それは大変だ。こうなったら『イムヌ・ア・ラムール』以外の曲も練習せねばなるまい。十曲どころか、もっとたくさん唄えるようにしておかねば。

「国内だけじゃありません。なんとパリからもあったんですって。いっちゃいます？　パリ？」

パリ？

「いくらなんでもパリだなんて。私、まだ身体がホンモノじゃないし、年も年だから」

「運命に逆らうのよ」縁がぴしゃりと言った。「って、ゆかりさん自身、おっしゃってたじゃないですか。あ、でも覚えてないか」

「いつ？」

「病院のコンサート中に倒れたときですよ。あたしがだいじょうぶですかって話しかけたら、うわ言なのに、はっきりとした口調で言ったんです。なぜだか、わかりませんけどね」

さぁ、いきましょう。

遊の声が耳の奥で甦《よみがえ》る。そのとき浮かべていた優しい笑顔もだ。その笑い方がハルに似ているのにいま気づく。

「でもあたし、その言葉、イイなって思いました。もう無理だ、オシマイだって諦《あきら》めかけたとき、運命に逆らえって思えば、やっていける気がしますもん。だからね、ゆかりさん。年だからなんて尻込《しりご》みしたら駄目ですって。運命に逆らわなきゃ。いつか必ずいきましょ、パリ」

　縁は目をキラキラと輝かせている。この子のためにもパリへいくべきかもしれない。パリにいけば、遊についた嘘も嘘ではなくなる気もする。たとえパリへいくのが、父親の仕事の関係ではなく、ほんの小さい頃でないにせよだ。

「お母さんとはどう？　ウマくやってる？」

「それがね、お母さんったら、音楽大学を受けるって言いだしたんです。自分の夢は自分で叶《かな》える、あんたになんか任せていられないって。そのためにピアノの教室にも通っています。ただまあ、受けるのはまだまだ先、あたしが高校をでたあとにするみたいで」

「ユニークなお母さんね」

「ほんとですよ。でもおかげで、やいのやいの言わなくなりました」念願叶ったはずなのに、縁はどこか不服そうな物言いだった。「ウマくはやっていませんが、前よりは良好です。だからってこともないんですけど、夏休みに、ゆかりさんとツアーにいくのも、あっさり了解してくれました」

　そのあと縁は中学校がどれだけくだらなくて、つまらないところなのかを延々と愚痴った。煎《せん》じ詰めれば、縁以外はぜんぶガキらしい。生徒ばかりか、先生までもだ。ゆかりは店の準備をしつつ、縁の話に耳をかたむけていた。それはいままでに味わったことのない、幸せな時間だった。近い将来、縁が恋の悩みを語ったり、婚約者をこの店につれて紹介してくれたりするのだろうか。

その日まで生きていられるかしら、私。

「あっ、あたし」ようやく縁は壁にかかった写真に気づいた。「飾るんだったら、鰊さんとのツーショットにすればいいのに」

それはウチに飾ってある。

「もう五時半だ。あたし、帰りますね」

「なにかあるの？」

「さっき話したとおり、お母さんが忙しくなったんで、今日はあたしが夕食当番なんです。夏子さんに教わった、里芋の煮っころがしをつくろうと思って」

縁が言う夏子さんは、もちろん稲葉元村長ん家《ち》の義理の娘だ。彼女の他にも、シバや鰊の息子の奥さんに、ラインやスカイプでやりとりをして、料理を教わっているのだという。

「今度、私もなにか教えてあげようか」

「ゆかりさん、料理、できるの？」

縁が不思議そうに言う。運転免許証を持っていたときのとおなじ、リアクションだ。

「やあね。一通りのものはできるわ。この店でだって、食事だしてるし」

「だったら今度、教わりにきますね。あと、これ」縁はカウンターに置いたままだった、丸井今井の袋をゆかりに差しだした。「お返しします。見舞いにいったとき、渡そうとして忘れちゃって」

中身を覗くとウォークマンだった。世界一有名なビーグル犬の飛行士姿も見える。ケースに入ったカセットテープ五本と華奢《きゃしゃ》なヘッドフォンも入っていた。

「ゆかりさん、遊さんと会ったのは一度きりだって、おっしゃっていましたよね」

なにをいきなり。

「どこか海に近いところで会ったんですか」

「瀬戸内海の小島の夏祭りにゲストでいったとき、彼女があらわれて、夜の浜辺で話をしたんだけど」

この話を縁にするのははじめてだ。

「そのとき遊さんの前で、『イムヌ・ア・ラムール』を唄いませんでしたか」

「唄ったけどなんで」と言ってから、ゆかりは丸井今井の袋をふたたび覗く。「まさかそれがボーナストラック？」

「そうです。歌のバックには延々と波の音がしていました」

そうだ。院内コンサートの最中に倒れたあと、ゆかりは瀬戸内海の小島にいた。そして〈このとき遊は私の歌を録音していた〉と気づいたではないか。

「その歌の最後のほうに、たぶん遊さんの声がするんです」

　え？

「たった一言だけで、しかも掠《かす》れた声なので聞き取りづらいし、そもそもあたしが遊さんの声を知らないし、いまいち確信が持てませんが。シバさんに問い合わせたら、いままで何百回と聞いていたけど、気づかなかったというほどでして。ちょっと聞いてみてください」

　そう言い残すと、縁は慌ただしく去っていった。

『ミラクル・ローズ全集』

　ケース内にある紙には几帳面《きちょうめん》な文字で、そう書いてあった。曲名もだ。これが遊の文字なのか。ゆかりはしげしげと見てしまう。『イムヌ・ア・ラムール』は『Hymne à l'amour』とフランス語で記されていた。べつのテープに録音したのを、自分でつくったこの『ミラクル・ローズ全集』の最後にダビングしたのかもしれない。

　だしたテープをウォークマンに入れ、華奢なヘッドフォンを頭にかけ、耳に当てる。そして再生、早送り、巻き戻しを繰り返す。気の早い常連は、そろそろ訪れてしまう。やがてB面のラスト、ボーナストラックに辿《たど》り着くことができた。

　再生ボタンを押す。四十三歳のミラクル・ローズが唄いはじめる。

今日はお父様がいらっしゃるからね。いつものように、お歌を唄ってさしあげて。だから稽古《けいこ》をしておくといいわ。

七歳のゆかりが小学校から帰ってくるなりだ。ガタタタガタタタタとミシンを動かす手足を休めることなく、母が言った。七歳のゆかりは部屋の片隅にあるレコードプレーヤーの蓋《ふた》を開き、ターンテーブルにレコードを置く。そしてゆっくりと針を落とした。ジーコッコ、ジーコッコ、という雑音のあとだ。前奏がはじまった。

パチパチパチ。

母は拍手を口で言う。ガタタタガタタタ。お父様がくる前に一仕事をおわらせるつもりだろう。その前に夕食の材料やお酒を買いにいかねばならない。今日はご馳走《ちそう》だ。もしかしたらお父様がお寿司《すし》を買ってきてくださるかもしれない。

エディット・ピアフが唄いだす。その声にあわせ、七歳のゆかりも唄う。

幸せになるおまじないよ。一言でも間違えると、幸せにはなれないわ。だからきちんと覚えなくちゃ駄目よ。

幼い頃、母にそう言われた。さすがに七歳のゆかりは、その言葉がフランス語だとは知っている。ただし相変わらずどんな意味なのか、なにを唄っているのかはさっぱりだ。だからと言うのではないが、七歳になってもこの歌を唄えば、幸せになれると信じている。

優しい母とふたりで仲良く暮らしているのだ、いまだって幸せだと言えなくもない。でも学校にいけば、妾《めかけ》の子だと意地悪されてしまう。母にはそのことを言わずにいる。

日陰者だからと言うに決まっているからだ。運命よ。運命だと思って諦《あきら》めるの。

幸せになりたい。

お父様がたまにではなく、ずっとこの家にいてくださったら、幸せなのにと思うが、それはかなわぬ夢だ。お父様には本妻がいる。ならばせめて三人で旅行がしたい。行き先はフランスだ。パリだ。エッフェル塔でこの歌を披露するのだ。東京にもじきに、エッフェル塔よりも高い建物が建つらしい。お父様がそこへ連れてってくださると言う。だけどやっぱり本場のパリにいきたい。そしたらどれだけ幸せか。

七歳のゆかりは知らない。

十五歳の自分が、この歌を唄ってバス会社に合格し、バスガイドになることを。

七歳のゆかりは知らない。

十八歳の自分が、この歌をシャンソン喫茶で唄い、レコード会社にスカウトされることを。

七歳のゆかりは知らない。

十九歳の自分が、ミラクル・ローズという名前で、歌手デビューした直後に娘を産み、ひとに預けてしまうことを。

七歳のゆかりは知らない。

二十歳の自分が、エディット・ピアフよろしく、のどひこを震わせて唄いながらも、巻き舌娘と呼ばれることを。

七歳のゆかりは知らない。

二十八歳の自分が、レコード会社と契約が切れて、小さな芸能プロダクションに入り、日本中をドサ回りすることを。

七歳のゆかりは知らない。

四十三歳の自分の許に、十九歳のときに産んだ娘が訪ねてくることを。

七歳のゆかりは知らない。

四十五歳の自分が、歌手を引退し、母の故郷である函館でスナックを開くことを。

七歳のゆかりは知らない。

六十二歳の自分が、娘の育ての親から電話をもらい、娘の死を知らされることを。

七歳のゆかりは知らない。

六十七歳の自分が、歌手に復帰し、ドサ回りをするあいだに、十二歳の女の子と友情を深めることを。

七歳のゆかりは知っている。

七歳の自分がこの歌を一所懸命唄えば、お父様がお小遣いをくださることを。

六十七歳のゆかりは四十三歳のミラクル・ローズの歌に聞き入っていた。すでに終盤を迎えている。あなたが死んで私から遠いところへいってしまっても、あなたが私を愛してくれるならばかまわない、私も死んで永遠を手に入れる。神様は愛しあう者を結びつける、という最後の歌詞の前に歌は一度途切れ、少し間がある。

聞こえた。たしかに遊の声だ。

たった一言だけ。

「お母さん」

唄うことすらままならず

あれって森川縁《もりかわゆかり》だよな。

制服姿ではない。白いワンピースの上に若草色のサマーカーディガンを重ね、リュックサックを背負い、首から縦に長細い黒い箱をぶら下げていた。マスクをしているし、少し距離があるので、顔ははっきり見えない。一週間前にあった一学期の終業式には肩まであったはずの髪が、十センチは短くなっている。

それでも森川縁だと確信したのは歩き方だった。中学三年の女子にしては颯爽《さっそう》としているのだ。背筋をまっすぐに伸ばし、歩幅が広い。擬音をつけるならば、ずんずんずんといったところだろうか。

真木学《まきまなぶ》は焦った。できれば見つかりたくない。しかし狭いキッチンカーの中では隠れようがなかった。せいぜい顔が見えないよう、帽子のツバを下げて俯《うつむ》くだけだった。しかしこれでは森川縁の動向がわからない。

ウチのピザを買いにきたらどうする？　大いにあり得ることだ。

「注文いいですかぁ」

キッチンカーの前から二十代なかばと思《おぼ》しき女性に呼びかけられ、学は身体をびくりと震わせてしまう。

「どうした、学」学に背をむけてピザの焼き具合を見ていた父が、こちらに顔をむけた。

「ぼんやりしてないで、さっさと注文をお聞きしなさい」

「あ、うん」

「マルゲリータのＳサイズとぉ、テリヤキチキンのＳサイズを一枚ずつ」女性はキッチンカーの表側に貼ってある、写真付きのメニューを見ながら言う。「それと烏龍茶《ウーロンちゃ》ふたつくださぁい」

「ピザは焼きあがるまで五分ほどお時間いただきますが、よろしいでしょうか」

マスクをつけていても相手に聞こえるように、少し大きめの声で言わなければならなかった。森川縁に聞かれるのではないかと学はヒヤヒヤする。

「よろしいでぇす」

女性の返事を聞くなり、父はピザの準備をはじめる。生地はつくり置きしてあり、その上に具材を載せていけばいい。生地が星形なのは五稜郭《ごりょうかく》を模しているからだ。

「ご注文を繰り返させていただきます。マルゲリータのＳサイズ一枚、テリヤキチキンのＳサイズ一枚、烏龍茶ふたつでお間違いないでしょうか」

「ありませぇん。いくらですかぁ」

「合計で千七百六十円になります」

「ペイペイでもいいですかぁ」

「だいじょうぶです」

決済が済んでから、学はレシートとピザとおなじく五稜郭を模した番号札を女性に渡す。

「飲み物は先にお渡ししましょうか。それともピザといっしょに？」

「先にもらいまぁす」

飲み物は学の係だ。プラスチックカップに氷を入れ、烏龍茶を注ぐ。我ながら手際がよくなった。

「どうぞ」

「ありがと。五分後に取りにくればいい？」

「はい。よろしくお願いします」

女性が去ってからあたりを見回す。森川縁はいなかった。

どこ、いったんだろ。

よその店で買い物をしているのかもしれない。それはそれで残念だった。見つかりたくはないが、見てはいたかったのだ。

ここは函館《はこだて》市の五稜郭近く、国道五号線沿いにある広場だ。空き地と言ったほうがいいかもしれない。木曜から日曜、祝日の午前十一時から午後五時のあいだ、キッチンカーの営業スペースとして開放された場所なのだ。適度な距離を置いて、さまざまなカタチの車が出店していた。商品はアイスクリームに大福、タイカレー、シュラスコ、ピザとバラバラだ。テイクアウトが主ではあるものの、ここでも食べていけるよう、日除《ひよ》けのパラソルを立て、キャンプ用のテーブル三台と椅子を十脚ほど置いている。

　さらにピアノもあった。黒のアップライトピアノが空き地の真ん中に置いてある。だれでも自由に弾いていい、いわゆる街角ピアノと呼ばれるものだ。ただしずっとここにあるのではなく、キッチンカーの営業時間のあいだだけだ。

　真木学の父は、函館の繁華街に祖父から引き継いだ〈真木亭〉という洋食屋を営んでいる。今年の秋には創業五十周年ということで、特別メニューやオリジナルデザート、来店プレゼントといった企画の準備を着々と進めていた。ところが春先から新型コロナウイルスの影響を受け、それどころではなくなってしまった。

　ただし父は切り替えが早かった。緊急事態宣言の最中、自宅のパソコンで、この場所の情報を仕入れ、主催者に出店の交渉をおこなった。そして五月末の解除後すぐ、キッチンカーをレンタルし、翌週にはここでピザを販売していた。真木亭本店は当分ランチを休んで、ディナータイムのみの営業としている。

　のほほんとした性格の父からは、想像もつかない行動力に、息子の学は少なからず驚いた。尊敬とまではいかないが、見直したことはたしかだ。

　キッチンカーは銀色のトレーラーだった。これを真木亭の食材の仕入れで主に使うピックアップトラックで、ここまで牽引《けんいん》してくる。

　メニューをピザにしたのは、このトレーラーに小型の石窯があったからだ。真木亭でもピザをだすものの、焼くときはオーブンで、マルゲリータのみだった。だがキッチンカーではこの他に、白髪ねぎと肉味噌《みそ》、テリヤキチキン、ホタテのクリームソースとぜんぶで四品にしたうえに、生地のカタチを星形にした。その名もずばり〈五稜郭ピザ〉だ。あまりにベタだがキャッチーではある。インスタ映えもしなくはない。

六月以降にはこのスペース自体、テレビやラジオ、新聞、ネットなどでちょくちょく紹介されるようになり、まずまずの賑《にぎ》わいだ。五稜郭ピザの売行きもいい。しかし本店とキッチンカーの売り上げを足しても、コロナ前には遠く及ばないのが現状らしい。この話は母からこっそり聞いたものの、はっきりした数字は教えてもらえなかった。

一学期の期末テストがおわったあと、学が自らキッチンカーを手伝わせてほしいと申しでたところ、父は意外そうな顔つきになった。それはそうだ。これまで学は店の手伝いなどしたことがなかったからだ。

なにか欲しいものがあるのか。

父に訊《き》かれ、学は返答に窮した。ちがう。少しでも父の力になりたかったのだ。でもそうは言えず、うんまあ、と口ごもってしまった。

時給九百円でもいいか。

つづけて父が言った。学はこくりと頷《うなず》いた。

七月のあいだは土日だけ、夏休みに入ってからは木金も働くようになった。

今年の夏休みは短かった。もともと函館の小中学校の夏休みはよそに比べて短いのだが、コロナのおかげでさらに短くなった。八月前半のたったの二週間ちょっと、それもすでになかばにさしかかっていた。

「番号札五番でお待ちの方、マルゲリータのSサイズ一枚とテリヤキチキンのSサイズ一枚焼きあがりましたぁ」

マスクをつけたままの口にメガホンを当て、キッチンカーから身を乗りだして呼びかける。森川縁にバレてもいいやと思い、自棄《やけ》気味に大きな声をだす。さきほどの女性が駆け足で近づいてきた。

「熱いのでご注意ください」

「きみもファイターズのファン？」

ピザを渡すなり、そう言われた。メガホンが北海道日本ハムファイターズの応援グッズだったのだ。きみ〈も〉と言うからには、このひともファンなのだろう。

「ええ、まあ」

「今年はイマイチだよねぇ。先週なんか、わざわざ札幌《さっぽろ》ドームまで観にいったのに負けちゃってさぁ、ほんと、やんなっちゃうよ。それにいま五千人しか入れないじゃない？　だから応援もイマイチ盛り上がらなくってね。なんかこう不完全燃焼なんだよね。早いところ、コロナおわってくれないかしらねぇ」

女性はしゃべるだけしゃべって去っていった。

学には優《ゆう》という、東京に住む二歳年下の従弟《いとこ》がいた。春休みと冬休みは学が優のウチに、夏休みは優が学のウチに一週間ほど滞在するのが、ここ数年の恒例だった。去年の夏休みは、父に連れられ、優とともに札幌ドームへ野球観戦にいった。その際に買ったのが、このメガホンだ。

今年のアタマ、冬休みには東京の優のウチにいくことはできた。でも春休みは駄目だった。そして夏休みも優は学のウチにくることはできなかった。もちろんコロナのせいだ。

函館市内は新型コロナ患者の数が少ない。先月おわり、ほぼ三ヶ月ぶりに感染者がでたものの、それが八人目だ。東京など毎日二百人以上、感染者が増加しているらしい。そのニュースを目にする度に、学は優だけでなく、その家族が心配でたまらなくなる。東京の優のウチは母の実家で、母の弟夫婦と従弟、そして祖母の四人家族だ。母は学以上に心配のようで、三日にいっぺんは祖母とビデオ通話で長々と話し、涙ぐんでいることも珍しくなかった。

学もビデオ通話で優と話すし、ほぼ毎日オンラインゲームで遊んでいる。それでもやはり実際に会って話がしたかった。だが学の心配をよそに、優はあっけらかんとしていた。コロナはたしかに怖いけれど、手洗いとうがいをきちんとしているからだいじょうぶだと言う。コロナのせいで夏休みが短くなったと嘆くものの、それでも函館より一週間長かった。

でもやっぱいちばん残念なのは、学兄さんとユーチューバーごっこができないことだよ。

学もそうだった。〈ごっこ〉とは言え、ビデオカメラで撮影したうえで、学がパソコンで編集し、さらにはテロップや効果音まで入れ、十分から十五分ほどの番組に仕上げている。二年前の夏休みからはじめて、優とふたりで三十本ほどつくった。じつを言えば学ひとりの番組もある。ただしユーチューブにはアップしていない。何度かしようかと思ったことがあるにはあった。ゲーム実況ならば顔をださなくて済むと思い、何本かつくってみたものの、それも結局、学のパソコンの中で保存されたままだった。

ファイターズファンの女性のあと、立てつづけに客が訪れたが、学はじょうずにさばくことができた。キッチンカーで働きだして、ひと月足らず、回数にしたら十回を超えたところだが、我ながらよくもまあ、これだけ手際よくできるものだと思う。

自ら働くと申しでたにもかかわらず、父に接客をしてくれと言われたときは、無理だと言いかけた。陰キャとまでいかずとも、社交的な性格ではない自分が、接客などできるとは思えなかったのだ。だからといって、ピザが焼けるはずはない。

どう接客をすればいいのか、マニュアルというよりも、芝居の台本のようなモノを父はつくってくれた。それを元に父と母が客を演じ、自宅の庭に停めてあるキッチンカーで小一時間ほど練習をおこなった。おかげで初日から大きなミスもなく、仕事をこなすことができた。

「番号札八番でお待ちの方ぁ。テリヤキチキンのSサイズ一枚、ホタテのクリームソースのSサイズ一枚焼き上がりましたぁ」

ファイターズのメガホンでそう叫んだときだ。ピアノの前に、森川縁が座っているのに気づいた。どこに置いてきたのか、リュックサックと首から下げていたものはない。マスクも外している。

ピアノはアイスクリーム屋のオーナーである田《た》中《なか》さんが、毎回運んでくる。父とほぼ変わらぬ歳の女性で、彼女自身もときどき弾く。

駅や街中であれば、ひとつやってみようかというひとも、それなりの数がいるだろう。だがこの空き地は国道五号線から車で立ち寄るひとばかりだし、ピアノがあるのは昼間の六時間だけなので、田中さん以外に弾くひとは一日にひとりいるかどうかだった。

椅子に座ったまま、森川縁は背中を伸ばしたり、肩を回したり、手をぶらぶらさせたりとストレッチらしき動作をしている。ピアノを弾く前の準備運動だろうか。

だけどアイツ、ピアノ弾けるのか。

そんな話は聞いたことがない。

森川縁は謎めいた存在だった。クラスのみならず、学校に友達はひとりもいない。ハブにされているのとはちがう。自ら友達をつくろうとしないのだ。身体ぜんたいに見えないバリアを張って、ひとを寄せ付けようとしないのである。それは生徒に限らず、先生に対してもだった。

ある意味、問題児だ。しかし成績は優秀で、定期試験の総合点は常に三位以内をキープしており、先生達も扱いに困っているようだった。

運動神経もいい。入学したての体力測定で、五十メートルを七秒台前半で走りきり、陸上部に強く勧誘されたものの、結局、入部しなかった。いまも帰宅部で、放課後はだれよりも真っ先にいなくなってしまう。

そんな森川縁を学は以前、意外な場所で見かけたことがあった。真木亭は自宅のマンションから歩いて十分ほどかかる函館の繁華街にあり、父か母の用事で週に二、三回は足を運ぶ。その途中、バーやスナックが密集している一角を通らざるを得ない。去年の秋、そこで森川縁とすれちがったのである。彼女は学に気づかず、立ち並ぶ店の一軒に入っていった。慌てて引き返し、店名を確認した。『野ばら』というスナックだった。

噂では二回家出をしたことがあるらしい。一回目は小学六年生の夏休みで、一日もしないうちに、札幌市内のカプセルホテルで見つかってしまった。だが二回目、小学校から中学校へあがるときの春休みは、某有名歌手のツアーのスタッフに紛れこみ、一週間以上かけて日本中を旅してまわっていたという。

某有名歌手が何者かはだれも知らないし、そもそも十二歳の女の子がどうやってツアーのスタッフに紛れこむことができたのか、疑問点というかツッコミどころはいくらでもある。なのに不思議と森川縁ならば、あり得る気がした。

小学校は別々で、中学になってからは一年から三年のいまに至るまでおなじクラスである。学校にいると、知らず知らずのうちに森川縁を見ている自分に学は気づいた。慌てて視線をそらすものの、いつしか戻ってしまう。どうしてこれほどまでに、森川縁に惹《ひ》かれるのか、自分でもよくわからない。彼女と会話がしたいとか、デートにいきたいとか、手を握ってみたいとかはあまり思わない。ただ見つめていれば、それだけで満足だった。

森川縁は準備運動をおえていた。背筋をぴんと伸ばし、ピアノとむきあっている。そして蓋《ふた》を開き、両手をすっとあげたかと思うと演奏をはじめた。

なんの曲だろう。
学にはＪ－ＰＯＰやアニソンではないことしかわからなかった。クラシックだろうか。上質で気品があり、奏でる森川縁の動きもしなやかだ。もとから大人びた彼女だが、さらに年上に見えた。

森川縁から目が離せなくなる。でもそれは学だけではなく、空き地にいるだれしもが彼女を見ていた。次第に鍵盤《けんばん》を叩《たた》く指に力が入っていき、奏でる曲は情熱的で、なにかを訴えかけているようにさえ聞こえた。

何人かが森川縁にスマートフォンをむけ、写真か動画を撮影している。できれば学もそうしたい。だがいまは仕事中だし、隣には父もいる。やむなく森川縁の一挙手一投足を見つめ、目に焼き付けておくしかなかった。

やがて演奏がおわった。時間にして三、四分だったろうか。一瞬、しんと静まってから、拍手が沸き起こった。学も父も手を叩いていた。

周囲の反応に、森川縁が驚いていた。くりっとした眼をぱちくり瞬《しばたた》かせているのがなによりの証拠だ。学校ではいつも冷静沈着で、にこりともしない彼女とはまるでちがった。そんな彼女を見ることができただけで、学はとても得をしているように思えた。

「昨日、ピアノを演奏していた子って、おまえとおなじ学校でおなじ学年なんだってな」

翌朝のことだ。トレーラーを牽引《けんいん》するピックアップトラックで、国道五号線を走行中に、ハンドルを握る父がいきなり言った。

「大人っぽいから高校生かと思ったよ。ピアノも絶品だったしな。おまえ、知ってたのか」

「うん、まあ」助手席の学は頷《うなず》く。「っていうかおなじクラスだし」

「なんだ、そうだったのか。なんで昨日、言わなかった？」

言う必要あった？　と言い返そうとしたが、喧嘩《けんか》を売っているように聞こえるかもしれないので、代わりに適当な嘘をつくことにした。

「じゃないかなと思ったけど、遠目でいまいち顔が見えなかったから」

「声をかけて、たしかめればよかったろ」

「おなじクラスだけど話したことないし」これはほんとだ。「でも父さんはなんで知ってるわけ？」

「田中さんが本人に訊《き》いてな」

演奏をおえた森川縁の許《もと》へ、アイスクリーム屋のオーナーの田中さんが走り寄っていき、なにやら話していたのは学も見ている。

そのあと接客に忙しく、気づけば森川縁はいなくなっていた。残念に思いながらも、いたからといって、自分から話しかけるような真似《まね》はできなかっただろう。

「真木さん家の息子さんとおなじ学校ではありませんかって、昨日の夜にラインを送ってきたんだ。彼女が演奏する動画付きでな。おまえのスマホにも送っといてやろうか」

「べつにいいよ」

もう一押ししてきたら、そこまで言うならばとありがたく頂く気だったが、そうはならなかった。

「そっか。いいならいいんだが」

よくないよとは言えなかった。

「今日もくるらしいし」

「そうなの？」思わず身を乗りだしてしまう。

「田中さんがお願いしたそうだ。夏休みのあいだだけでも、木金土日にきてピアノを弾いてほしい、その模様を動画で撮って、毎回、田中さんの店のツイッターにアップしたいって」

「森川さんはオッケーしたの？」

「ピアノの演奏はな。動画については親と相談してからと、昨日は言ってたそうだ」

今日は八月の第二土曜だ。夏休みのあいだ、天気さえよければ森川縁と六回は会えることになる。

ヤバい。

頬が緩んできた。それだけではない。口元がにやついているのが自分でもわかった。学は胸ポケットから立体マスクをだして口を覆った。

父はなにも言わず、鼻歌を唄《うた》いだした。

「それって昨日、森川さんが弾いてたヤツだよね。なんて曲？」

「『愛の讃歌《さんか》』」

「クラシック？」

「いや。ジャンルで言えばシャンソンだな。でもおまえ、シャンソンってわかるか」

「わかんない」

「だよな。俺だってこの歌以外、二、三曲しか知らん」

「日本の歌なの」

「フランスだ。だけど日本語の歌詞で唄われて、日本でもヒットした。俺が生まれる前の話だ」

「なのにどうしてお父さんは知っているのさ」

「それだけ有名な曲なんだ。いまでもいろんなひとがカバーしているし、その歌を唄ったフランスの歌手が主人公の映画や芝居もあるくらいだ。あ、そうだ。おまえ、なんか好きな曲ないか」

「なんだよ、いきなり」

学が聞き返しても、それには答えず、父は勝手に話をつづけた。

「トトロの歌か。幼稚園の頃、よく唄っていたし」

「そんな昔の話、覚えてないって」

「昔ったって八年前じゃないか。最近だろ」

四十五歳の父には八年前は最近かもしれない。だが十四歳の学には大昔だ。

「おまえのクラスメイトがな。ピアノを演奏しにきてもいいんだけど、せっかくだからなにかリクエストはありませんかって、田中さんに言ったそうなんだ」

「それもラインで回ってきたわけ？」

「ああ。俺はジッタリン・ジンの『夏祭り』をお願いしたいと田中さんに返信しておいた。おまえ、なんかないか」

「いきなり言われても」

「あれか。おまえは本人に言えばいいのか」

「本人って森川さん本人に？」

「他にだれがいる？」

「でも俺、森川さんとは話したことないから」

「だったら今日、はじめて話せばいいだろ」

それができれば、いままでだって話していたさ。


今日の森川縁は、薄紫のパーカーにジーンズといういでたちで、けっこう大きめのリュックサックを背負っていた。もちろんマスクをつけている。

キッチンカーの中から学は森川縁の動向を窺《うかが》っていた。ランチ時が一段落した午後二時過ぎで、ちょうど手が空いたところだった。

森川縁はピアノにむかって歩いていたが、途中でその足を止めた。そして昨日とおなじく首から下げた長細い黒い箱を両手で抱えるように持ち、上から覗《のぞ》きこんでいる。

なにやってんだろ。

四角い箱には縦にふたつ、円形のモノが付いていることに学は気づいた。だからといって、それがなにかはわからない。

「あの子がいま使っているのはニガンレフだな」

学の胸中を察したかのように、隣に立つ父が言った。

「なにそれ？」

「カメラさ。縦にふたつ、レンズが並んでいるだろ。ふたつの眼で二眼レフだ」

「なんでレンズがふたつあるわけ？」

「たしか上のレンズが撮影範囲や焦点を調節するためのファインダーの役目をしてて、下のレンズは撮影用じゃなかったかな」

そう言われても学はいまいちピンとこなかった。

「昔のカメラってこと？」

「ああ、そうだ。フィルムで撮影するヤツさ」

「お父さんも使ってた？」

「いやいや。俺だって滅多に見たこともないし、触れたこともない代物だよ。日本じゃ、とうの昔に生産してないはずだし」

森川縁は広場のあちこちをうろついて立ち止まっては、二眼レフを上から覗きこんでいる。親子ふたりで、そんな彼女を目で追っていた。

「そう言えば、おまえ、決めたのか」

「なにを？」

「あの子に演奏してもらうリクエスト曲をだ」

「忘れてたよ、そんなの」

嘘である。ずっと考えつづけていたものの、どうしても決まらないのだ。アイドルグループの曲などリクエストしようものなら、森川縁に軽蔑《けいべつ》されるにちがいない。かといって流行の歌もありきたりだと笑われそうだ。曲によっては莫迦《ばか》にされるかもしれない。そんなの知らないと言われたらオシマイだ。といってクラシックなんて学は一曲も知らなかった。英語の教科書にでていたビートルズの曲はどうだろう。悪くない。でもそれでいいのかとも思う。せっかく森川縁が弾いてくれるのだ、ここはやはり自分の好きな曲がいい。でもアイドルグループの曲なんて、と最初に戻ってしまう。これを頭の中で三時間以上ひたすら繰り返しているだけだった。

「いま彼女を呼んで、リクエストしたらどうだ？」

「忘れてたって言ったろ。だからまだ決まってないって」

「ぱっと思いついたのを言えばいい。俺が呼んでやる。なんて名前だっけ、あの子。森《もり》山《やま》？　森本《もりもと》？」

勘弁してくれ。

「注文いい？」ちょうどいいタイミングで客が訪れた。

「いらっしゃいませっ」学は必要以上に大きな声で言った。「なにになさいますか」

それからしばらくは客足が途切れず、忙しくなったおかげで、父が余計な真似をせずに済んだ。広場にひとが増えてきてもいる。夏休みでも遠出ができず、ここに吹き溜《だ》まってしまったかのようだ。

「Sサイズってどれくらい？」

「これくらいです」学は両手で大きさを示した。

「Mサイズは？」

「これくらいです」学は両手を五センチほど離す。

時刻はじきに三時になるものの、いまだに森川縁の演奏ははじまらなかった。そもそも彼女の姿がどこにも見当たらない。

「きみと同い年くらいの女の子と、私みたいなオバアチャンがふたりで食べるとして、Sサイズ二枚がいい？　それともMサイズ一枚で足りる？」

日傘をさした彼女は黒のサングラスをかけ、花柄のマスクをつけているので、顔はほとんど見えない。しかし髪はきれいな銀色で、オバアチャンにはちがいなかった。ただしストライプの長袖《ながそで》シャツに、カーキ色のカーゴパンツといでたちは若々しい。

ひとつ気になることがあった。彼女が右肩にかけているリュックサックが、森川縁のとおなじだったのだ。それとはべつに、レザーバッグを持っている。

「Mサイズ一枚だと一種類の味だけになってしまいますが、Sサイズ二枚べつべつの味にしてシェアすれば、二種類の味がお楽しみ頂けますがいかがでしょう？」

「そういう考え方もあるわね。だったらそうするわ。どの二種類にするかは、ちょっと考えさせて」

「どうぞ」と答えたとき、目の端に浴衣《ゆかた》姿の女性が見えた。思わずそちらに顔をむける。

マジか。

森川縁だったのだ。

着替えてきたってことか。でもいったいどこで。

「白髪ねぎと肉味噌《みそ》に、ホタテのクリームソースのSサイズを一枚ずつくださいな」

「は、はい。お飲み物は」

「烏龍茶《ウーロンちゃ》とジンジャーエール」

「ピザは焼きあがるまで五分ほどお時間いただきますが、よろしいでしょうか」

「ちょうどいいわ。五分だったら、あの子も演奏がおわるだろうし」

そう言いながらふりむく女性は、あきらかに森川縁を見ていた。

「か、彼女とお知りあいですか」

「友達」女性はきっぱり言い切った。「親友と言ってもいいわ」

「森川さんとあなたが？」

「どうして縁の名前を知っているの？」

「中学のクラスメイトです」

「なんだ、そうだったの。縁は学校ではどう？　みんなとなかよくやってる？」

学は答えに詰まり、ちょっと困った顔までしてしまった。それで相手は察したらしい。

「そうでもないみたいね」

「いいえ、そんな」

「いいのよ。わかってる。クセが強いものね、縁は。私はそういうとこが気に入っているんだけど」

「ぼくもです」

なに言っているんだ、俺は。

気づいたら口にしていたのだ。

「そう？」黒いサングラスにマスクをしているので、女性の表情はわからない。しかしよろこびを表現してなのか、日傘をくるくる回している。「だったら私達、気があうわよ、きっと。なかよくしましょ」

「もしかして」学の隣から父が女性にむかって訊《たず》ねた。「『野ばら』のゆかりママさんですか」

『野ばら』？　以前、森川縁が入っていったスナックではないか。っていうか、このひともゆかりなのか。

「真木亭の若旦那《わかだんな》じゃない。ひさしぶり」

「おひさしぶりです」

「お父さんが亡くなって何年？　五年くらい？」

「十年以上昔ですよ。去年、十三回忌でした」

「そんな昔だった？　お母さんはお元気？」

「三年前に亡くなりました。葬式、手伝ってくださったじゃないですか」

「そうだったかしら。やぁね、知っているひとがみんな死んじゃって。長生きするのも考えものだわ」

「どうですか、お店のほうは」

「開店休業よ。コロナの前からそうだったけどね。真木亭さんは？」

「ウチもさっぱりです。だからここにこうして店をだしているわけでして」

ピアノの音色が流れてきた。浴衣姿の森川縁が弾きはじめたのだ。

「おっ」

隣で父が反応する。ジッタリン・ジンの『夏祭り』だ。

そうか、歌詞にあわせて、浴衣を着たのか。

だとしたら、この曲をリクエストした父に感謝すべきだろう。

スローなでだしから、坂道を駆け上がっていくかのようにアップテンポになっていく。

「可愛いでしょ、あの浴衣」ゆかりママが言った。「昔、私が名古屋《なごや》にいったとき、ご贔屓《ひいき》さんに頂いた有松《ありまつ》絞りなのよ。かれこれ三十年以上も昔のなんだけど、大事に取っておいてよかったわ。さっき持ってきてね。アイスクリーム屋さんの中で着せてあげたの」

ご贔屓さんとはどういうことなのかと思ったものの、聞き返す余裕は学にはなかった。昨日とおなじく動画を撮影するわけにはいかないので、森川縁が演奏する姿を一瞬たりとも見逃さずに目に焼き付けようとしていたからだ。

曲が間奏に入ると、森川縁の十本の指は、鍵盤《けんばん》の上を右へ左へと激しく動いた。

「あれは縁のアドリブ」ゆかりママが教えてくれた。自分のことのように、ちょっと自慢げな口ぶりだ。「凄《すご》いでしょ」

凄い。歌詞にある打ち上げ花火を何発も打ち上げているかのような激しさだ。指の動きが半端ではなく、とても同い年とは思えない迫力があった。森川縁の顔が赤く染まっていくのが遠目でもわかる。自分の本気をピアノに叩《たた》きつけているようだ。

おなじ年月を生きてきながら、人前で披露できるものもなければ、他人より秀でたものなど、なにひとつもない自分が、学はひどく情けなく思えてきた。

ユーチューバーの真似《まね》事なんかしている場合じゃないぜ、俺。

『夏祭り』を弾きおわった。だれよりも早く、そして力強く手を叩いたのは父だった。

おっと、いけない。

そのときになって、ゆかりママのオーダーを父にまだ伝えていなかったことに気づいた。

「やっぱり真木くんだったんだ」

森川縁に呼ばれ、学は身体が硬直してしまった。目の前にいたのはもちろん、わかっていた。演奏がおわってすぐ、ゆかりママのところまできていたのである。それでもよもや、自分に話しかけてくるとは思ってもみなかったのだ。

「ぼ、ぼくのこと知ってんの？」

「一年二年とおなじクラスだもん、当然でしょ。昨日から気づいていたよ」

　そうだったのか。

「アイスクリーム屋さんにも聞いたし」

「なにを？」

「このピザ屋さん、真木亭が出店してて、真木くんがお父さんの手伝いしているってことをだよ。見かけによらず真面目なんだね」

　見かけによらずとはどういうことだろう。森川縁が自分をどんなふうに見ていたのか、気になったものの、訊ねることはできなかった。森川縁はゆかりママから、リュックサックを受け取った。やはり彼女のだったのだ。そう言えば二眼レフはどうしたのだろう。

「じきに焼き上がりますからね。もうしばらくお待ちください」

　石窯の中を覗《のぞ》きこみ、火加減を調整しながら、父が言った。

「真木くんのお父さんですか」

「ああ、そうです」

「『夏祭り』をリクエストいただきまして、ありがとうございました」

「礼を言うのはこっちです」父は振り返り、森川縁に顔をむける。「素晴らしい演奏で、感動しました」

「感動だなんてそんな」

「ほんとです。あれだけの才能があれば、世間が放っておくはずがありません。将来は必ず有名なピアニストになるに決まっています。なあ、学。いまのうちにサインをもらっておけ」

「サインをもらうなら、あたしのじゃなくて、ゆかりさんのをもらうべきです」

「この子ったら、なに言いだすの」

「そう言えばゆかりママさんって、若い頃、歌手だったんですよね。芸名はミッション・インポッシブルでしたっけ」

「ミラクル・ローズです」森川縁が訂正した。

間違えるにもほどがある。最初のミしかあっていないではないか。

「それに、ゆかりさんはいまも歌手です。一度は引退してたけど、二年前の春にファンの強い要望に応《こた》えて完全復活を果たして、一昨年《おととし》と去年の夏には全国ツアーを敢行したんです」

「そうだったんですか」父が驚きに目を見開いた。「凄いな、それは」

「全国ツアーといっても五カ所だけですよ。お客さんだってぜんぶあわせて千人になるかどうか」

「ゆかりママさんの歌を聞きたいひとが、千人もいるわけでしょう。たいしたもんです」

「今年もおこなうはずだったのに、コロナのせいで、ぜんぶキャンセルになっちゃって。

しかもこの先、いつできるかも目処《めど》が立ってないんです」

森川縁が悔しそうに言う。こんな彼女を見るのも学ははじめてだった。

「却《かえ》ってよかったわ。ツアーにいかずに済んだぶん、あなたは受験勉強に専念できるんだから」

「あたし、頭イイからわざわざ勉強しなくったって、高校くらい受かります」

他のひとが言ったらイヤミに聞こえる台詞《せりふ》も、森川縁ならば、それはそうだと学は納得してしまった。それよりも気になることがあった。

「ツアーにいかずにって、森川さんもいっしょにいってたってこと？」

「そうよ」と答えたのはゆかりママだった。「縁は私のマネージャーであり、伴奏者でもあるの。私がステージで唄《うた》うときには、いつも彼女がピアノを弾いてくれているの」

「立派なプロのピアニストじゃないですか」と父。「たいしたもんだ」

「ほんとよ。私の歌よりも、縁のピアノを目当ての客のほうが多いくらい」

「いくらなんでもそれは大袈裟《おおげさ》過ぎますって」

「たとえばここで、ゆかりママさんに唄っていただくことはできないんですか。それこそ彼女の伴奏で」

父が図々《ずうずう》しいお願いをしたところだ。

「あたしもそう思ったんです。だけど田中さんにやんわり断られちゃいました」

「屋外でも、客前で唄うとしたらシートなりアクリル板なりが必要だって言われたわ。

そもそも感染防止対策で、連弾や他の楽器や歌との合同の演奏は駄目なんですって」ゆかりママが溜息《ためいき》まじりに言った。

「そりゃ残念だなぁ」

キッチンカーの奥でタイマーが鳴った。ふたりのピザが焼きあがったのだ。父が石窯からだしたのを、学が箱に入れる。そして烏龍茶《ウーロンちゃ》とジンジャーエールをカップに注ぎこみ、どれもトレイに載せた。

「おいくらかしら」

「合計で千七百六十円になります」

ゆかりママがペイペイで支払うあいだ、学は森川縁にトレイを渡す。彼女はとても哀しげな表情になっていた。

できれば力になってあげたい。

だけど俺にできることって。

「ムカンキャク」声が裏返ってしまった。学は咳払《せきばら》いをして言い直す。「無観客ライブっていうのはどう？」

「どうってどういうこと？」森川縁が聞き返してくる。

「つ、つまりその、お客がいない時間に、ふたりじゅうぶん距離をとって、森川さんがピアノを弾いて、ミラクル・ローズさんが唄えばいい。その模様を撮影して、動画サイトで流してみたらどうだろ」

「撮影ってだれが」

森川縁は学の顔を覗きこんでくる。

「ぼ、ぼくだ。撮影だけじゃない、編集もするし、動画サイトへのアップもやるよ」

「真木くんはそういうのが得意なの？」

「任せてください」森川縁の問いに父が答えた。「コイツ、二年くらい前からユーチューバーを目指して、勉強してましてね。東京の従弟《いとこ》と何本か番組をつくってもいるんですよ。必ず力になれるはずです」

勝手にハードルをあげないでくれと学は思う。だが自分で言いだしたことだ。あとには戻れない。

「面白そうじゃないの。やってもらいましょうよ」

ゆかりママは乗り気だ。そんな彼女を横目で見てから、森川縁はくりっとした瞳《ひとみ》を学にむけた。

「お願いできる？」

「もちろん」

「ひさしぶりにワクワクしてきたわ」

潑剌《はつらつ》とした声で、ゆかりママが言った。日傘をくるくる回してもいる。

「ここって五時までよね。そのあと、どこかで打ちあわせしない？」

「い、いいよ」

「そうだ。それとはべつに、お願いしたいことがあったんだ」

「なに？」

「このキッチンカーの写真、撮らせてくれない？」

「二眼レフで？」

「あたしが撮っているの、見てたんだね」

森川縁はトレイをゆかりママに持ってもらい、リュックサックから二眼レフを取りだし、首から下げた。

「私、あっちのテーブルにピザ、持ってっておくからね。それじゃ真木亭の坊ちゃん」

ゆかりママは学に顔をむけた。「よろしく頼んだわよ。なかよくやりましょ」

「真木くんと真木くんのお父さん。キッチンカーの中で並んで立っていただけますか」

俺達も込みで写すのか。

「背筋を伸ばして、顎《あご》を引いてください。もっとふたりとも寄れませんかぁ」

数メートル離れた森川縁の命令どおり、親子ふたりは動いた。

「がんばれよ」隣で父がマスクの中で言うのが聞こえた。

「ああ」と答えたものの、なにをがんばれというのだろう。無観客ライブのことか。それもあるだろうが、べつのことを励ましているようにも思えた。

「いいですかぁ、撮りますよぉ」二眼レフを上から覗《のぞ》きこみながら、森川縁が声を張りあげる。「もっとニッコリ笑ってください。そうです、いいですよぉ」

「あの子、旋毛《つむじ》がふたつないか」

父に言われたものの、学にはわからなかった。

「はい、チーズッ」

解説

成《なる》井《い》豊《ゆたか》（劇作家・演出家）

文庫の解説の執筆依頼は何度もお引き受けしたことがあるが、今回ほどうれしかったことはない。

山本幸久さんの小説は、デビュー作の『笑う招き猫』からほぼすべて読んでいる。今、自家製の読書リストを調べたら、合計で三十作。はっきり言って、大ファンなのだ。

私は、ＢＳ11で二〇一二年四月から二〇一六年四月まで放送された本の情報番組『宮《みや》崎《ざき》美子《よしこ》のすずらん本屋堂』にセミレギュラーとして出演していたが、私のコーナーの冒頭で毎回映し出される人物紹介のテロップには、「好きな作家は山本幸久と森見《もりみ》登《と》美《み》彦《ひこ》」と書かれていた。

ＢＳの番組なので、見ていた人はあまり多くないかもしれないが、私は「好きな作家は山本幸久と森見登美彦」と公言していたのだ。

番組終了から四年。ようやく山本幸久さんの本の解説を依頼されて、感無量である。「待ってました！」である。「やっと来たか！」である（偉そうでゴメンナサイ！）。

しかも、その本が『ふたりみち』だなんて、うれしさ倍増。何しろ今まで読んできた山本作品の中で、私はこの『ふたりみち』が一番好きなのだ。よりにもよって、『ふたりみち』で依頼されるなんて！　これを幸運と言わずに何と言う！　喜んでお引き受けしたというわけだ。

　まずはあらすじ。ただし、ほんの少しだけ。

野原ゆかりは六十七歳、未婚、独り暮らし。

北海道・函館《はこだて》市で小さなスナックを営んでいるが、三〇年近く前までは「ミラクル・ローズ」という芸名のムード歌謡歌手だった。

子供の頃からシャンソンの名曲『愛の讃歌』をフランス語で歌うことができたため、バスガイドになってからも、毎回車内で歌っていたところ、スカウトされた。シャンソン歌手になれるかと思ったら、レコード会社が用意したのはムード歌謡。十年間の活動で、ヒットしたのは『無愛想ブルース』の一曲だけ。しかし、今でも根強いファンがいる。と固く信じている。

　三月、とある事情で二〇〇万の金が必要になったゆかりは、全国各地で復活コンサートを行って稼ごうと目論む。早速、昔の知り合いに片っ端から電話をかけまくるが、主催を引き受けてくれたのはわずか五人。

　それでもめげずにその五ヵ所をツアーして回ることにして、函館からフェリーに乗ると、いきなりスリに遭遇！　盗まれた財布を取り返してくれたのは、十二歳の少女・森川縁《ゆかり》だった。

　フェリーを降りたゆかりは、一ヵ所目の青森県内の町に向かう。ところが、そこで待っていたのは、あの縁だった。ゆかりの歌が聞きたくて、先回りしたと言う。縁はピアノのレッスンを強制する母親に反発して、家出してきたのだ……。


　六十七歳の元ムード歌謡歌手と、十二歳の家出少女のロードムービー。歳は五十五歳も離れているが、どちらも名前は「ゆかり」。おまけに、音楽の才能に秀でているのも共通していて、ゆかりが歌うフランス語の『愛の讃歌』は世界レベル。一方、縁は三歳からピアノを始めて、平日は五時間、休日は十時間もレッスンしている。プロのピアニストを目指していて、一回聞けば大抵の曲は弾けるほどの腕前。

　この組み合わせが絶妙で、二人の会話はまるで漫才のよう。もちろん、ゆかりがボケで、縁がツッコミだ。縁は頭の回転が速くて、弁が立つ。しかし、ゆかりの歌手としての実力を高く評価し、憧《あこが》れてもいるため、けっして無礼な口は叩《たた》かない。そこがいい。

　二人は青森、宮城、石川、鳥取、東京と旅していくが、行く先々で事件が起きて、コンサートは中止になる。途中からは、今度はどんな事件で中止になるのか、楽しみになってくる。その期待にしっかり応《こた》えて、なおかつ予想外の事件を起こしてみせる山本さんには、敬服せざるを得ない。

ゆかりと縁の間には、まるで本当の親子、あるいはおばあちゃんと孫のような、絆《きずな》が出来ていく。そして、それと並行して、もう一つのドラマが描かれる。ゆかりには、十九歳の時に産んで、養子に出してしまった娘がいた。旅をしながら、ゆかりは何度も娘のことを思い出す。母親であることよりも歌手であることを選んでしまったゆかり。しかし、かつて一度だけ、その娘が会いに来てくれたことがあった……。

ゆかりと縁の道中記で爆笑し、ゆかりの娘の回想記で号泣する。まさに極上のロードムービー。それがこの『ふたりみち』だ。

山本幸久さんは一九六六年、東京都八王子《はちおうじ》市生まれ。二〇〇三年、『アカコとヒトミと』（後に『笑う招き猫』に改題）で、第十六回小説すばる新人賞を受賞し、作家デビュー。

その後も、笑って泣ける、エンターテインメント性の強い小説を次々と発表してきたが、残念ながら直木賞などの文学賞は受賞していない。これが私には非常に不思議で、これほど質の高い作品を連発している人がなぜ受賞しないのか、審査する側に対して憤りさえ感じる。

巧みなプロット、上質のユーモア、魅力的な登場人物、リアルなドラマ、抑制の利いたセンチメンタリズム。どれを取っても一級品で、コンスタントに新作が発表できるのは、それを知っているファンが一定数いるということだろう。それなのに、審査側は気付いていない。このままでは山本さんは「無冠の帝王」になってしまう。

声を大にして言いたい。山本幸久を評価せよ。知らないヤツはとりあえず、『ふたりみち』を読め。そして、大いに笑い、大いに泣け。

山本さんご本人にも、声を大にして言いたい。私はあなたの味方です。これからも素敵な作品を期待しています。頑張って！

本書は、二〇一八年三月に小社より刊行された単行本を加筆修正のうえ、文庫化したものです。「唄うことすらままならず」は、文庫書き下ろしです。

『愛の讃歌』訳詞協力　松本百合子

ふたりみち

山《やま》本《もと》幸《ゆき》久《ひさ》

令和２年11月25日　初版発行
令和６年11月30日　再版発行

発行者●山下直久

発行●株式会社KADOKAWA
〒102-8177　東京都千代田区富士見2-13-3
電話　0570-002-301（ナビダイヤル）

角川文庫 22411

印刷所●株式会社KADOKAWA
製本所●株式会社KADOKAWA

表紙画●和田三造

●お問い合わせ
https://www.kadokawa.co.jp/（「お問い合わせ」へお進みください）
※内容によっては、お答えできない場合があります。
※サポートは日本国内のみとさせていただきます。
※Japanese text only

ISBN 978-4-04-109774-8　C0193

◆◆◆

角川文庫発刊に際して

角川源義

第二次世界大戦の敗北は、軍事力の敗北であった以上に、私たちの若い文化力の敗退であった。私たちの文化が戦争に対して如何に無力であり、単なるあだ花に過ぎなかったかを、私たちは身を以て体験し痛感した。西洋近代文化の摂取にとって、明治以後八十年の歳月は決して短かすぎたとは言えない。にもかかわらず、近代文化の伝統を確立し、自由な批判と柔軟な良識に富む文化層として自らを形成することに私たちは失敗して来た。そしてこれは、各層への文化の普及滲透を任務とする出版人の責任でもあった。

一九四五年以来、私たちは再び振出しに戻り、第一歩から踏み出すことを余儀なくされた。これは大きな不幸ではあるが、反面、これまでの混沌・未熟・歪曲の中にあった我が国の文化に秩序と確たる基礎を齎らすためには絶好の機会でもある。角川書店は、このような祖国の文化的危機にあたり、微力をも顧みず再建の礎石たるべき抱負と決意とをもって出発したが、ここに創立以来の念願を果すべく角川文庫を発刊する。これまで刊行されたあらゆる全集叢書文庫類の長所と短所とを検討し、古今東西の不朽の典籍を、良心的編集のもとに、廉価に、そして書架にふさわしい美本として、多くのひとびとに提供しようとする。しかし私たちは徒らに百科全書的な知識のジレッタントを作ることを目的とせず、あくまで祖国の文化に秩序と再建への道を示し、この文庫を角川書店の栄ある事業として、今後永久に継続発展せしめ、学芸と教養との殿堂として大成せんことを期したい。多くの読書子の愛情ある忠言と支持とによって、この希望と抱負とを完遂せしめられんことを願う。

一九四九年五月三日

角川文庫ベストセラー

夢違　恩田　陸

「何かが教室に侵入してきた」。小学校で頻発する、集団白昼夢。夢が記録されデータ化される時代、「夢判断」を手がける浩章のもとに、夢の解析依頼が入る。子供たちの悪夢は現実化するのか？

雪月花黙示録　恩田　陸

私たちの住む悠久のミヤコを何者かが狙っている……！　謎×学園×ハイパーアクション。恩田陸の魅力全開、ゴシック・ジャパンで展開する『夢違』『夜のピクニック』以上の玉手箱!!

私の家では何も起こらない　恩田　陸

小さな丘の上に建つ二階建ての古い家。家に刻印された人々の記憶が奏でる不穏な物語の数々。キッチンで殺し合った姉妹、少女の傍らで自殺した殺人鬼の美少年……そして驚愕のラスト！

失われた地図　恩田　陸

これは失われたはずの光景、人々の情念が形を成す「裂け目」。かつて夫婦だった鮎観と遼平は、裂け目を封じることのできる能力を持つ一族だった。息子の誕生で、2人の運命の歯車は狂いはじめ……。

RDG　レッドデータガール　はじめてのお使い　荻原規子

世界遺産の熊野、玉倉山の神社で泉水子は学校と家の往復だけで育つ。高校は幼なじみの深行と東京の鳳城学園への入学を決められ、修学旅行先の東京で姫神という謎の存在が現れる。現代ファンタジー最高傑作！

角川文庫ベストセラー

RDG　レッドデータガール　氷の靴ガラスの靴　荻原規子

冬休み明けの学園に戻った真響は久しぶりに会う泉水子の変化に気がつき焦りを感じていた。そんなある日、真響の許嫁をめぐり宗田家によってスケート教室が仕組まれるが、予想外の凶事が起きてしまって。

これは王国のかぎ　荻原規子

失恋した15歳の誕生日、ひろみは目が覚めたらアラビアンナイトの世界に飛び込んでしまった、しかも魔神《ジン》族として！　王宮から逃げ出した王太子、空飛ぶ木馬、絶世の奴隷美少女。荻原規子の初期作品復活！

樹上のゆりかご　荻原規子

歴史ある高校の学祭で起きる事件の数々……学校に巣くう「名前も顔もないもの」とは？　人気作家の学園サスペンス。思わず自分の高校時代を思い出す、みずみずしい感覚の物語。

幸福な遊戯　角田光代

ハルオと立人とわたし。恋人でもなく家族でもない者同士の共同生活は、奇妙に温かく幸せだった。しかし、やがてわたしたちはバラバラになってしまい——。瑞々しさ溢れる短編集。

ピンク・バス　角田光代

夫・タクジとの間に子を授かり浮かれるサエコの家に、タクジの姉・実夏子が突然訪れてくる。不審な行動を繰り返す実夏子。その言動に対して何も言わない夫に苛つき、サエコの心はかき乱されていく。

角川文庫ベストセラー

サッカーボーイズ　14歳
蝉時雨のグラウンド
はらだみずき

キーパー経験者のオッサがサッカー部に加入したが、つまらないミスの連続で、チームに不満が募る。14歳の少年たちは迷いの中にいた。挫折から再生への道とは……青春スポーツ小説シリーズ第3弾！

サッカーボーイズ　15歳
約束のグラウンド
はらだみずき

有無を言わさずチーム改革を断行する新監督に困惑する部員たち。大切な試合が迫るなか、チームを立て直すべくキャプテンの武井遼介が立ち上がるが……人気青春スポーツ小説シリーズ、第4弾！

サッカーボーイズ　卒業
ラストゲーム
はらだみずき

県大会出場をかけた大事な試合で右膝を怪我してしまった遼介。キャプテンが離脱し、桜ヶ丘中サッカー部は不穏な空気に包まれる。遼介たち3年生にとって、中学最後の大会となる夏の総体が迫っていた――。

高校サッカーボーイズ　U-16
はらだみずき

2011年、高校生になった武井遼介は、関東の強豪サッカー部に入部する。東日本大震災から1ヶ月、普通にサッカーができる現状に葛藤を抱きながら、遼介は新入部員約50名でスタートした部活に励む――。

高校サッカーボーイズ　U-17
はらだみずき

高校2年生になった武井遼介は、Aチーム入りが叶わず、Bチームでもがいていた。インターハイでは、スタンドで応援役にまわるBチーム。遼介の中で、このままでは終われないという気持ちが強くなっていく。